文春文庫

壬生義士伝

上

文藝春秋

壬生義士伝　上

序

慶応四年旧暦一月七日の夜更け、大坂北浜過書町の盛岡南部藩蔵屋敷に、満身創痍の侍がただひとりたどり着いた。

三日の夕刻に戦端を開いた鳥羽伏見の戦はすでに大勢が決しており、蔵屋敷から土佐堀の上手東に望む大坂城からは火の手が上がっていた。

南部藩が奥羽越列藩同盟に伍して官軍に抗するのは数カ月後のことで、正月のこのときには未だ旗幟が明らかではない。いや、旗幟がどうのというより、天下の情勢がいったいどうなっているのかが、そもそも不明であった。

大坂詰の南部藩士たちにとって、さしあたり配慮せねばならぬことは、塀ひとつを隔てて隣り合わせる彦根藩が、薩摩長州の陣に加わっているという事実である。

東照神君以来の譜代の雄藩彦根井伊家が、ことあろうにこの戦では徳川に弓を引いた。事態は混沌としている。

隣が彦根の蔵屋敷であるばかりか、土佐堀を隔てた中之島には浜田藩、福井藩、薩摩藩の蔵屋敷がつらなっている。ともあれ情勢が明らかになるまでは、一切事に関わるべからずと、大坂詰の重臣たちは判断した。

日昏(ひぐ)れとともに、屋敷の白壁に沿って対(むか)い鶴丸の家紋を入れた提灯(ちょうちん)を高々と掲げ、灯をともした。中立のあかしである。なにしろ隣屋敷は参戦しているのだから、大坂城に籠る幕兵がいつ何どき勢いを盛り返して攻めこんでこぬとも限らない。

門前には煌々(こうこう)と篝(かがり)を焚き、白襷(しろだすき)をかけた藩士が寝ずの番についた。

そんな夜更け、ひとめで落人とわかる侍が海鼠(なまこ)壁に傷ついた体をもたせつつ、門前までやってきたのである。隣の彦根屋敷がすでに門を閉ざしていたのは幸いであった。落武者はそこが敵する彦根の屋敷であるとは気付かずによろよろと素通りし、南部対い鶴の大提灯を掲げた篝の中に入った。

藩士たちの愕(おどろ)きはただごとではなかった。

月はなく、折しも身を切るような川風に小雪が舞い始めていた。乱世とはいえ、いつに変わらぬ平穏な時の流れる国表(くにおもて)から出てきた南部藩士たちの目に、その落武者はまるで戦国の世から迷い出た亡霊のように見えた。侍の姿が瞭(あき)らかになるほどに、誰もが声を失って手槍を構えたまま後ずさった。

侍は門前に掲げられた提灯の紋所を見上げ、そこが南部藩の蔵屋敷であることを認めると、真白い、毒のような息を吐いて呟いた。

「南部のご家中にてござんすか」

藩士のひとりが、いかにも、と答えたとたん、侍は膝から頽れた。まるでそのまま息絶えてしまったかと思われるほど、しばらく地面に片肘をついて動かなかった。抜身の刀を握ってはいるが、手向かうふうはない。そこで人々はようやく気を取り直して、侍に近寄った。ひとりが篝から薪を抜き取って頭上にかざした。

「何はともあれ、刀ば収め申せ」

塀つづきの彦根屋敷を気遣いながら藩士がたしなめると、侍は白鉢巻の顔をむっくりともたげて答えた。

「他意はござんせん。刀身が曲がり申して、鞘に収まらねのす。ご容赦下んせ」

膝の上で無造作に握りしめられた刀に目を向けて、門番たちは鳥肌立った。

俗に刃の欠け落ちた刀を「ささらの如く」などと言う。簓とは細かく割った竹を束ねた道具のことである。侍の刀はまさしくその通りに刃がこぼれ落ち、切先は欠け、のみならず刀身は鎺元から飴の如く曲がっているのであった。

いったいどれほどの人を斬れば、鋼の刀身がこのような姿になるのであろうと思えば、誰の口にもつなぐ言葉はうかばなかった。侍が何者で、何のために南部屋敷を訪ねてきたかは知らぬが、正月の三日から続いた鳥羽伏見の戦を切り抜けてきたことだけは明白である。

そのうち、松明（たいまつ）をかざしていた藩士がふいに、あっと声を上げた。

「おぬし、新選組の者ではねのか」

一同はかたずを呑んだ。会津中将御預りの新選組を知らぬ者はいない。

侍は股立（ももだ）ちを取った袴（はかま）に羽織を着ていたが、血と泥とで全身が真黒に見えた。しかし松明に照らしてつぶさに眺めれば、たしかに羽織の地色は浅葱（あさぎ）色で、裾と袖に山形のだんだら紋様がある。

「いかにも新選組にてござんすが――」

侍はしばらく言い淀（よど）んだ。京師（けいし）の人心を寒からしめた新選組の威名も、幕軍の敗れた今となっては悪名の最たるものであると、すでに悟っているふうであった。

それから藩士たちの足元に蹲（うずくま）ったまま、今しがたよろぼい歩いてきた川端の道を少し振り返った。

「この先の八軒家というところに新選組の仮屯所（とんしょ）がござんす。わしはようよう戦ば切り抜け、つい先ほど大坂さたどり着いたのでござんすが、すでに御城には火がかかり、公方（くぼう）様も会津公も船にて江戸さ落ちられたとの由、屯所内には腹ば切る者も出る始末で――」

「そんたなことはどうでもええ」

　と、年かさの藩士が唸るように言った。

「お前さんは何ゆえ、ここさ参られたのすか。そのわけば訊ねてえ」

「それは……」

　侍はやおら肩をすぼめて正座をし、力なく咳きながら言った。

「南部はわしの主家ゆえ――」

「馬鹿を申すな」

「いんや、わしは去る年に仔細あって南部国表ば脱藩した者にござんす。どなたか覚えのある方はござんせんか」

　血まみれの横顔を松明が照らし上げた。

　そうと問われても、南部盛岡は二十万石の大藩である。しかも寝ずの番に立っている藩士はみな若侍で、何年も昔に脱藩した者の顔に覚えはなかった。

　ややあって、ただひとりの年かさの藩士が驚きの声を上げた。

「じゃじゃ、名は何と申したか。たしかお前さんは、藩道場で代稽古ば務めておった――」

　侍はようやく愁眉を開いた。返り血と泥とにまみれた顔を藩士に向け、真白な息を吐きながら、絞るように名乗った。

「へえ。吉村貫一郎にござんす。なにとぞ、なにとぞお取次ぎ下んせ。なにとぞ、ご同輩の縁もちまして、なにとぞ――」

あとはひたすら懇願するばかりであった。地べたに額をこすりつけ、武士の体面など毛ばかりもなく、かつて脱藩した主家への帰参を願うのである。

そのうち呆気にとられていた若侍たちもさすがに腹が立ったとみえて、口々に吉村なる男を罵り始めた。

曰く、かつての同輩の誼みで、いっとき匿ってくれとでもいうのならともかく、帰参いたしたいとは何事か。

曰く、要はただの命乞いであろう。南部武士の面汚しである。斬って捨てよ。

曰く、いやこのような外道は刀の穢れだ。いっそ斬らずに隣の彦根藩につき出すがよかろう。

曰く、主家を捨てて脱藩をしたあげく、勝手な戦をし、敗れるやたちまち帰参を願い出るなど、武士の風上にも置けぬ。このような者に同輩と呼ばれるいわれはない。

――いずれの主張も道理である。しかし吉村は若侍たちから足蹴にされ、唾を吐きかけられても、ただ「なにとぞ、なにとぞ」とくり返すばかりで、その場を立ち去ろうとはしなかった。

　やがて年かさの藩士が屋敷内に事の次第を取次いだのは、むろん吉村貫一郎の懇願を容れたからではない。諸般の情勢が明らかになるまでは一切事に関わるべからず、という命により、この不穏な落武者を斬って捨てることも、彦根屋敷につき出すこともできなかったからである。

　蔵屋敷差配役を務める大野次郎右衛門は、「剃刀次郎衛」の二ツ名を噂される勘定方の切れ者である。

　折しも上方詰の重臣たちを招集して評定の最中であったが、時ならぬ報せを聞くと、ともかくその不埒者を屋敷内に入れるよう命じた。

　門番の口から吉村貫一郎の名が洩れたとたん、重臣たちはみな戦いた。上座の大野だけが、ただひとり顔色を変えない。

「厄介なことになり申した。ここは御差配様にお任せするほかはござらぬ」

　老臣が腕組みをしたまま、大野の横顔を窺った。齢は若いが、四百石取りの家格と実力とを併せ持つ大野の差図に従わぬ者はいない。

　大野は刀を携えて立ち上がり、羽二重の袴の腰を斉えると、一同を睥睨した。

「吉村はもともと拙者の組付足軽にござる。じゃが、今は何事も御家大事。お任せ下んせ」

怜悧な声である。

「あまりご無体は――」

と言いかけた老臣を、大野は強い目で睨み据えた。

「南部一国の行末がかかっており申す。妄言はお控え下んせ」

大野は廊下に出た。内庭に面した雨戸のすきまから、幾筋もの縞を曳いて雪が吹き積もっていた。戦の最中にもかかわらず屋敷を包みこむ異様な静けさは、夜半に降り始めた雪のせいにちがいない。

脱藩者とはいえ、倒幕勢力が何よりも憎む新選組の残党である。そして新選組隊士とはいえ、もとは南部藩士である。関わりかたひとつに二十万石の行末がかかっているという大野の言も、けっして過ぎてはいない。

吉村の身柄を蔵屋敷の奥まった十畳間に廻すよう命じたのは、そこが隣家の彦根屋敷と最も離れているからである。鳥羽伏見の開戦よりこのかた、どうも塀ごしに聞き耳を立てられているような気がする。諸藩の蔵屋敷が建てこむこの一帯には、そのくらい緊密な時が流れていた。

奥座敷の雨戸が一枚だけ開け放たれ、廊下に雪明りがさしこんでいた。座敷に人の気配はない。

吉村貫一郎はうっすらと雪の降り積んだ庭先に、左右を門番の若侍に付き添われて座っていた。

大野は威儀を正し、廊下から吉村を見くだした。

「この、戯け者が。お恥すとは思わねがっ」

厳しい小声で、大野は叱咤した。

その声に聞き覚えがあったとみえて、吉村はとたんに平伏していた顔を上げた。

「御組頭様」、と一言呟いたなり、吉村は瞠目した。

庭先や廊下に佇む藩士たちが怪訝に思うほどの長い間、二人は雪の帳を隔てて睨み合っていた。

城内の騒擾が風に乗って通ってきた。夜更けとはいえあわただしく土佐堀を往還する船べりの人声も、間近に聴こえた。

吉村はやがて嗄れた甲高い声で、主家を訪れた理由を語った。

「脱藩ばいたしあんしたるは、ひとえに尊皇攘夷の志ゆえにござんす。六年の間、ひたすらその志に身ば挺して参りあんした。憎き薩長の賊ばらが、錦旗ば奉じて官軍と名乗りあんすは、天下の誤りにてござんす。こたびの戦にて一敗地にまみれたとは申せ、ここで奸賊の手にかかって死ぬるは犬死と心得申しあんす。叶うことだれば、いまいちど主家に帰参いたし、ご同輩ともども勤皇忠国の任につきてえと思いあんして、新選組の屯所さ離れて罷り越したる次第にてござんす」

大野次郎右衛門は聞くだけのことを黙って聞くと、吐き棄てるように言った。

「何を今さら、壬生浪めが」

憎しみのこもった声に、吉村はむろんのこと居合わせる藩士たちはみな、身をすくめた。

「お前が勤皇の士じゃなぞと、誰が信じるか。せめて南部武士のはしっくれなら、新選組の屯所さ取って帰し、潔く会津様のご馬前に討死せえ。良な、吉村。不義不忠の限りばしおって、あげくに帰参ば願い出るなど、とんでもねえことじゃぞ」

吉村は縁先ににじり寄って目を吊り上げ、すがりつくように懇願した。

「そこを、なにとぞ。竹馬の誼みばもちあんして、なにとぞ」

息を詰めて二人のやりとりに耳を澄ます藩士たちの間から、どよめきが上がった。時ならぬ訪問者の名が知れ渡ったのである。

「死に損ねの不埒者に、竹馬の友よばわりされるとは心外じゃの。じゃが、刎頸の交わりとやらだれば、武士の情けばかけてくれよう。奥の一間を貸すゆえ、腹ば切れ」

藩士たちの囁きは、その一瞬にしんと静まった。

吉村貫一郎は声を失って口を開けたまま、しばらく大野の顔を見上げていた。それからがっくりと肩を落とした。

「御組頭様のお下知、うけたまわりあんす。主家の畳ば血に汚すご無礼、お許しえって下んせ」

うなだれた背に鞭でもふるうかのような、大野の厳しい声がさらに続いた。

「勘違えするな、吉村。わしはお前のごときお恥す者とは、最早、縁もゆかりもねえ。御組頭と呼ばれるのも迷惑じゃ。下知などではねえぞ、武士の情けじゃ。たかだか二駄二人扶持の小身者が、薄汚ねえ脱藩者が、御蔵屋敷の畳に血ばはっ散らがしてくたばれるのじゃ、果報と思え」

大野は顔色の青ざめるほど憤っていた。廊下を振り返って、藩士たちを怒鳴りつける。

「おのおのがた、見世物ではござらぬ。退がられよ。聞げねがっ」

吉村は雨戸を閉てた廊下の先に向き直り、見えぬ藩士たちに頭を下げると、むしり取るように草鞋を脱いだ。

「灯りば持て」

大野が闇に向かって命ずると、馬口取の中間が百目蠟燭を立てた燭台を掲げてやってきた。吉村とは見知った仲なのであろう、二人は無言で懐かしげな目礼をかわした。

中間が去ってしまうと、大野と吉村は燭台を挟んで座った。

「介錯(かいしゃく)は、わしが相つとめ申そう」

吉村はまっすぐに大野を見つめたまま、にべもなく答えた。

「いんや。お情けはありがてえだども、脱藩者の賊兵ば介錯したなど、のちのちあらぬ噂になりあんす。お言葉のみ、頂戴つかまつりあんす」

「じゃが、そんたな手負いの体で一人腹など——」

「ご心配は無用にござんす。わしは南部の武士だれば、切れねえ腹も無理っくりに切り申す」

声は雪闇に吸いこまれるかのように銜(くぐ)もっている。白い息を吐きながら、二人はしばらく見つめ合った。

「言い遺すことはねえか」

「何もござんせん。こんたなことばしておりあんすと、御組頭様にご迷惑ばかかり申(も)す。お立ちえって下んせ」

つい今しがたの命乞いに比べ、まるで別人のような潔さだった。

「んだば」、と立ち上がり、障子に手をかけて大野は背中で言った。

「お前(め)、はなから腹ば切るつもりでここさ参ったのじゃろう。門前で命乞いばして騒げァ、お隣の彦根殿の手前、屋敷の中に入れねばなるめえと計りおったのじゃろう」

吉村は答えなかった。

「のう、貫一――」

思わず親しげに名を呼んで、大野は真白な溜息をついた。

「お前、どこも変わらねな」

「変わらねのは、次郎衛殿。お前様も同じでがんす」

蔵屋敷は静まり返っている。

時代の巡り変わる騒ぎなど、いささかも感じられない。

廊下の軋みとともに袴の衣音が去ってしまうと、吉村貫一郎はひとりぼっちになった。

なしてわしは、こんたなところに来てしもうただか。

今さら悔いても仕様ねことだども、この屋敷のみなにしてみれば、とんでもねえ厄介者に違えね。ましてや御蔵役を仰せつかっている次郎衛殿は、さだめし肝を冷やしたことだろ。

考えてみりゃあ、南部には勤皇も佐幕もなぐ、そんたなところに、鳥羽伏見の戦を落つてきた新選組が転げこんで、えらぐ迷惑をかけつまった。

かえすがえすも、わしは不忠者でござんす。

御殿様の御恩顧に背き、国表をば脱藩したのは、お代物のためであんした。じゃが、同じ給金で立派に女房子供さ養っている足軽は、いくらもいる。御徒士長屋のお仲間は、みな同じ境遇でござんした。

ならば、なしてわしだけが、脱藩したべか。

なまじ剣が使えて、読み書きできて、わしは天狗になってたに違えね。そうに違えね。

たしかに、子供のころから一所懸命学問していあんした。座敷に座ることの許されね足軽の子ゆえ、外廊下にこごまって、先生の声をひとつも聞き洩らすまいと、気を張っておりあんした。

剣術も、同じでござんす。文武に秀でねば立身はかなわぬと信じて、辺りの木っこばかたっぱしから突っ枯らすぐれえ、稽古ばした。おかげで、北辰一刀流の免許ばいただいて、御指南の代稽古をば務めるほどに、取りたてていただきあんした。

じゃども、わしは銭こが欲しかった。お代物が欲しかった。口ではあれこれときれいごと言うても、わしは銭こば欲しかった。

侍として、お恥すことでござんす。お足が欲しかった。

酒は酔うほど飲まねす。女遊びも知らねっす。

だどもわしは、剣術も学問も、藩の御同輩はおろか、御高知の誰にも負けながった。したども、銭こが欲しいと思えば、手に入れることはできると思ったのす。

国表では、いくら読み書きが達者でも銭こにはならね。強え侍だと言われても、お足にはなんね。わしの欲しかったものは銭こでござんした。

武士は食わねど高楊枝と人は言うだども、わしは侍など名ばかりの小身者ゆえ、飯ば食わねば腹へった。二駄二人扶持の身代をば賜わっても、夏は山さ入って漆こば掻き、雪こが降れば漆この下塗りして、銭こを稼がねば、女房子供を満足に養うことはできねがった。

ましてやしづは、わしが勝手に惚れて、まこと勝手に嫁こにした妻であんす。正月ぐれえはきれいな晴着の一枚も着せてやりてえ。

倅の嘉一郎にも、元服には袴ば着せ、立派な刀ば持たしてやりてえ。赤ン坊にも、あったげえ真綿のべべを、着せてやりてえす。

同心長屋の侍は、みなそんたなこと何とかやりくりするだども、わしは藩校では先生と呼ばれ、道場じゃ御指南役の代稽古をば務める立場でござんすから、いつでも背筋ばぴんと伸ばして、間違っても銭このために頭下げることはできねがった。

吉村先生は文武両道の強え侍だど、教え子らに言われれば、まさか銭こば欲しいとはどこの誰にも言えながった。

脱藩は罪でござんす。んだども、わしの剣の腕前と学問ば持って江戸に上れば、銭この稼げねえはずはねえと思った。

次郎衛殿は、忘れたべか。

脱藩ば決心したとき、次郎衛殿だけには話しておかねばなるめえと思って、道場の帰りに中津川にかかる上ノ橋で、そこっと打ちあけたった。

大野の家は四百石取りの御高知で、日ごろ道で行き合えば、水溜りでも雪ん中でも、ここまって脇によけねばならねがった。だども道場の帰り道なら、わしは代稽古つける先生だから多少の無理をきいていただけたのす。次郎衛殿は橋のなかばまできて、お供の者を遠折入って話がござんすと言えば、次郎衛殿は橋のなかばまできて、お供の者を遠ざけてくれあんした。

こんたなこと言うた。

わしはかねがね、尊皇攘夷の志があって、さんざんに思案したども、江戸さ上って天下の御役に立ちてえと思う。ついては、御番組の同心が脱藩したとあっては、次郎衛殿にも迷惑がかかる。ご承知おき下んせ。

次郎衛殿はたまげて言うた。

貫一、お前そんたなことで脱藩するわけではなかろ。なんも、水臭えこと言うてござるが。俺は運が強えから大野の家をば継いだが、兄上が若死せねば御分家もまならぬお手付きの子じゃ。お前と同じ身分か、へたすれァ母御の実家ば継いで、寺子屋の師匠でもしてるさ。暮らしのことで心配あるなら、俺が何とでもする。脱藩などよせ。

当たり前のことだども、わしは次郎衛殿にきっぱりと銭このことば言われて、むきになった。組頭に銭この面倒見てもらって暮らしの心配がなくなるなら、苦労など端からねぇ。

んでね。そんたなことではねって。わしは尊皇攘夷の志があって、この体でお国の役さ立ちてえと思う。常日ごろから、子弟にァ義のために死するが男ぞと、偉そうなこと教えておるわしが、のうのうとこんたな暮らししているのも、妙(ひょん)たなことだと思う。最早(もは)、わしの肚(はら)は決まっている。お許しえって下んせ。次郎衛殿のわしを案じて下さる気持ちは有難えども、女房子供は雫石(しずくいし)の実家に宿下がりさすから、のちの心配はいらね。こんたなことは聞かながったことにして下んせ。

その次郎衛殿が、はあ、よりによって大坂の御蔵役をば仰せつかっておるとは、いってえ何たる皮肉でござんすか。

なしてこんたなことになるんだべか。

なしてわしは、こんたなところに来てしまったんだべかな。

灯(あか)りっこが、眩(ま)っぺ。

血が止まんね。

腿(もも)たの鉄砲傷と、脇腹さ突っ通された槍傷と、ほかにもどこをどう切られたものか、わがらね。

わしに、腹を切れってか。腹など切らんでも、こうとくとくと血が止まんねでは、お終(しめ)えには死ぬだろ。

三日三晩、いってえどこをどう斬り抜いてここまで来たのか。

斬り合いの最中に、新選組のお仲間たぢとははぐれてしまった。斬って斬って斬りまくって、夜になれァ淀川の繁みさこいで、人の声などすれァ虫こみてえにこごまって、やっとこさ大坂までたどり着いた。

公方様も会津公も桑名の殿様も、城をお出んなって、とっとと船こに乗って逃げなすったと。本当でござんすか。

大坂城には火が上がって、二の丸ば焼け落ちた。したけんど、薩長が大坂に攻めのぼってきたという様子はねえのさ。つまり、敗け戦に浮き足立って、右往左往してるだけさ。

新選組はこの上手の八軒家を屯所にしているだども、二百人がわずか四十人ばかりになって、気の早えやつは腹を切る始末だ。

さて、大坂城に入(へえ)ってひと戦やるべか。いや、このさい天満(てんま)橋さ渡って、いさぎよく斬死にすべかと、みな死ぬことばかり言うておりあんした。

なんも、わしにはわからなくなりあんした。正直のところ、死ぬことが武士の誉(ほま)れだれば、わしは侍など返上するてば。百姓だか侍だか、そんたなことはどっちでも良(え)がんす。もともと南部では、百姓でもね、侍でもね、わけのわからねえただの貧乏人でござんした。

貧乏がたまらねえがら、銭こ稼ぐために、学問をばして、剣術して、すたっけァ飯を食えると思うたからこそ、人一倍の苦労ばしたのでござんす。

わしは死にたかね。死にたかねから、人を殺したのす。なれば、近藤先生や土方先生と一緒にもうひと戦して、あっぱれ侍など、わしは御免こうむりやんす。あの人たぢも、もともとはやっぱり百姓でもね、侍でもねのに、なして死ぬときゃ侍だと言い張るのか、わしにはわからねがんす。

やっとこさ八軒家の屯所さ転がりこんだとたん、そんたな話ばかりでござんした。勝ち敗けはともかく、戦ば一段落して、ともかく生き残った者が、なんも無理っくりに死ぬことはねべ。んだから、わしはもうあの人たぢにほとほと嫌気がさして、訪ねたその足で屯所を抜け出てきたのす。

川っぺりさ、下へ下へと歩きあんした。血が止まんねで、ふらふらしてたども、ともかく川を下れば、海につくべと思って歩いたのす。

血が止まらねば死ぬべさ。んだども、わしは死ぬまでァ生きてるべさ。

もし薩長の敵に出くわしたら、ぶった斬るべさ。わしは、負げね。今までだって、死にたぐねえがら、人を叩っ斬ってきた。死にたぐねえから、だあれにも負げなかった。

盛岡は遠がんす。遥かなところでござんす。んだども、雫石にァ、しづがきれいな着物を着て、わしの帰りを待っておりやんす。

嘉一郎は十六になるべさ。みつはわしが国を出るときゃ赤ン坊だったども、八つになりあんした。もひとり、わしがまだ見たことのね子が、待っておりやんす。

この川の道を行げば、大坂の港に着きあんすか。幕府の船こに乗って、江戸さ帰れあんすか。そんだば、わしは町人か百姓のなりをして、奥州街道を盛岡まで、這ってでも帰るつもりであんす。銭こに困れば、追っぱぎでも何でもやりあんす。

六年の間、しこたま銭こを送って、雫石じゃみな幸せに暮らしてるに違えね。それだれば、どこかでくたばってもかまわねども、やっぱしできることなら、しづをもういっぺん抱きてもんだ。嘉一郎やみつや、まだ見たことのねえおぼっこを、この手で抱きしめてえと思いあんす。

それにしても——はあ、たまげた。

淀川を下へと歩いて行くと、南部の蔵屋敷でねえすか。願いが、天に通じたと思うたでござんす。

だども、そうはうまく行かねもんでやんす。

蔵屋敷には次郎衛殿がいて、なんともはあ、妙たなことになった。

お役目だば、しかたねのす。したば人目のあるときゃ、大声で死ね死ねとせっつぐのも当たり前でござんす。

座敷に上がって、二人きりになりあんしたとき、次郎衛殿の言ったことは、まこと信じられながった。

貫一、お前、何をやらがして来たっけな。畏れ多くも錦旗に弓ば引いて、武士としてお恥すとは思わねが。南部の侍が、銭このために人生ひん曲げて、さんざんに打ち負かされ、死に損なって、六年前に砂かけた主家に阿呆面さげて命乞いするどは、呆れて物も言えん。さぱっと腹切って死ね。そんたな刀では切るにも切れねのなら、俺の刀ば呉でやる。ほれ、大和守安定の大業物じゃ。みごと腹ばかき切って死ぬれば、吉村貫一郎は脱藩者なれど、勤皇の志篤く、こたびの戦では官軍の先鋒ば務めて討死したと、国表には届けてやる。ええな、貫一。こんたなときに及んで、ぐずめくのァ、士道に背くことじゃぞ。くれぐれも不調法せずに、さぱっと腹切って死ね。ええな。

外が静かになったなはん……

耳っこ澄ませば、しんしんと雪っこ降る音が聞げる。盛岡も雪でござんすなっす。

なんもはあ、なじょすべ。

なじょしたら、良がんすべ。

腹を、切れってが。

わしには、次郎衛殿の気持ちがわがらねのす。幼なじみだども、あの人ァ、しょせん御高知衆だや。

ひもじいことの怖なさも、雪の冷っけさも、御高知衆にァわがらねべ。

腹も切れずに、座敷にちんぢこまってるおのれァ、情けねな。このまま血が止まらねば、遅かれ早かれ命はなくなるんだろが。

大和守安定——か。

見廻組の佐々木先生が持っていた刀と同しもんでござんす。さだめし切れ味はよかろな。はて、そう言やァ次郎衛殿は、この刀を、わしに呉でやると言うた。銭こ出して買えば、二百両も三百両もする名刀であんす。腹を切るときになって、はあ、何とももったいね。

さて、次郎衛殿。

お前さんは、腹ばかき切って死ね死ねとせっつぐが、わしにァ難しいこってござんす。

雪っこは静かでええが、凍れるねえ。手が冷っけ。

いや、凍れるせいでねな。切腹が難しいのは。

お前さんの言う通り、さぱっと腹切って死にてども、わしは切腹の作法を知らねのす。国では御指南役の代稽古まで務めていたわしが腹の切り方を知らねのは、妙たなことだけどねえ。

　だあれもわしに、切腹の作法を教えてくれながった。つまりは、わしは侍とも百姓ともつかね卑すい小身者だから、よもや腹を切って死ぬはずァねから、だあれも教えてくれながった。

　はて、介錯なぞいらんと見得ば切ったが、一人腹は難しんだべな。腹かっさばいて、血の出きるまでじっと辛抱していれば、そのうち死ぬべ。それでよがんすべ。

　主家の座敷に血ばはっ散らがして死ぬのは、最後の不忠でござんす。

　わしは、死にたがね。

　もうちょこっと、こうしておるべえか。したらばもしかして、土方先生がきんきら声上げて、わしを助けに来てくれるんだかも知らねからね。

　ほんとに来てくれるかも知らねな。吉村君、何をしてるんだい。さっさと江戸に帰ろうぜ、か。

　そんたなこと、考えたって仕様ねな。

　次郎衛殿を恨むのは、やっぱし良くはね。あの人にゃあの人の立場があって、ほかに手立ては思いつかながったのさ。さぞかし辛かろなぁ。

　わしがこうしてぐずめいていれァ、そのぶん次郎衛殿も辛かろ。早えとこさぱっとやるか。

ならば――この通り、勝手に戦して、勝手に腹切るお父（ど）を、どうか許して下んせ。勝手にお前に惚れて、さんざ貧乏さして、勝手にお前を捨てたわしを、どうか許して下んせ。この通りでござんす。

嘉一郎。お前は侍などやめて、商人（あきんど）になってけろ。お母（か）さんを、幸せにしてあげて下んせ。

ついでのようだども、南部の御殿様にァ、かえすがえす、お申（も）すわげなござんした。恩顧に報ゆることなく、国ば捨て、勝手な戦ばして、あげく錦の御旗に弓ば引いたわしを、どうかどうか、お許しえって下んせ。

吉村貫一郎、切腹の作法すら知らね卑すい小身者だども、大野次郎右衛門様のお情けば賜わり、これより立派に南部武士として、腹ば切り申す。

はあ、それにしても、静（すず）かだねえ。

盛岡さいるみてえな、さらさらの凍（すば）れ雪になりあんしたなっす――

いらっしゃいまし。

なになに、時間なんざ気にするこたねえよ。学生さんが夏休みにへえちまったうえに、朝からこの降りじゃ、商売もあがったりだい。ま、おひとりなら顔の見えるとこにおかけになって、年寄りの昔話でも肴に一杯やってくれ。

店の名かい。ハハ、「すみや」じゃねえ。「かどや」だい。角屋は京島原の揚屋。うちは神保町の角っこにあるから角屋だ。

それにしても、よく降りやがるねえ。今年ァ空っ梅雨で、こいつァいいあんべえだと思ってたら、何のこたァねえ七月もなかば過ぎてから毎日この調子だ。もっとも、ここいらは学生さんばかりだから、同じ降るんなら夏休みにへえってからのほうが、こちとら都合はいいやね。

明治に中央、日大、商科大学。まさか女子師範のお嬢さんはいらっしゃらねえが、帝大や医専の学生も年寄りのほら話を聞きにやってくる。朝飯が五銭。昼の定食が十銭。夜は講談話のつく居酒屋に早変わり。

何にしやしょう。

へい、ビール。たんと冷えておりやす。うちはねえ、旦那。酒はあんまし置かねえんで。なぜかって、そりゃ清酒（おみき）は翌（あく）る日に障（さわ）るからねえ。何たって学生さんにァ学問をしてもらわにゃ。

エビス、サッポロ、アサヒ、キリンとござんすが。なんなら舶来もありやすぜ。ホーフブロイ、ボックエール、ピルスナ、って。

驚くほどのことじゃござんせん。種明かしはね、上野の東京大正博覧会てえやつ。おのぼりは長え行列して自動階段に乗ったり、片道十五銭も払って不忍池（しのばずのいけ）を横断する「空中ケーブルカー」とかに乗って喜んでおりやすが、こちとらは東京の商売人だ。まっさきに明治屋の出店に行ってね、珍しいビールをしこたま仕入れてめえりやした。

へい。有難くごちになりやす。

いいねえ、勤め人は。学生はこんなふうに気がきかねえ。もっとも、年寄りに酒を勧めるのァ毒だと思ってるんだかも知らねえけど。みんな、孫みてえな連中でさあ。

上野の博覧会、ご覧になりやしたかい。え、行ってねえ。そいつァもってえねえことをしたな。俺なんざ三度も行っちまった。四月と半で七百五十万人も見たってのに、よっぽどお忙しかったんですかい。

ま、俺みてえな天保頭じゃ、何を見たって腰を抜かすばかりだけど、国産の自動車にゃびっくりした。ダット一号って、まだ町なかを走ってるのは見たことねえが、日本もてえした国になったもんだ。俺が若え時分に、攘夷だァ開国だァと騒いでいたのが、まるでお伽話のようでさあ。

俺の齢かい。聞いて驚きなさんなよ。いくつとは言わねえが、七十の峠はとうに越してる。正真正銘の天保生まれでさあ。

そうは見えねえでしょう。ひと回りぐれえ鯖を読んだって通用すらあ。いやね、若いかかあを貰ったもんで。そのうえ毎日が学生相手の商売だから、自然に気も若くなっちまうんです。

いや、もうけっこう。いくらお茶っぴきだからって、そうそうお客さんにたかるわけにもいかねえ。それに、ほんとのこと言いますとね、このビールってやつァ、腹が張っちまってだめなんです。冷や酒を手酌でやらしていただきやす。

酒は医者に止められてるもんで、かかあにめっかるとうるせえから、コップは置いとくけど。

——寝ちまったみてえだな。河岸(かし)へはかかあに行かせてるもんでね、寝るのは早えんだ。

終電までァ間がある。ゆっくりしてって下さいよ。

七十過ぎって言うとね、みんなびっくりするんだけど、何も俺が若えんじゃあねえ。ほかのじじいどもが老(ふ)けこんじまってるんだ。御一新のこのかた、世の中がどんどん変わっちまって、年寄りはみんな置いてけぼりにされてる。だから老けちまう。

したっけ俺ァ、変わり身が早えってのか要領がいいってのか、なんだかんだと時代についてってるからねえ。上野の博覧会だって三度も見に行ったぐれえだ。

それにしても、時代は変わったもんだ。たかだか五十年前によ、同じ上野の山に彰義隊がたてこもって、官軍とどんぱちやってたなんて、悪い夢だね、まるで。

ちょいと暖簾(のれん)をさげてくらあ。もうお客もくるはずァねえし。

まあったく、ざんざんざん、よく降りァがる。

旦那、よかったら背広を脱ぎない。官員さんだか大手町のお堅え勤め人だか知らねえが麻の背広がくたくただぜ。

え、俺の昔話かえ。へいへい、催促されなくたってお話しいたしやすよ。信じようと信じめえと、金物の味を知ってる人間の話ってのァ面白えはずだ。

さて、どんなのをご所望ですかい。桂小五郎でも月形半平太でも、見てきたように話して聞かせやすぜ。東山三十六峰静かに眠る丑三つどき、突如と起こる剣戟の響きィ――てな調子で。

なに、新選組。

ハハッ、そいつァ面白くねえ。なぜかって、講談にせえ芝居にせえ、新選組は悪者って相場が決まってらあ。

おおっと、しつこいね、旦那。そんなものは酒の肴にゃならねえって言っとろうがい。

――誰だ、あんた。

ただの客じゃねえな。いってえ何しにきやがった。

まあ、そこまで言うんなら、あんたもまんざら興味本位でもなさそうだし、まさか親の敵ってえ年回りでもあるめえから、話してやろう。

俺の名前か――そんなものは御一新このかた何べん変えたかわかりゃしねえ。本名なんざ忘れちまったよ。

こうして生き残っているってこたァ、それだけ人を殺してきたってこった。ましてやこのけっこうな世の中をこさえたのァ、俺たちがさんざ叩っ斬ったやつらの仲間なんだぜ。名前なんざ、いくつあったって足りやしなかった。

だから所帯を持ってようやくひとっところに落ちついたのも、四十を過ぎてからだ。若いかかあがいるのも、子供がいねえのも、つまりァそのせいさ。いわば凶状持ちみてえなもんで……今さっきあんたに新選組の隊士だったのかと訊かれたときにゃ、心臓が止まっちまったい。

さて、見てきたような嘘を言う講談好きのじじいの正体を、あんたがどこで嗅ぎつけたのか。そいつを聞くのはよそう。教えたやつの立場ってものもあるだろうからな。五十年もたって、生き残りは少なくなっちまったが、こうして店を構えていりゃあ、年に一度はふらりとやってきて、達者な顔だけ見て、またふらりとどこかへ消えて行く。おたげえ、まだ生きてやがるか、なんて思うだけさ。

懐かしいにゃちげえねえんだが、その懐かしいやつがまだ生きてるってのが、いやなんだ。で、懐かしさ半分、怖いもの見たさ半分で訪ねてくるってわけさ。

昔話はしねえ。仲間の消息を確かめ合うだけだ。で、誰それがくたばったらしいと聞けば、何だかよ、こう、命ひとつ分だけ体が軽くなる。

もうちょいと顔を貸せ。まじめに聞いてくれるあんたに、五十年も肚の中にくくりつけていた話をするのはやぶさかじゃあねえが、かかあは何も知らねえんだから。

さきに言っとくがよ、俺の話はしねえぞ。だったら何を聞きてえ。芝居でも講談でもねえ生の話を聞かせてやる。

近藤勇、芹沢鴨、土方歳三、沖田総司……どいつもこいつも、聞くのと見たのとじゃあ大ちげえだぜ。

なに、吉村——

吉村って、吉村貫一郎のことかい。

いや、知ってる。ちょいと面食らっただけさ。

長生きゃァ、するもんだの。よもや人が飛行機で空を飛ぶてえ世の中になって、あいつの思い出話なんぞするたァ思わなかった。

お身内じゃなかろうな。そうじゃあねえとするなら、よっぽど酔狂な男だね、あんたは。

あんなやつの話なんざ、面白かねえぞ。

吉村貫一郎——俺があいつと初めて会ったのァ、忘れもしねえ、元治が慶応と改まったその年の春のこった。いや、旧暦の五月だったから、今の暦でいやァ夏のかかりてえことになる。

前の年に池田屋騒動があって、それまで不逞浪士の集まりみてえに思われていた新選組は、一躍有名になった。理屈じゃあねえよ。強え者に人気が集まるのァ、いつの時代だって同しこった。

京都守護職の会津公からもしこたまご褒美が出て、それまでは壬生の郷士の家を借りて屯所にしていたものが、堂々と西本願寺に引越すことになった。東京でいやァさしずめ、山手線の外ッ側から丸の内に移るようなもんさ。もっとも、仰々しい真宗の本山よりも壬生の郷士の邸のほうが居心地はよかったから、隊士たちは引越してからも、暇さえありゃあ壬生に帰ってごろごろとしていた。

ま、兵隊の日曜下宿みてえなものかな。だからいつまでたっても、俺たちァ「壬生浪」だった。

恐れられてもいたが、馬鹿にされてもいたんだな。ただでさえ京のやつらは他所者を受けつけねえ。ましてや新選組は会津藩御預りたァいえ、もとを糺せァ食いつめ浪人の寄せ集めさ。乱暴で行儀が悪い。

さて、西本願寺の北集会所てえところを借り切って、屯所も広くなったことだし、ここはひとつ隊士を増やして、思いっきり働こうてえことになったらしい。で、京大坂と江戸とで、新規の隊士募集をしたってわけさ。

俺ァそのころ、大坂でぶらぶらしていた。国じゃあいちおうは苗字帯刀を許された士分だが、箸にも棒にもかからねえ足軽小者の次男坊で、脱藩と言うほどたいそうなもんじゃねえや。年も若かったし、家出だな。

それで、腕にゃ多少の覚えがあったもんだから、ひょんなことで知り合ったあるお貸元のところで、賭場の用心棒みてえなことをしていたんだ。

そんなわけだから、新選組が隊士募集をしていると聞いたとき、渡りに舟と馳せ参じた。何年かあとに起こることなんざ、思いもつかねえや。長州は立派な朝敵、新選組は飛ぶ鳥も落とす勢いの、いわば京都憲兵隊だったんだからな。

芝居や講談じゃあ、勤皇か佐幕かできっぱりと色分けをしているが、実のところはそんなんじゃあねえ。べつに今さら徳川の肩を持つわけじゃねえけどよ、あのころァ公方様も勤皇で、守護職の会津公も所司代の桑名公もみんな勤皇だった。てことは、新選組だって勤皇の志士さ。要は誰が天皇様と手をつなぐかってことだった。手が切れちまった者が、朝敵になった。

吉村貫一郎は江戸からやってきた。土方さんが江戸に下って、五十人ばかりの新入隊士を連れ帰ってきたんだ。

西本願寺の屯所の広間で、大坂からきた俺と、江戸からきた吉村は初めて顔を合わせた。つまり、あいつと俺とは同期生ってわけさ。

あんた、こんな覚えはねえかい。

のちに深いつきあいになった男とか、惚れた女とか、そういうのってのァ、ふしぎなほど初めて出会ったときの姿を覚えているもんさ。

だから、そんときのこたァよおく覚えている。まるできのうのことみてえによ。庭の玉砂利が真白な日ざかりの日を照り返す廊下に、あいつはほかの連中とは少し離れてちんまりと座っていやがった。

江戸からの長旅をおえて、今しがた到着したばかりだというのに、とてもそんなふうには見えなかったな。手甲脚絆はそのままだったが、髭も月代もさっぱりと剃っていた。

新入りたちの中ではいくらか年かさに見えたし、何よりも居ずまいがよかったから、俺はあいつをてっきり古参の隊士か、会津藩の御目付か何かだと思ったんだ。俺ァ若え時分から要領のいいほうだったからな。こいつァはなっから取り入っておこうと思って、新入りたちのごろごろする座敷を通り抜けて廊下に出た。

吉村はきちんと正座をしたまま書物を読んでいた。こうなるといよいよ会津の御目付だ。

「失礼つかまつる」と俺がかたわらに座れば、書物を閉じて軽く頭を下げ、席を譲る。

「いよいよお国のために一働きできます。拙者は果報者です」

などと、俺は歯の浮くようなことを言った。そのとたん、書物から目を上げてちらりと俺を見た、あの顔は忘れねえ。何ていうかな、こう、フンと鼻で嗤われたような気がしたんだ。

「ご無礼ながら、ちとお訊ね申し上げる。そこもとは会津の御家中でございますか」

は、と吉村は素頓狂（すっとんきょう）な声を上げ、とんでもないというふうにかぶりを振った。

「そこもとと同じ、新規に召し抱えられた者でございます」

そう言ってにっこりと笑ったとたん、浅黒い顔から真白な歯がこぼれた。昔の侍はあまり面と向かって笑うことをしなかったが、やつはとても笑顔のいい男だった。言葉には強い訛（なまり）があった。

それから、俺たちはしばらくの間、暇にあかせて雑談をかわした。いってえ何の話をしたのかは忘れちまったが、たいそうな中味じゃあなかったと思う。志士を気取った挨拶を、フンと鼻で嗤われたことが頭にあったから、たぶん俺もさし障りのねえ食い物の話か、京の風物の話でもしたんだろう。

ふしぎな感じのする侍だったな。居ずまいがきちんとしてるわりにゃ、線が細いというか、どこかひよわなふうで、武張（ぶば）った様子がまるでなかった。話しながら、人の目を見ずに遠いところに目をやる癖があって、それがいっそう、表情を気弱に見せていた。庭先の玉砂利からはじけ返る白い光の中で、あいつの口元はずっと人形みてえに笑っていたっけ。

　やがて土方さんがやってきて、点呼をとった。土方歳三という名は、京大坂では音に聞こえていたから、思わず身がひきしまったものさ。豊かな総髪を結った、賢そうな侍だった。

　名を呼ばれたときは鼻高々さ。なにせ俺ァ、小野派一刀流の目録者だからな。居並ぶ連中はみな、ざわざわと振り返ったよ。

「よし、つぎ。吉村貫一郎君」

「はい、これにて」

「奥州盛岡、北辰一刀流、免許」

　これには面食らった。なぜかって、どこからどう見ても、免許皆伝の剣客にァ見えなかったからさ。目録ででけえ顔をした俺ァ、たちまちちぢかまっちまった。

　だが、あいつの腕前は本物だった。そのすぐあとで、それぞれのお手並拝見ということになったんだが、俺ァそこでものすげえ立ち合いを見ちまったのさ。

　吉村と手合わせをしたのは、神道無念流の免許皆伝、永倉新八だった。

　やがて俺たち新入隊士はぞろぞろと日ざかりの庭に下りた。

　考えてみりゃ、壬生から西本願寺に屯所を移したそのころ、新選組は得意絶頂だったんだろうな。庭にゃ会津松平の三ツ葉葵を染め抜いた陣幕が張りめぐらされていたっけ。
池田屋騒動と、それに続く蛤御門（はまぐりごもん）の戦で天下に名を轟（とどろ）かせた新選組に加わろうてえんだから、どいつもこいつも多少は腕に覚えがあるようだった。その後のことを考えても、慶応元年のこの年にへえったやつらは、頭数も多かったが中味も粒ぞろいで、ずいぶん役に立ったものさ。

大方は脱藩の浪人だ。攘夷だ勤皇だ、世のため人のためだとたいそうな建前を口にしちゃいたが、むろん本音はそんなんじゃあねえ。ただの食いつめよ。

そのころァどこの大名も金がなくって、満足な給金が払えねえ。おまけに物の値段はうなぎのぼりで、一等割を食ってたのは足軽同心の木（こ）っ端（ぱ）侍さ。

今の世の中なら、体さえよけりゃまず食うには困らねえ。人足になったって俥（くるま）を引いたって、おまんまを食うだけの日当は貰える。てっとり早く兵隊になりゃァ、飯どころか軍服も寝床もつく。

だが幕末の二本差してえのァ、まったくにっちもさっちもいかなかったんだ。飯は食えねえ、やめられねえ、となりゃァ残る手だては脱藩しかあんめえ。みんな事情は似たものだが、まさか食えねえから脱藩したとは言えねえだろう。それで、ごたいそうな建前を並べて、いっぱしの壮士を気取っていたというわけさ。

さて、羽織を脱いで廊下に畳み置き、襷（たすき）をかけて袴の股立ちを取り、えいえいと素振りなんぞしてるうちに、新選組のお偉いさん方が陣幕をくぐって庭にへえってきた。

近藤勇。そりゃあ、ひとめ見てそうとわかるほどの、てえした貫禄だった。総髪を大髻に結って、鰓の張ったいかつい顔。眉と頰骨がつき出ていて、細い目は落ちくぼんでいた。ぐいと睨みつけられただけで慄え上がっちまうぐれえの、おっかねえ顔だった。ありゃァ、剣客の顔だな。

三つの床几に近藤勇、土方歳三、もうひとり参謀の伊東甲子太郎が座った。この伊東というのは、江戸深川佐賀町の伊東誠一郎道場の婿で、俺たちより少し前に道場を畳んで新選組に迎えられたてえことだった。深川の伊東道場といやァ、北辰一刀流の名門さ。そこの道場主なんだから、腕前だって半端じゃなかろう。髪はやっぱし総髪に結い上げていて、こいつは近藤とは好対照の、学者みてえに上品な顔をしていやがった。

三人が床几に腰を据えると、今度は俺たちの相手をする隊士たちがやってきた。

ひとりは沖田総司。近ごろじゃ芝居や講談ですっかり有名になっちまったが、話はずいぶんちがうぜ。

まず、身丈が五尺八寸は優にある大男だ。肩幅がむやみに広くって、そのせいか衣紋掛に吊るしたみてえな、薄っぺらな体に見えた。のちに肺病で死んだてえことだが、言われてみりゃァやや猫背で、そんなふうにも見えたな。だが、性格は妙に剽軽なやつだったぜ。おしゃべりで、いつも冗談ばかり言って人を笑わせてやがった。

もうひとりは永倉新八。こいつも沖田に劣らぬ大男だ。ただしこっちは筋骨隆々の偉丈夫という感じで、腰のどっしり据わった居ずまいが、いかにも強そうだった。齢は沖田より四つばかり上、近藤や土方より三つ四つ下だったろうか。

いやはや、何人もの人間を叩っ斬ってきたやつの剣てえのは、凄えもんだぜ。何々流の免許だ目録だと言ったって、やつらの前じゃまるで子供扱いだ。まず、剣の速さがちがう。その目にも止まらぬ剣さばきに、大きな体がぴったりとついて行って、同時に裂帛の気合いってやつだ。立ち合いというより、一列になってつっかかる回り稽古みてえなものだったな。

俺の相手は永倉だった。まだ忘れもしねえよ。正眼に構えたとたんに、体が巌みてえにどっしりと定まって、こいつァどうしたってかなわねえ気がした。何だか剣術を始めたばかりのガキの時分に戻っちまったみてえだった。エイッ、と面に打ちこんだつもりがあっさりと払われて、逆に胴を抜かれてもんどりうった。

ふしぎなことに、木刀でごつんときたわりには痛くなかった。じゃあなぜ、もんどりうって転がったかというと、びっくりしちまったんだな。胴を抜かれた瞬間、永倉の頭が右の脇を低くすり抜けたのが見えた。つまり、胴を叩かれたんじゃなくって、やつァ刀の鎺元(はばきもと)から物打(ものう)ちまで使って、俺の腹をすうっと斬り抜けたんだ。
わかるかい。俺ァそんとき、「斬られた」と思った。あんなふうに懐に飛びこまれて、まるで鮪(まぐろ)でもさばくみてえにすうっと刀を引かれたんじゃ、真剣なら胴体が真二つになってらあ。痛くも何ともねえかわりに、その分びっくりして腰を抜かしちまったよ。

吉村貫一郎は、そんな具合に新入りの隊士たちがひと通り片付けられたあと、のそっと永倉の前に立った。

免許者ということで最後に回されたのかもしれねえ。いや、順番はいいかげんだったから、あいつも何か思うところあって、尻に並んでいたんだろう。よほど腕に自信があったのか、それともじいっと沖田や永倉の剣筋を読んでいたのか。

沖田は滴(したた)る汗を拭いながら、フンと鼻で嗤った。

「永倉さん、ひとつ真剣で立ち合ったらどうです」

むろん冗談だと思った。だが、びっくりするじゃねえかい、永倉新八は無表情な三白眼でじろりと吉村を睨みつけると、縁側に置いてあった黒鞘(くろざや)の本身(ほんみ)を二口(ふり)、手に取ったんだ。

「安心しろ。刃は引いてある。日ごろの稽古では木刀など使わんのだ。やるか」

いくら刃引きがしてあるといったって、本身は本身だ。明日からは俺たちもそれで稽古をさせられるのかと思うと、ぞっとしたな。

「どうか、お手やわらかに」

と、吉村はべつに臆するふうもなく、永倉の差し向けた一口を受け取った。

「そこもとの流派では真剣の立ち合いなどなかろう」

たしか永倉はそんなことを言った。のちにわかったんだが、沖田も永倉もべつだん吉村をどうこうしようとしていたわけじゃあねえんだ。やつらの狙いは参謀として迎えられた伊東甲子太郎さ。いくら名門の道場主たァ言え、きのうおとつい江戸からやってきて、自分らの頭越しに参謀だてえんじゃ面白くねえ。俺たちの剣術は道場剣じゃねえんだってえ自負もある。そこで、伊東と同じ北辰一刀流の免許皆伝を、みんなの前で叩きのめしちまえ、ってわけさ。

近藤勇も伊東甲子太郎も、床几に腰を据えたまま黙っていた。沖田と永倉の目論見は百も承知だったんだろうが、文句をつけるわけには行かねえやな。

その点、土方歳三は機転がきいた。いかにも、仕様がねえなあという感じで、どこかから取り出した鉢巻を、ひょいと吉村の胸元に投げた。額に厚い筋金を打った白鉢巻さ。

「まあ、まちがいってこともあるから、使いたまえ」

肋や腕を折るぐれえならまだしも、面にへえりゃ頭が割れて命にかかわる。筋金入りの鉢巻ってのァ案外と役に立つもんで、その後の稽古のときにァ俺も巻いていたもんさ。

吉村は砂利の上に蹲踞して本身を腰に差し、鉢巻を巻いた。ずいぶん落ち着いてやがったな。で、いきなり目の前に蹲踞する永倉に向かって、こう言ったんだ。

「まちがいもござりますゆえ、そちらも」

たちまち永倉の顔色が変わった。それァ頭にもくるさ。危ねえからそっちも鉢巻を巻けって言うんだからな。

「無用。遠慮はするな」

二人は同時に本身を抜いて立ち上がった。永倉新八は刀をやや右に開いて、刃を内側に向けた正眼。その構えは神道無念流じゃァなく、近藤勇の天然理心流だ。おそらくそのころにゃァ、永倉も近藤の剣を学んでいたんだろう。その形から体ごと突きをくり出すのが、新選組の剣術だった。

対する吉村は、北辰一刀流のお手本みてえな、きっかりとした正眼さ。

だが、ちょいとばかりちがっていた。竹刀や木刀を使う道場剣なら、姿勢は爪先立ちになるものだが、吉村貫一郎の構えは、踵がべったりと地についていた。真剣の重さを知っているやつの構えだ。

そのとき、俺のそばで笑いながら汗を拭っていた沖田総司が、ふと手を止めて「ほう」と呟いた。

永倉と吉村は間合いを取ったまま、長いこと動かなかった。吉村の顔は、それまで俺に見せていた気弱そうな田舎侍のものじゃあねえ。まるで別人だった。

先に打ちこんだのは永倉のほうだ。間合いを見切るや、一気に咽元を突いた。手加減なんざしてやしねえ。いくら刃引いてある本身だって、突きがへえりゃお陀仏だろ。

吉村はその一突きを半歩さがってみごとにはずすと、踏みこたえる永倉の横面を打った。そりゃァ、ものすげえ横面だったぜ。みんながいっせいに、わっと声を上げた。何だかてめえの首がすっ飛んじまったような気がしたもんだ。

ところがそこはさすがの永倉新八、横面を刀の棟でがっしりと受けた。だが吉村は容赦なく、二の剣三の剣をくり出す。それをかろうじて受けながら、永倉はものの三間ばかりも押しまくられちまった。

息を入れて、吉村は構えを正眼から上段に変えた。それでも永倉が得意の胴を抜けねえのは、吉村の構えに隙がなかったんだろう。

真剣で立ち合ったことのねえやつにはわかるめえが、大上段に振りかぶるなんてのは、実際にはそうそうあるもんじゃあねえ。その構えで胴に隙を見せねえってのァ、よっぽど剣が速えからなんだ。

吉村の構えからは、次の一撃で面を真向に割るという気魄が見えていた。

そのまま吉村がじりっと進めば、永倉がじりっと下がる。腕に覚えのある者の目には、もう勝負は明らかだった。背が高いうえに上段に構えた吉村は、永倉を間合いに入れていたんだからな。

「よし、それまで」

床几から立ち上がって、近藤勇が言った。新選組の金看板が打ち倒されるすんでのところで、さすがに近藤は勝負を止めたってわけさ。

すると吉村は、すっと間合いを切って刀を下ろした。そのあたりの身のこなしが、またなかなか堂に入っていたな。

もっとも、永倉新八が弱かったわけじゃあねえよ。吉村のあの目の覚めるような横面を受けられる者ァ、そうはいねえ。並みの侍なら百人が百人、とたんに首がすっ飛んでらあ。

つまり、吉村貫一郎が強かったのさ。

脱藩してから京に上る間、やつが江戸で何をしていたのかは知らねえ。その三年の間に何があったのかは、聞いても言わなかった。

剣の強え弱えは、免許でも目録でもねえ。場数さ。だから俺ァ、やつの昔のことは無理には聞かなかった。壬生浪中の壬生浪と言われた永倉新八せえ打ち負かすぐれえの場数を、やつは踏んできたんだろう。

目立つことの嫌えなやつだった。だからそのときも、「失礼をばいたしました」と小さな声で言って、呆然とする隊士たちの中にそそくさと紛れ入ろうとしたんだ。近藤は吉村を大声で呼び止めた。あの人はとにもかくにも、強え侍が好きだった。何だって真っつぐに剣を突き出す天然理心流の流儀そのまんまの、馬鹿と言われても仕方ねえぐらい、真っつぐでわかりやすい人間だった。

吉村は、片膝をついて向き直った。

「永倉君と互角(ごかく)にわたり合うとは、いやはやたいした腕前ではないか。今後、両君らとともに剣術師範方を務めていただこう」

入隊そうそうの大抜擢(ばってき)だが、あの立ち合いを見せられたんじゃあ、誰にも異存はねえさ。

「拙者を、新選組の剣術師範に——」

妙な野郎だよ。蚊の鳴くような声で、まるで信じられねえというふうに、そんなことを呟いていたっけ。

新入りの隊士たちはまたどやどやと座敷に上がり、陣幕が畳まれても、あいつはしばらくの間、庭先にぼんやりと立っていた。

永倉新八が汗を拭きながらやってきて、吉村の肩を叩いた。

「何も驚くことはなかろう。強い者は強いんだ」

はあ、と吉村は気の抜けた返事をしていたな。

さっぱりとしたいい男だったよ、永倉は。近藤みてえに肩に力が入った剣客じゃなかった。今流に言うんなら、スポーツマンだな。

松前の脱藩だが、家は百五十石取りだということで、育ちもよかったんだろう。だから事の善し悪しのわかるやつだったたし、近藤にも土方にも、はっきりと物を言った。

同じ北国の生まれということで、永倉と吉村は仲がよかった。非番のときにゃァよく連れ立って、がらがらと高下駄を引きながら壬生の屯所に帰ったりしていたものさ。

思い出すなァ。夏の日ざかりの道を、吉村と永倉と俺と、もうひとり何かと仲のよかった原田左之助。四人が同じ浅葱色の羽織を着て、壬生に帰るのさ。

それぞれわけあって脱藩してきた身の上だ。齢も若かった。

原田は上野の山で、彰義隊と一緒に戦って死んだ。永倉は会津まで転戦したがとうとう生き残って、さて、このところとんと便りもねえが、達者でいるのかな。

あいつは——吉村はどうなっちまったんだろう。

最後に見たのは淀千両松の戦で、いってえ死んだのか運よく逃げおおせたのか、消息は知らねえ。ともかくひでえ負け戦だったからな。どっちだっていいけど、知りたかねえよ。

俺は、鳥羽伏見で敗けて、甲州の戦で敗けて、会津で敗けて、箱館で敗けて——いやはや、こうやってのうのうと酒を飲んでいるのがいまだに信じられねえ。九死に一生と言やァ聞こえはいいが、悪運てえのはあるもんだな。

旦那、どこまで帰るんだい。市電ならもうじき終電だよ。省線ならあと一杯ぐれえはいいけど。

本当のことを言うとな、俺ァ吉村貫一郎ってやつは、好きじゃなかった。なぜかって、いじ汚ねえやつだったからよ。そりゃあ剣は立つ、学問もある、とりわけ筆は達者だった。だが何てったって、銭に汚なかったんだ。万事が銭、銭。それが士道に背くことならおめえ、あいつは百回も腹を切らされてらあ。守銭奴、ってのかね。ま、その理由はわからんでもねえが、ちょいと度を越していた。

べつにまちがったことをするわけじゃあねえんだよ。だからよけい始末におえねえ。さすがの土方歳三だって、あいつにァうんざりさ。

そんな話も、聞くかい。

京都の夏の茹だるような暑さっての、旦那、知ってるかい。

口で言ったってわかりゃすめえが、知らねえんなら教えてやろう。

夕方になると風が死んじまって、そのうち湿った夜がやってくる。まるで町じゅうが沼の底に沈んじまってるような、べっとりとした闇さ。

じっとしていたって汗が滲み出てきやがる。麻の着物は塩を吹く。刀はしじゅう打粉を打って、油を引き直しておかなけりゃ、たちまち錆が出る。

考えてみりゃァ、夏はそんなふうに暑く、冬は冬でしんしんと底冷えのするあんな土地に、よくもまあ千年も都があったもんだ。まあ、その千年のどん詰まりに、俺たちァ何の因果か居合わせちまったんだがね。

俺や吉村が入隊した慶応元年の夏は、とりわけ暑かったみてえな気がする。昼日なかに月代を焼きながら歩ったんじゃあたまらねえから、見廻りは日が落ちてから出かけたもんさ。

新選組の所轄は、西本願寺の屯所を中心にして五条の南、堀川の西。それと、四条から南の祇園や東山の一帯さ。守護職、所司代、所司代組、御定番組、見廻組などが、それぞれの所轄を受け持っていたんだが、新選組の持ち場にァ祇園と島原があったから、忙しさは比べものにならなかった。見廻りに出て刀を抜かなかった日はねえぐれえのもんだ。

油を引かなきゃ刀が錆びる。油だらけじゃ刀が切れねえってわけで、出かける前に油を拭き、帰ったらまた塗るって——あの年の暑さは入隊早々で気が張っていたせいかもしれねえな。

文久の初めごろから、京には天誅てえやつが流行して、上はお公家さんから下は目明し、町人まで、尊皇攘夷の志士を名乗るやつらに片っ端から暗殺された。新選組が守護職会津公の肝煎りで警備についたのは、つまりそういう物騒なやつらを取り締るためさ。

もっとも、その物騒なやつらってのが、のちの元勲とかいう連中なんだがね。

新選組はそいつらを、四の五の言わせずに叩っ斬った。強えのも強えが、そりゃァ隊士おのおのの腕前のせいばかりじゃあねえ。なにせ卑怯者は切腹、脱走も切腹、勝手な借金も訴訟事も、喧嘩をしたって切腹なんだ。けっしてお題目じゃあねえんだぞ。斬死するやつより腹を切らされるやつのほうがずっと多いってんだから、強えはずだわな。

そうだ。その夏は公方様が上洛するてえんで、俺たちはいっそう忙しかった。京大坂には大勢の不逞浪士が入りこんでいるてえ噂で、地雷を使って公方様の行列を吹っ飛ばそうなんて計画も露見したんだ。俺たちゃ隊士となったのっけからてんてこまいさ。

吉村貫一郎は諸士調役兼監察てえ役目に抜擢された。席次からすれば、局長の近藤、副長の土方、参謀の伊東、一番隊から十番隊まであった隊長に次ぐ幹部だ。

隊士たちを取り締ったり、不逞浪士の動向を調べたりする役目で、今の軍隊で言やァさしずめ、憲兵と情報将校を兼ねたようなものだったろうか。

剣術の腕が立つのと、読み書きが達者なのと、もうひとつ多少は齢が上だったから、この抜擢には誰も異存はなかった。つまり、はなから一目も二目も置かれてたってわけだ。

ことに土方歳三は、吉村を買っていたな。

妙なやつなんだよ、吉村ってのは。剣術はたいしたものなんだが武張ったところがねえ。学問はあっても鼻にかけるわけじゃねえ。かと言って、立派なやつかというと、そうでもねえんだ。ほら、どこにだっているだろ。何だって一通りはできて、考えてみりゃてえしたものなんだが、どうもさほどてえしたものにゃ見えねえってやつ。

土方歳三は理詰めで物を考える人だったから、口数が少なくて大人しい吉村の能力を、きちんと知っていたんだろうな。

ま、飲め。どうせ終電に乗る気はねえんだろ。

さて、頃は夏たけなわ。俺たちが入隊してから閏月（うるう）をはさんで、まだ二月ぐれえしかたっていねえころのこった。

屯所の部屋で見廻りの出仕度をしているところに、土方からお呼びがかかった。何も粗相はしちゃいねえなあと、首をひねりながら奥の座敷に行ってみると、ひと足先に呼ばれた吉村が、土方の前にかしこまっていた。

たしか、土方の脇には沖田総司と斎藤一（はじめ）。俺が座敷に入ると、斎藤はまるで品定めをするようにしげしげと俺の顔を見ながら、庭に向いた障子を後ろ手にすうっと閉めた。

三番隊長の斎藤は一番隊長の沖田、二番隊長の永倉と並ぶ剣客だが、どうとも得体の知れねえ、気味の悪いやつだった。齢は沖田と同じぐれえで若い。童顔で、目つきばかりが炯々（けいけい）と鋭かった。やつが口をきいたところを、俺は見たことがねえんだ。出身も、怖ろしく強え剣術の流派も知らなかった。

俺と吉村を前にして、土方はこんなことを言った。

「このたび、平隊士の瀬山多喜人、石川三郎の両名が隊規違反のかどにより、切腹することとなった。ついては両君に介錯を務めていただきたい」

ひやりとしたな。

いや、俺だってそれまで人を斬ったためしがなかったわけじゃねえから、切腹の介錯なんぞどうってこたァねえ。土方がそれを俺と吉村に命じたって理由が問題なのさ。

瀬山は俺と一緒に大坂から入隊した浪人だ。石川は江戸での隊士募集に応じて、吉村とともに京へと上ってきた。わかるかい。要は、同期の仲間に介錯をさせるってこった。

何でも瀬山と石川は、町家の女にちょっかいを出したとかいうことだったが、二十歳を出たばかりの若え侍が、そんなわけで二人とも切腹じゃあたまらねえ。

理由なんか何だってよかったんだろう。ともかく新規募集で一気に膨(ふく)れ上がった中から、誰かを血祭りに上げて空気を引き締める。ならば介錯も同期の者がよかろう、ってわけさ。

まさかいやとは言えねえ。すると、ではさっそくときやがった。

屯所の庭に古畳が敷かれて、俺と吉村が白襷をかけたのはものの小一時間後のことだ。蜩(ひぐらし)が人間どもを嘲(あざけ)るようにかなかなと鳴く、夕暮れどきだったな。

俺は瀬山の後ろに、吉村は石川の背に立った。で、さらに俺たちの後ろには、沖田と斎藤とが刀を抜いて控えていた。万がいち俺たちが斬り損じたら、間髪を入れずに手練の二人が始末をつけるってわけさ。

だが、むろん失敗なぞ許されねえ。そんな見苦しい真似をすりゃァ、こっちが士道不覚悟の罪で切腹だ。

廊下には隊士たちが鈴生りだった。その後の切腹は土間や奥座敷でさっさと済ませたものだったが、そのときばかりはやっぱり見せしめだったんだろう。もしかしたら、全員が見届けるようになんて命令が出ていたのかもしれねえ。

瀬山はすっかり観念した様子でうなだれていたが、石川はがたがたと慄えていた。ほんの一瞬の出来事だったんだろうが、俺は何だか一時間もそうしていたような気がしてならねえ。

切腹なんてものは、腹を刺すか刺さねえかのうちに首を落とすのが当たり前なんだ。だが新選組の作法は違っていた。いつでもそうだったが、腹を横一文字にかき切るまで介錯は許されなかった。

瀬山が先に切った。刀を引き回す間、今にも首を落とそうと足を踏んばる俺の後ろで、沖田総司が「まだまだ」と気合いをつけていた。

よし、と沖田に言われて、俺は刀を振り下ろした。物打ちにごつんと骨が当たった感じは覚えている。瀬山は落ちた首をてめえで抱きかかえるようにして、砂利の上に腹這っちまった。

そこまではいい。

俺は吉村と石川のことなんざ、考える暇もなかったんだ。とたんに隣でいってえ何が起こったのか、俺にはわからなかった。

同時に腹を切る手筈だった石川が、短刀を握ったまま立ち上がった。とっさに動転したのか、よっぽど死にたくなかったのか、大声でわめきながら逃げ出そうとしたんだ。だがそこは塀に囲まれた狭い庭で、逃げようにも逃げ場がねえ。石川は鼠みてえに右往左往したあげく、短刀を振り回して廊下に駆け上がろうとした。わあっと人垣が割れた。

その一瞬、吉村が空を飛んだんだ。やつは刀を大上段に振りかぶったまま、たしかに人間ばなれした高さを、二間も飛んだ。

「斬れ、斬れ」

と、土方の甲高い声を聴いたのもたしかだが、吉村の刀のほうがその声より早かったと思う。一瞬、みんなが凍えついちまった。

石川は楽なもんだった。あれじゃあ、痛えもくそもあるめえ。一太刀で右肩から袈裟がけにばっさり。しかも信じられねえことにゃァ、石川の体が倒れかかる前に、返す刀で首を刎ね飛ばしたってえんだ。

講談話じゃあねえよ。俺ァこの目で見たんだ。石川は短刀を握って廊下に上がりかけた格好のまんま、胴を袈裟斬りに割られ、首を刎ねられた。飛んだ首が鞠みてえに廊下をはずんで、庭に落ちた。首のねえ胴体はほんのしばらく、とまどいがちに手をついて立っていたっけ。それから、首と同じあたりに、あおのけにどうと倒れた。

みんなが呆然としている間、吉村は刀を構えたままきちんと間合いを切って残心を示すと、まるで据え物でも斬ったあとみてえにすり足で後ずさった。

隊士たちの中には怖ろしくなってその場を逃げ出す者もおり、腰を抜かしたまま立ち上がれねえやつもいた。俺たちが石川の死体を囲んでいるうちに、吉村は手桶の水で刀を洗い、どこかへ消えちまった。

「たいしたもんだねえ、吉村君は。道場剣だとばかり思ってたけど、どうしてどうして」

どんなときでも冗談ばかりの沖田が、たしかそんなことを言って笑った。言いながら吉村の真似をして、上段の構えで飛んだりはねたりしていた。一方の斎藤は、石川の死体を覗きこみながら、切り口を指先でなぞるようにして何かを考えていた。大上段からこう切って、手首を返してこう払う、なんぞと吉村の剣さばきを考えていたんだろう。考えながらしきりに首をひねっていたっけ。

土方に呼ばれて、酒井兵庫という古手の隊士がやってきた。こいつは日ごろ表には出ずに、いわば事務仕事を任されている。隊内に死人が出たときの後始末や弔いも、酒井の役目だった。

二つの死体を戸板に乗せながら、酒井はうんざりとこんなことを言ったもんだ。

「きょうび会津や桑名の侍だって、こんなことはしませんよ。逃げたい者は逃がしゃいいのに」

のちに考えたんだが、酒井は新選組の菩提寺である壬生の光縁寺に仏を持って行って埋葬し、そのつど事の顚末(てんまつ)を守護職会津公に届け出なけりゃならなかった。ばんたびのことだから説明も難しかったろうし、会津の御目付役からは叱言(こごと)も言われたろう。新選組の理不尽ってやつを、ひとりで説明して回らにゃならねえ立場だったんだな。

年のころなら三十四、五、剣術はひと通り使ったが、どちらかというと読み書きが達者な大人しい男だった。

蜩のかなかな声を聴くと、石川や瀬山のことより、うんざりと後始末をしていた酒井の横顔を思い出す。やつは当たり前の世界とそうじゃねえ世界の両方を行ったり来たりする、気の毒な男だった。

その晩、俺と吉村にはお清め代の金が出た。

新選組はなにせ金回りがよくって、月々の給金のほかに、働きに応じた手当がそのつど出たんだ。

土方の部屋に呼ばれて、俺たちは二両ずつの金を受け取った。まあ、高いか安いかはともかく、島原にくり出して十分なお清めをできるぐれえの金さ。

実のところ、俺はそんなことで金が貰えるとは思ってもいなかったから、有難く押しいただいたよ。だが——吉村はそうじゃあなかった。やつは眉間に不愉快そうな皺を寄せて、小判には手も触れずにこんなことを言ったんだ。

「介錯を致しましたのは同輩の務め、改めて金子を頂戴する立場ではございますまい」

おいおい勘弁してくれよ、と俺は胸の中で呟いた。そんなことを言われたんじゃ、金を懐に収めちまった俺の立場はどうなる。

「しかしながら、土方先生。先ほどの顚末はご承知と思いますが、いささか無理な介錯を致しましたゆえ、刀の物打ちに刃こぼれが生じました。できますれば刀代を頂戴できぬものでしょうか」

つまり、もっと金をよこせってことさ。

だが、そう言われてまさか腰の物を改めるわけにはいくめえ。

「そうか」とひとこと言ったきり、土方はてめえの懐から三両を出して、二両の上に積んだ。そんときの二人のやりとりはおかしかったな。土方はもともと薬の行商人をやっていたぐれえだから、銭勘定には敏いんだ。

ケチ同士の目と目のかけひきは、だいたいこんな具合だった。

(わかったよ。なら、あと三両出そう。これで了簡しろ)

(いんや。わしの刀は五両では買えねす。あと五両はいただきてえ)

(馬鹿を言うない。おめえの刀は無銘の痩せ刀じゃねえか。何で十両もするんだ)

(お言葉ではありあんすが、沖田先生の刀は加州清光、斎藤先生の刀は池田鬼神丸とお見受け致しあんす。んであれば、五十両はくだらねえ業物。わしはそこまでは言わね。十両ぐれえではねえかと)

(……仕様のねえやつだな、おめえは。侍かい、それでも)

(侍だればこそ、刀だけァきちんとせねばなんねす。お頼み申っす。十両呉で下んせ)

結局、暗黙のやりとりののちに、土方は五両に五両を重ねた。吉村はそれをかきこむようにして懐に収めると、さっさと座敷を出てっちまった。その素早さがまた何とも下品で、俺と土方はあまりのことに目を見合わせたものさ。

吉村が立ち去ったあとで、土方は呆れ返った咳払いをひとつして俺に訊ねた。

「やつは、南部藩士だったそうだが、本当かね」

「まさかそんな嘘はつきますまい」

答えたものの、正直のところ俺は疑った。侍というものは銭金にァ淡白でなけりゃならねえ。ましてや南部盛岡は二十万石の大藩だ。

ところで、もっとびっくりさせられたことがある。

その翌る日、吉村は何食わぬ顔で刀の手入れをしていやがったんだ。物打ちには刃こぼれどころか傷ひとつなかった。俺が睨みつけると、やつはちょいと照れ臭そうにして、「だいぶ痩せましたね、この刀も」なんて言いやがった。

意味深だぜ。刀が痩せるのは、それだけ使って研ぎ減りがしてるからなんだ。

飲りなよ、いける口だろ。

俺も今夜ばかりゃ商売ぬきだ。終電も行っちまったし、かかあは寝ちまったし、おまけに外はざんざん降りだ。昔話をするにゃもってこいの晩だね。

五十年、か――。

一口にそう言ったって、御一新の前と後とじゃあ、同じ五十年でも中味がちがう。

飛行機が空を飛ぶ。自動車が走る。物は何だって電気で動いてらあ。

だがね、旦那。一等変わっちまったのァ、そんなもんじゃねえぞ。人間だ。

御一新のこのかた、西洋の医術ってのがすっかり進歩して、人間は長生きになった。そのぶんだけ人生が間延びしちまってよ、ここに飯を食いにやってくる明治や日大の学生が、あのころの俺たちと同じ齢ごろだなんてとても思えねえ。ガキだね、まるで。

どいつもこいつも親の脛っかじりで、国から為替が届きゃ郵便局の帰り道にそっくり使っちまう。活動を観て、洋食を食ってコーヒーを飲んで、下宿代を払や湯銭も残らねえ。そんで、おじさんすまないけど昼飯代はつけといてくれ、月末の仕送りで必ず払うから、と、こうだ。

ま、そうは言ったって、育ちのいいお坊ちゃんにはちげえねえから、まちがいはねえがよ。

五十年前のあの時分、命を的にして生きていた俺っちと同じ齢ごろだなんて、まったく信じられねえよ。お訊ねの吉村貫一郎はちょいと薹がたっていたが、俺も、沖田総司も斎藤一も、ほかのやつらだってたいがいは大学生のお齢ごろだった。

そう思や昔の人間はずいぶんしっかりしていたもんさ。てめえの齢なんてのは、あんまり考えていなかったんだ。齢の順で決まることなんざ、何もなかったから。だからみんな、てめえの齢なぞ勘定せずに働いた。

考えてもみな。あの大貫禄の近藤勇が死んだのは、わずか三十五だぜ。一つ齢下の土方が箱館で死んだのも、同じ齢だった。

やだね。世の中が良くなるのはけっこうな話だが、そのぶん人間は馬鹿になっちまう。

慶応元年の夏といやァ、もうひとつ忘れられねえことがある。

俺と吉村が切腹の介錯をした今さっきの話の続きさ。聞くかい。

さて——続く話の主人公は、酒井兵庫。切腹の跡片付けばかりさせられていた、気の毒なやつの話だ。

酒井は齢のころなら三十四、五。文久三年の入隊だということだったから、新選組の中じゃ最古参の隊士だった。そのわりにゃ若い者からも軽んじられていたっけ。勘定方の役付といっても、さほど算盤（そろばん）がたつわけじゃねえ。むろん剣術だってそう使えるわけでもねえ。ただ気のいい働き者だから、人のいやがる仕事をおっつけられてたってところかな。

摂州浪人ということだったが、たぶんそうじゃあねえ。おおかた町道場に通って多少は武術に覚えのある町人だったんだろう。例によって、攘夷忠国の志かたく国表を脱藩、大坂市中で立志の機を窺っていたところ、新選組の隊士募集に応じ——と、みんな能書きは同じさ。

もっとも御大将の近藤、土方だってたいしたちげえはねえんだから、隊士の出自（しゅつじ）

なんてのはどうだっていいことだった。むしろ詳しい話は聞かねえのが礼儀だったな。

摂州浪人で大坂から応募した。それで「さかい・ひょうご」か。思いつきにしたって、もうちょいと考えてもよさそうなもんだ。

酒井は「始末屋」と呼ばれていた。隊規違反のかどで切腹させられたり首を刎ねられたりした隊士たちの、その後の始末はみんな酒井の役目だったんだ。そのお役目だって、ひどいときにゃ毎日みてえなものさ。

きのうまで同じ釜の飯を食っていた仲間の屍骸（おろく）を、洗い浄めて棺桶に入れて、壬生の光縁寺まで担いで行く。ひとりで弔いをすませ、守護職会津藩のお目付役にかくかくしかじかと届け出る。ばんたびのことだから、説明だって大ごとさ。

やつはそんなお務めが、心底いやになっちまったんだろう。

瀬山と石川の弔いをすませたあと、介錯をした俺と吉村のところへわざわざやってきて、こんなことを言ったっけ。

「お布施を一両三分ばかりしか用意していなかったもので、山南（やまなみ）先生の墓に一緒に埋（い）けてもらいました。壬生にお出かけの折がありましたら、線香でもあげてやって下さい」

嫌味半分に聞こえたな。山南というのはその年の初めに脱走をした幹部で、逃げる途中に連れ戻されて切腹をさせられたやつだ。何でも土方と並ぶ近藤の片腕だったそうで、隊士たちからは信頼されていたひとかどの人物だったらしい。

つまり、新選組は誰彼かまわず殺してしまう、ひどすぎるじゃないか、と酒井は言いたかったんだろう。面と向かっては不平不満どころか、愚痴も言えぬような男だったよ。
三十四、五といやァ、今でこそ働き盛りの壮年だが、あのころ出世の遅れたその齢回りは、立派な老頭児（ロートル）だった。鬢（びん）には白いものが混じっていて、いつもうんざりとした気力のねえ面をしてやがったな。
酒井が屯所を脱走したのは、その何日か後だった。

夜の点呼のときに姿が見当たらなかった。深酒をするやつでもねえし、連れ立って出かけた者はねえ。外泊の届けも出ちゃいなかった。

住み慣れた古株のこったから、よもや脱走だとは誰も思わず、むしろ一人で出かけて諍（いさか）いでも起こしたかと心配したんだ。

ところが、いざ探しに出ようとしたとき、酔い覚めの隊士が妙な話を始めた。

「酒井さんなら、きょうの夕方泉涌寺（せんにゅうじ）の近くで行き合いましたよ。何でも大坂まで公用だと言ってましたけど、それにしては身軽ななりをしていました」

泉涌寺の近くといえば伏見街道の入口だ。大坂に向かうには不自然じゃねえが、そんな公用は誰も聞いちゃいねえ。第一、着のみ着のままで出かけるはずはなかろう。

とりあえずは休息所に戻っていた近藤や、土方、伊東に伝令を出し、公用の有無を確かめた。むろん、そんな命令は誰も出しちゃいねえ。

土方歳三はえらい剣幕で島原から駆け戻ってきた。屯所に上がるやいなや、まず勘定方を集めて怒鳴りつけた。そりゃあもう、勘定方が全員詰め腹を切らされるんじゃねえかと思うほどの剣幕だった。

怒るのァもっともだ。酒井は勘定方の中でも最古参で、多少の公金は自由に扱える。そのうえ隊内の機密もいろいろと知っている。土方にしてみりゃあ、信頼の置けるやつを勘定方に据えていたんだ。

沖田総司が俺と吉村を揺り起こしたのは、それから何日かたった日の、まだ暗えうちだった。

言われるままに出仕度をして広庭まで出てみると、すでに何人かの隊士が本堂の階段に腰をおろして俺たちを待っていた。沖田、斎藤、それに筆頭監察の篠原泰之進（たいのしん）。顔ぶれを見渡せば、この時ならぬ出張の目的が何だか、すぐにわかった。

話を思い出してみな。

酒井兵庫は瀬山と石川の切腹にほとほと嫌気がさして脱走したんだ。だとすると、始末をつけるのはそれにかかわった隊士。土方流の考え方だな。介錯人の俺と吉村。介添をした沖田と斎藤、それに憲兵隊長の篠原。みな手甲脚絆の旅装束で、隊服は着ずに道中羽織を着ていたっけ。内輪のことだから、なるたけ目立たねえほうがいいってわけさ。

歩き出してじきに沖田と篠原の話し声でわかったんだが、酒井の居場所はつきとめられていたんだ。新選組の探索方ってのはてえしたものさ。もっとも、前年の池田屋騒動以来このかた、だんだら染めの羽織を見ただけで誰もが慄え上がったぐれえだから、探索もさほど手間はかからなかったのかも知らねえ。

「隠しだてをすると後日ためにならぬぞ」

とでも言って睨みつければ、縁者だって隠しごとはしなかったはずだ。

大坂までの道中、沖田と篠原が先を歩き、少し間を置いて俺と吉村、斎藤はずっと後ろをひとりで歩いていた。西の空に、まあるい血の色の満月がかかっていたっけ。

沖田は歩きながらさかんに軽口を叩いていた。何でも、酒井は薩摩の海江田某に内通していたから、見つけ次第に叩っ斬るのだそうだ。そんな話は嘘っぱちに決まっていた。神妙に腹など切れるはずのない酒井は、召し捕らずに斬れと土方から命じられていたにちげえねえ。沖田も面倒なことの嫌えな短気者だから、そのほうがよかったんだろう。局中法度によれば脱走は切腹、しかし薩摩に通じていたというんなら、見つけ次第叩っ斬ったってかまわねえよな。

酒井は摂州住吉のとある神社に匿われているという話だった。むろん神主にはわたりをつけてある。神主だろうが坊主だろうが、厄介者のために火の粉をかぶるわけにゃいくめえ。追手の手引きをするかわり、いっとき匿ったことの咎めだてはしねえって約束が、すでにでき上がっていたんだ。

……どうしたい、旦那。続きは聞きたかねえのか。

ここまで話してご勘弁じゃあ、俺だって後生が悪いぜ。気付けの一杯ぐいとあけて、話はみなまで聞いておくんない。

さあて――風のそよとも動かねえ、じっとりと湿った晩のこった。折しも件の神社は夏祭りの真最中で、森の中の狭い参道にゃ提灯をともした香具師の出店が、ずらりと並んでいたっけ。

人ごみの中で、俺は沖田に言った。

「こんな祭りの晩に血の雨を降らすっていうのは、不粋じゃありませんかね」

すると沖田は、夜店で買った風車にふうふうと息を吹きかけながら、楽しそうに笑い返すじゃねえか。

「何を言ってるんだい。去年の池田屋は祇園祭の宵宮だよ」

人を斬ることなど何とも思っちゃいねえのか、それとも冗談ばかし言ってなけりゃやりきれねえのか、いってえに沖田総司というやつは真顔になったためしがなかった。

一方の斎藤一はてえと、こいつは沖田より二つ齢下の天保十五年の辰なんだが、性格はまるでちがう。そのときもきちんと結った銀杏髷に一文字の菅笠を目深にかぶり、きつい三白眼をらんらんと輝かせて、黙りこくっていやがった。

雑踏の中をしばらく歩いて二の鳥居をくぐったあたりで、俺たちは足を止めた。少し先に竹細工を売る夜店があり、藁筵を敷いたその店先に、驚くじゃあねえかい、酒井兵庫がちんまりと屈みこんで細工物の品定めをしていたてえんだ。

変装のつもりか、町人のなりをしていやがった。縞の着流しに角帯、髪はうなじの張った本多髷に結って、どこからどう見たって商家の手代だ。もちろん刀も差しちゃいなかった。

その身なりが、妙に似合っていたな。店先に吊るされた提灯が照らし上げる横顔は、楽しげに笑っていた。おおかた元の身分に戻って、ほっとしていたんだろう。

やつの素性は知らねえよ。だがその身なりは、どう見たっておさまりがよかった。

考えてみりゃあいやな時代さ。百姓も町人も、金さえ払や町道場に通って剣術を習うことができた。侍が貧乏になったぶん、下々の威勢がよくなっちまったんだな。剣術を覚え、二本の刀を腰に差しゃ誰だって侍だ。中にゃ御家人株を買って、本物の直参になっちまうやつだっていた。

　酒井は侍になりたかったんだ。ところが侍になりたくって勇んで応募した新選組は、同じような俄侍と食いつめ浪人ばかりで、どいつもこいつも本物の侍じゃねえから、切腹だ切腹だと二言目には騒ぎやがる。侍の夢にたたられた、死にぐるいの集まりだった。

　まず篠原が、酒井のかたわらにすっと並びかけて、二の腕を摑んだ。俺たちはそれをぴったりと囲むようにして立った。

　風車を酒井の着物の襟に飾って、沖田は笑いながら言ったもんだ。

「やあ、酒井君じゃあないですか。奇遇ですなあ」

　当たり前のこったが、そのとたんの酒井の驚きようといったらなかったぜ。隠れ場所にゃよっぽど自信があったんだろう。

「騒ぐな。祭りの迷惑だ」

　と、篠原が片腕を後ろ手に捻じりながら言った。俺たちはそのまんまひとかたまりになって、参道から真暗な森の中へと入って行ったんだ。

しばらく藪をかき分けて進むと、小さな祠があった。そこはちょっとした広場になっていて、木の間からさし入る月かげが、あたりを青白く染めていたっけ。

腰を抜かしてへたりこんだ酒井を、俺たち五人は遠巻きにした。あのとき、どうしてひと思いにばっさりとやっちまわなかったんだろう。たぶん沖田や斎藤からすれば、二年も同じ釜の飯を食った仲の酒井を斬るのは、多少なりとも気が引けたのだろうと思う。それに、隊内での酒井の苦労はみんなが承知していた。

地べたに頭をこすりつけて命乞いをする酒井に向かって、沖田は溜息まじりに言った。

「助けようにも、仕様がないんだよ。神妙にしてくれないか」

酒井は慄えるばかりで声も出せなかった。声を出すかわりに懐から何かを摑み出して、五人の間を這い回りながら、頭の上に両の掌をかざした。

やつが声にならぬ声で何を言おうとしたのか、俺たちにはよくわかった。掌の上にのっていたのは、今しがた夜店で買った竹細工の人形だったんだ。ちょうど掌にのる大きさの、立雛の竹人形だった。酒井はわなわなと慄えながら、目にいっぱい涙をためて、俺たちひとりひとりの足元を這いずり回った。

そんなみやげ物をもらって喜ぶ齢ごろの娘が、酒井にはいたのだろう。

「斎藤先生、後生でございます」

斎藤の足元に蹲って袴の裾を握りしめ、酒井はようやく言った。

だが次の瞬間、斎藤は酒井の胸を蹴り上げると、刀を抜き放って拝み打ちに斬りつけた。酒井が大きくのけぞったせいで、刀は脳天まで届かずに眉間から頬をかすめた。

血を流してわあっと後ずさる酒井を、斎藤の二の太刀が追う。あたりが暗いせいか、胸元をめがけた突きは、ぷすりと左の肩口を貫いた。

待った、と声をかけて吉村が二人の中に割って入ったのはそのときだった。

「この者の始末は拙者が」

大変なことになったと、俺は思った。なぜかって、吉村はそう言いながら、斎藤に向き合ってぐいと腰を割り、刀の鯉口を切っていたんだ。まるで、酒井に代わって自分が相手をするとでも言わんばかりだった。

一方の斎藤はとっさに飛びのいて間合いをはずすと、吉村に向かって正眼に構えた。そのとき沖田の笑い声がなけりゃ、二人は本当に切り結んだかも知れねえ。

「ようし。せっかく人を斬りたいと言ってるんだから、ここは吉村君に任せよう」

沖田はからからと声高に笑いながら、気色ばむ斎藤の肩を叩いた。

「なあ、一君。そうしよう」

木の間がくれの月の光が、剃り上げた斎藤の月代を真青に照らしていたっけ。

月明りの森を縫って、祭囃(ばや)しが聴こえてきた。

斎藤一がチッと不本意そうな舌打ちをして刀を鞘に収めると、吉村は木の根方に腰を抜かしている酒井兵庫に向き直った。それからゆっくりと、刀を抜いた。

斎藤が浴びせた一太刀は相当の深手で、酒井の顔は血だらけだったな。二の突きもかなり深かったと思う。新選組はみんな突きが得意だった。流派はそれぞれちがっても、必殺のお突きは近藤ゆずりの天然理心流よ。

こう、体をやや斜めに開いて、刃を横に倒したまま突く。するてえと、剣先が肋(あばら)の間にずっぽりへえるってわけさ。

酒井は四つん這いで、繁みの中に逃げこもうとした。悲鳴とも唸り声ともつかねえ気味の悪い声を上げながら、手負いの獣みてえに草むらにへえって行ったんだ。吉村は大股でその後を追い、まるで下草でも刈るみてえに、三太刀か四太刀も斬りかけた。

「吉村君、嬲(なぶ)り殺しは勘弁してやれよ」

斎藤の肩に手を置いたまま、沖田が言った。まさか笑っちゃいなかったろうが、沖田の声は甲高くて明るいから、いつでもそんなふうに聴こえた。

吉村はじきに、腰手拭で刀の血を拭きながら戻ってきた。

そう、思い出したぜ。やつはいつも袴の腰に藍染の手拭をぶら下げていたんだ。そのさまがまったく田舎侍で、みんなの笑いぐさになっていたんだが、やつは血の染みで真黒になったその手拭で、汗を拭いたり洟をかんだりしていたものさ。

酒井の声はもう聴こえなかった。

「仏はどういたしますか」

と、篠原泰之進が沖田に訊ねた。

「なに、うっちゃっておけば神主が片付けるさ。そのぐらいのことはさせなけりゃ。吉村君だってそのつもりで膾にしたんだろう」

つまり、酒井を匿った神主に、酷たらしい死体の後始末をさせようってわけだ。

沖田は俺と篠原に検分を命じた。そのとき、俺は何となく沖田の顔色から察したんだ。いや、もしかしたら吉村と沖田の間で、あらかじめ話ができていたのかも知れねえ。沖田は自分が検分に行こうとはせず、斎藤の肩に手を置いたまま立っていたんだ。まるで、「君はじっとしていろ」とでも言うみてえにな。

俺と篠原は草むらにへえった。すれちがうとき、吉村は意味ありげに俺と篠原を睨みつけた。

案の定だったぜ。深い草の中に仰向いた酒井は、とどめを刺されちゃいなかったんだ。唇をぐいと嚙みしめて息を殺し、目をひんむいたまま、俺と篠原に向かって掌を合わせやがった。

俺は篠原を肘で小突いた。篠原も沖田と吉村の目論見はわかっていたのだろう、これみよがしに「なんまんだぶ、なんまんだぶ」と念仏なんぞ唱えやがった。

ともかく斎藤一ってえのは、難しいやつだったからな。よく言えば一本気、悪く言うんなら血も涙もねえ男だった。

むろん斎藤だって、感づいたとは思うぜ。だがそこまでみんながお膳立てをすりゃあ、まさか文句はつけられめえ。

それから俺たちは、さっさと森を抜けて、相変わらず祭り見物でごったげえす参道に戻った。みちみちみんなして、斎藤の機嫌をとった。沖田はずっと、斎藤の肩に手を置いたまま歩いていたっけ。

俺たちは酒井兵庫を殺したくはなかったんだ。

鳥居をくぐると、立派な山車(だし)が来ていた。仏頂面で歩いていた斎藤は、ふいに沖田の手をすり抜けると、何を考えたかひらりと山車に飛び上がった。で、氏子から撥(ばち)を取り上げると羽織を投げ、着物の片肌を脱いで、太鼓を叩き始めたんだ。

見事な撥さばきだったな。祭りの客がぞろぞろと集まってくるぐれえの。

「侍がすることじゃあるまいがねえ」

と、沖田は呆れて言った。

俺たち四人がぐるになって酒井の命を助けたことが、斎藤にはよっぽど気に入らなかったんだろう。やつは左利きだったから、太鼓を叩くのも、こう、右足を前に出して左に体を開く構えだった。そうして、甲高い掛け声をかけながら、乱れ打ちの合間にくるくると撥を指の先で回したりするんだ。ともかく、剣術と同じように、力も強えが手先の器用なやつだった。

斎藤は幕府御家人の倅だという噂で、なるほど言われてみりゃあ、一本筋の通った男だった。そのあたりが、俺たちと打ち解けなかった理由かもしれねえ。のちの会津の戦のときにァ、城を捨てて仙台に落ちようという土方と大揉めして、結局やつは何人かの隊士たちと会津に残ったんだ。新選組は文久以来、会津公から給金をもらっていたんだから、会津で死ぬのが道理ってわけさ。そういうところが、やつは筋の通った男だった。結局戦では死にぞこねたが、御一新ののちには巡査になって、明治十年の西郷征伐じゃあ、恨み重なる薩摩のやつらを片っ端からぶった斬ったてえから、まったくもっててえしたやつさ。

うっぷん晴らしの太鼓を叩きおえると、斎藤はからっとしちまった。で、そんなところに長居はごめんだから、俺たちはさっさと境内から引きあげた。

しばらく姿の見えなかった吉村が後から追ってきて、後始末を神主に頼んできたとか言っていたが、ま、どういう後始末を頼んだのかはわかりきったことだ。

そんな具合に、吉村は気の回る男だった。正直のところ、ほっとしたな。酒井はうっちゃらかしておいたら死んじまうが、血止めさえすりゃ助かるだろうから。むろん、酒井は斎藤と吉村が斬ったということになった。めでたし、めでたしさ。

ところであんた、吉村貫一郎のことなんぞ聞いて、いってえどうするってんだ。どこのどなたさんか知りませんがね、いや誰だってかまやしねえんだが。講談師にゃ見えねえ。てことは、学校の先生か新聞記者か、さもなくば物書きか。いずれにせえ吉村の話なんざ、糞の役にも立たねえと思うがの。

面白え話ならほかにいくらだってあるけど、いいのかい、ほんとに。

なかなかの男前だったぜ。色は浅黒かったが面長の役者顔で、左の目の下に子供のころ怪我でもしたらしい小さな傷があった。にっこり笑うと、その傷痕がちょうど笑窪みてえにへこんで、よけいやさしい顔に見えたものさ。痩せてはいたが、丈の高いしっかりした体つきで、なるほどああいう体はもともとが剣術には向いているんだ。腕が長けりゃそのぶん間合いが取れるし、背の高いぶんだけ相手の面を上から覗くことになる。沖田も永倉も斎藤も、みな背丈は高かった。

酒井の一件は、めでたしめでたし——と思いきや、そうじゃなかった。

何日かたった非番の日に、俺と吉村はいやな話を聞いたんだ。

西本願寺の屯所は人の出入りが多くて休んだ気がしねえ。口やかましいやつらもいるし、何かあったときには引っぱり出される。そこで俺たちは、せんに屯所のあった壬生の郷士の邸に行って、ごろごろしていたんだ。

西本願寺からはさほど遠いところじゃねえ。壬生寺の先の、綾小路（あやのこうじ）通の角っこに前川てえ家があり、その手前に坊城通に面して八木って家があった。俺たちがよく勝手に上がりこんでいたのは、八木の邸のほうだ。門をくぐると右手に玄関があって、そこの刀掛に刀を置くのは礼儀だった。何年か前には芹沢鴨が座敷で殺されたし、酔っ払った隊士が柱に切りつけたりするもんだから、上がりこんで休むのはかまわないがせめて刀は玄関に置いてくれってこった。

風通しのいい座敷で日がなごろごろして、飯や酒をふるまってもらったりしたものさ。縁側からは一面の田圃（たんぼ）の先に、二条城が見えた。

そんなのんびりした午下（ひるさが）りのこった。鳥小屋の鳥がばたばたと騒いだと思ったら、その脇を抜けて沖田総司がひょっこり裏庭にへえってきたんだ。

下駄をがらがら鳴らして、刀を鞘ごと肩に担ぎ、うまそうに梨をかじっていた。縁先から俺たちの顔を覗くと、何が面白えのか声を立てて笑った。やっぱりここにいたのか、ってなふうに。

「ほかに、誰もいないかい」

と、沖田は首を伸ばして座敷を覗きこみ、それからいきなり言った。

「酒井が死んじゃったってさあ」

俺はびっくりしてはね起き、吉村は飲みかけた茶に噎せた。

「公用で大坂に行ってた篠原君がね、どうとも気になるから住吉の神社に寄ったら、おとつい死んじゃったって。いやね、あれからお医者に見せて手当てもちゃんとしたんだけど、息を吹き返したとたん自分の傷を見て気を失っちゃったんだと。あいつ、気が弱いからねえ」

沖田は梨の食い殻を垣根ごしに投げると、羽織の裾で手を拭い、懐から包みを二つ取り出して縁側に置いた。

「これ、褒美。あれこれ訊かれるのも面倒だろうから、もらっておいた。土方さんに会ったら、頭だけ下げときゃいいさ」

それだけを言うと、沖田はまたがらがらと下駄を鳴らして行っちまった。俺たちはしばらくぼんやりとしていたっけ。

「私はまちがいなく急所をはずしたんですけどねえ」

と、吉村は言いわけがましく言った。

「斎藤さんの刀が深かったんだろう」

俺が思った通りを言うと、吉村は少し考えてから、「いや」とかぶりを振った。

「斎藤先生も、あれで実は急所をはずしていたんですよ」

ぎょっとしたな。だとすると、あの夜の出来事はとんだ茶番で、しかもそのあげく酒井は勝手に死んだことになる。

「いくら酒井がじたばたしたといっても、斎藤先生が二太刀も仕損じることなどあるはずはないですよ。得意のお突きも、ちゃんと切先ひとつ分はずしていましたから。よほど気が弱かったのですかね、酒井さん」

人を生かすのは、人を殺すより難しいってことを、俺は思い知らされたな。つまりこういうこった。

斎藤は誰かが酒井につっかからねえうちに、まっさきに刀を抜いて酒井を生かそうとした。ところが二太刀を見舞ったものの、酒井が逃げてくれねえ。吉村はそれに気付いて、よし俺に任せろってわけだ。で、うまい具合に手負いの酒井を草むらに追い立て、三太刀か四太刀、急所をはずして斬りつけた。斎藤ひとりを欺すための茶番は、実は吉村と斎藤の二人が阿吽(あうん)の呼吸で仕組んだことになる。もしかしたら、沖田もそいつァ承知の上だったのかもしれねえ。いやたぶん、沖田ほどの使い手ならお見通しだったはずだ。

俺ァ、何とも言いようのねえ、いやあな気分になった。

おっと、誤解してもらっちゃ困るぜ。酒井が死んじまったことじゃねえんだ。

斎藤と吉村と沖田の、三人の茶番を考えたらな、俺ァ何だか濡れた羽織でも被せられたみてえな、たまらねえ気持ちになった。

誰に見せるための茶番だったか、ってことさ。まさか俺や篠原じゃあるめえ。あんとき誰かが、酒井を助けるって口にすりゃあ、反対する者はいなかった。じゃあ、近藤や土方がおっかねえからか。それもちがう。

なら、どうしてそんな手のこんだことまでして、みんなが酒井を助けようとしたんだ。誰に見せるための茶番だったんだ。

それが、武士ってやつさ。本音と建前がいつもちがう、侍って化物だよ。俺たちはみんな、武士道にたたられていたんだ。

ひとりひとりが、よせばいいのに尊皇攘夷の舞台に上がっちまった。そのこと自体が茶番なんだけどな。

で、それぞれが本音ってのをおくびにも出せず、建前だけの芝居をせにゃならなかった。朝起きてから夜寝るまで、何から何まで。

斎藤の太鼓が耳に甦ったな。だとするとありゃあ、みんなに欺されたうっぷん晴らしじゃあなかったことになる。てめえの芝居がうまくいかなかったからか、あるいは芝居そのものにうんざりしちまったのか、そのどっちかだ。

そう思や、俺たちに事の顛末を知らせにきた沖田の様子も、もううんざりってえふうだった。

「酒井が死んじゃったってさあ」と、沖田は言った。そりゃつまり、「あんだけ苦労したのにうまくいかなかった」てえこった。

わかるかい。新選組のおかしさってのァ、それに尽きるのさ。

近藤勇は幕府御用の講武所の師範になれず、そりゃァてめえが百姓の出だから差別されてるんだといじけきって、ほとんど自棄(やけ)くそで京に上ってきた。そんなやつのもとに集まったのは、みんな食いつめ浪人と俄(にわか)侍ばっかしさ。

だから、二言目には士道士道と題目を唱えやがった。俺たちゃ武士だ武士だと、叫び続けていなけりゃならなかった。

そんで、ちょっとの間違いも許さずに片っ端から断首切腹。そのおかしさに気付いていたのは始末屋の酒井兵庫ひとりで、つまり俺たち五人がやつを助けようとしたのはお情けなんかじゃなくって、てめえの良心だったんだな。ところがそれですら、ひとりひとりが見栄と面子(メンツ)の芝居をせにゃならなかった。

だから幕切れがうまくいかなきゃ、うんざりともするわ。

さて、そんなことをあれやこれや考えているうちに、俺ァ沖田が置いていった褒美の包みを、どうしても懐に収める気にはなれなくなった。考えてみりゃあ、それも見栄のうちだがね。

「吉村さん、この金は受け取るわけにはいかないよ」

と、俺は言った。そのとたん、吉村はちらっと俺の顔を見て――そう、あの目付きは忘れられねえ。餓鬼か泥棒猫みてえな顔だった。

「そうですか。でしたら返すのも何ですから、私がいただいておきます」

信じられるかい。たった一言そう言って、やつは俺の取り分までてめえの懐に入れちまったんだ。

やつの性根はわかっているつもりだったが、まさかどうぞたァ言えめえ。とっさのことでうまい言葉も思いつかなかったが、ともかく俺は吉村の腕を摑んで、「ちょっと待て」と言った。すると吉村は、あわてて俺の手を振りほどいた。顔付きはまったく餓鬼だった。やつは銭を目の前にすると、まるで人が変わっちまうんだ。

「吉村さん、それはちょっとひどいんじゃないか。俺は何もそんなつもりで――」

吉村はそそくさと立ち上がった。そして、日ごろのていねいな言葉づかいとは打って変わった南部訛で、こう言ったんだ。

「わしは、お前さんの捨てたものばいただいただけでやんす。おありがとござんす」

返す言葉がなかった。こいつは侍の皮をかぶった百姓だと俺は思ったな。座敷から出しなに、吉村が独りごちた声を、俺は忘れやしねえ。

「銭こに名前は書えてねえから」

やれやれ、すっかり酔っ払っちまったい。

齢はとりたかねえな。壬生浪と呼ばれた時分は毎晩一升酒くらったたって平気のへいざで、あくる日は朝っぱらから剣術の稽古に汗を流していたもんさ。

この店にも、よく明大の野球部や相撲部の連中が来るんだがね、若くて体のいいやつってのァ、やっぱし酒が強え。きっと飲むそばから、酒が汗と小便になっちまうんだろう。おかげで店の中に汗の匂いがしみついちまって、勤め人のお客はくせえくせえとぼやきやがる。

――くせえかい。

したっけ俺ァ、この匂いが嫌いじゃァあねえんだ。なぜかって、わかるだろうが。屯所の匂いと同しなんだよ。いつの世だって、若え男の匂いは変わらねえ。

明大の野球部は強えよ。なにせかかあと俺は大の贔屓だからね。試合の日にァ店を畳んで、球場まで炊き出しの握り飯を担いで行く。

かかあにしてみりゃあ、子供のいねえ女の親心なんだろうけど、俺はちがうぜ。ベンチにへえって、あいつらのユニホームにしみついた匂いを嗅いでいると、何だかあの時分に戻ったみてえな気になってってよ。ひとりひとりの横顔がな、沖田や斎藤に見えてくるんだ。永倉も原田も藤堂もいる。みんながあのころのまんまの顔で、野球をしてるんだ。

やつらは俺のことを、野球の好きな居酒屋のじじいとだけ思っているんだろうがな。それでけっこう。

吉村に似たやつはさすがにいねえな。あいつは齢が行ってたから。さあて、あの時分にゃいくつだったんだろう。近藤や土方と同しぐれえだったはずだから、慶応元年の入隊のときにゃ三十をちょいと出たばかりてえことになるか。それにしちゃあ、老けて見えたな。

国元に恋女房とガキが三人いるって言ってたっけ。老けて見えたのァ、たぶんそのせいだろう。

ちょいと酒がへえると、話は女房子供の自慢ばかりだった。ほれ、よくいるだろ、そういう酔っ払い。聞かされる若え者にとっちゃ面白くもおかしくもねえんだが、話が始まりゃあ際限がねえ。やれやれまた始まったとばかりに、若え隊士ははばかりに立つふりをしてどっかに行っちまったものさ。おかげでいつだって俺がしめえまで聞かされるはめになっちまったがね。

何でも女房は、南部小町って呼ばれたほどの別嬪（べっぴん）だったらしい。もっとも、誰も見たわけじゃあねえが。

子供は上が男で次が女、末の倅は脱藩した後に生まれたから、顔も見てねえってことだった。

やめようぜ、こんな話ァ。何だか気分が滅入っちまう。どうだっていいじゃあねえかよ、女房子供のことなんざ。

――へえ、そんなみじめったらしい話まで聞きてえってかい。変わったお人だね、旦那も。

そうだ。吉村のやつァ、しょっちゅう国に仕送りをしていやがった。

三条室町のあたりだったか、鍵屋てえ大店があってな。盛岡からの出店なんだが、主人はいつもこっちに居づっぱりで、そりゃあ立派な構えだった。たしか国元からは名産品の南部表、南部紬、漆の塗物なんぞを持ってきて、こっちからは反物とか木綿の古着なんぞを運んで商いにしていたと思う。

なにせ吉村は、手元に銭を持たねえんだ。月々の給金が出りゃあ、その足でそっくり鍵屋に持ちこみ、国元に送っちまう。一働きして褒美が出ても同しこった。

一度その仕送りとやらに付き合ったことがあったな。

給金が出て、さあ今夜は島原にくり出そうって夕暮れどきだった。出がけに土方が俺を呼び止めて、おい、ちょいと吉村君についてってやれ、と言う。

土方ってのァとても神経質なやつでな、変に細けえところまで目を配っていやがるんだ。隊士たちはたとえ私用でも、ひとりじゃ出歩くなって言われていた。そりゃそうだ、恨みは山ほども買っている。

面倒だなと思いながらも、土方からそう言われたからにァ、行かずばならねえ。万がいちひとりで行かせて何かあったら、俺ァ切腹もんだからな。紅葉（もみじ）が赤く染まって、眺める間もなくつるべ落としに日が昏（く）れるような、秋の終わりだったと思う。

吉村は堀川通を北に向かって歩き出していた。俺が後ろから呼んでも気付かぬふうで、ありゃあきっと、懐の金を送る女房子供のことを考えていたにちげえねえ。

北風も吹くころだてえのに、襟（えり）のすり切れた夏羽織を着て、着物は麻の単衣（ひとえ）だった。袴ははいていなかったと思う。いつも前のめりでそそくさと歩くやつだったが、そんときは今にも駆け出しそうな早足だったな。

本圀寺（ほんこくじ）の土塀の前でようやく追いついて肩を叩くと、やつはいやな目付きで俺を睨みやがった。

「どこへ行くんだ」

「ちと、三条室町まで」

むろん俺ァ、そん時はやつが給金をもらったその足で国元に仕送りをするなんて思ってもいなかった。そんな殊勝な心がけのやつは、ほかにひとりもいなかったからな。

吉村は迷惑そうだった。

「君は俺なんかとは働きぶりがちがうから、ひとり歩きはさせるなって、土方先生が」

「危ないことなんてありませんよ。ほんとにけっこうですから」

「ははあ、ということは見かけによらず、女のところかな。ま、それならそれで不粋なお供は遠慮しておくが」

新選組の隊士は羽振りがよかったから、女にゃ不自由しなかったんだ。幹部はみな休息所と称して市中に妾宅を持っていたし、吉村も見映(みば)えこそしねえがあの男前だから、女の一人や二人はいたって何のふしぎもねえ。だから俺ァ、てっきりそう思ったんだ。

だが、やつは歩きながら、滅相(めっそう)もないというふうにかぶりを振った。

「そうかね。ずいぶんと楽しそうだけれど」

「いや、実はですね——」

と、吉村は言いづらそうにぼそりと呟いた。

「給金を、国元に送るのです。三条室町の鍵屋は盛岡からの出店なので」

俺ァ面食らっちまった。と同時に、何だかとてもまずいことを聞いちまったような気になった。

俺だって女房子供こそいねえが、国元にァ年寄りを残してある。兄貴は絵に描いたような貧乏足軽で、四人の子供は食うや食わずにちげえねえんだ。そのうえ弟が脱藩したまま行方しれずとくりゃあ、よっぽど肩身の狭い思いをしてるだろう。本当なら、せめて給金の半分ぐれえは仕送るのが、道理ってもんじゃあねえのか。

そんなこたァ百も承知だ。わかっちゃいるんだが、こちとら命を的に稼いだ銭で面白おかしく遊びたかった。

道々、また女房子供の自慢話を聞かされたっけ。やつが嬉しそうに、女房の器量のよさや子供の可愛さを話すうちに、俺ァどうともやりきれねえ気持ちになった。

こいつはいってえ、何のために生きてるんだ。誰のために人殺しなんぞするんだ。こんなことを続けていたら、早晩叩っ斬られるか切腹させられるかして命がなくなるってえのに、そりゃあお天道様が東から昇るぐれえわかりきったことなのに、何でまたお命代(いのちだい)の給金をいちいち国に送ったりするんだ。

当たり前(めえ)だよ、亭主が女房子供を養うのは。だがよ、あの日あのときのあいつが、真正直にそんなことをしてるってのがな、俺にはどうともやりきれなかった。

その気持ちばかりァ、同じ暮らしをしていたやつにしかわかりゃしねえ。俺ァまったくやりきれなかった。

三条の鍵屋に着くと、吉村は門口で人を呼んだ。国元にいた時分の顔見知りなんだろうか、若いが様子のいい手代が出てきた。俺ァ二人のやりとりを、少し離れた辻から見ていた。

手代はおそらく、吉村が新選組の隊士だてえことを知らなかったんだろう。そうと知っていりゃあ多少は応対も違うはずだからな。

そのころァ、なにせ商人の威勢がよくって、貧乏侍は銭のために頭を下げたものさ。無礼討ちだの斬り捨て御免だの、とてもそんな時代じゃあなかった。

それにしたって新選組の調役監察と名乗りゃあ、手代なんざその場に這いつくばって、たちまち旦那が飛び出してくるはずだ。

なぜ吉村が正体を明かさずに、たかが手代ごときにぺこぺこ頭を下げていたか、あんたわかるかい。

新選組といやァ、池田屋騒動以来その名は知れ渡っている。たぶん国元にも噂は伝わっているだろう。吉村はな、てめえが苦労をして銭をこさえていることを、女房子供に悟られたくなかったのさ。だから鍵屋に銭を托すときも、ただの浪人を装っていた。若い手代にぺこぺこ頭なんざ下げやがって。

証文を書えて銭を受け取ると、手代は思いついたようにいちど土間にへえって、油紙にくるんだ手紙を持ってきた。そんときの吉村の笑顔は忘られねえ。国からの便りさ。

手代にもういちどお辞儀をすると、吉村は辻で待つ俺のことなんざおかまいなしに、三条通を東に向かって歩き出した。

「おい、どこへ行くんだ」

「どうぞ先に帰って下さい」

そうは行くもんかい。京三条は言わずと知れた東海道のとっつきで人通りも多い。手紙なんぞ読みながらぼんやり歩ってた日にゃ、恨み重なる新選組の吉村貫一郎はここにおりやすと、不逞浪士どもに首を晒してるようなもんさ。ましてやそのあたりは御定番組の所轄で、新選組の見廻りはこねえ。まっつぐ歩きゃあ、河原町、木屋町のあたりは危なっかしい連中の根城なんだ。件の池田屋だってその先にある。

やつはおっ広げた巻紙を、舐めるような近目で読みながら、どんどん歩って行った。俺が何を言ったたって聞きやしねえ。こうなりゃ仕方がねえ、いつ何どき出会いがしらにつっかかられたって俺が相手だとばかりに、やつの後ろをぴったりとついて行ったものさ。

――いけねえ。たいげえにしとかにゃ。酒を飲んでるとついつい齢を忘れちまう。すまねえけど、隣に座らしてもらうよ。それにしても、ざんざんざん、まったくよく降りァがる。

いやだね、雨は。

さて、そうこうするうちに、とうとう俺たちァ三条大橋まで来ちまった。鴨川の向こうっかし、南禅寺や永観堂のあたりァ、西山の入日を真向(まっこう)に浴びて赤く染まっていたっけ。

ようやっと手紙を畳むと、吉村は橋の擬宝珠(ぎぼし)にもたれて満足げにあたりを見渡した。

「ずいぶん長い手紙のようだが、奥方かい」

「いや――この通り、短い手紙です。倅が書いたから、読みづらくて」

吉村は手紙を油紙にくるむと、大事そうに懐の奥深くに収(しま)った。それからまた、にんまりと笑いながら夕映えの景色に目を細めた。

「手習いも剣術も、同年輩の者には誰にも負けぬそうです。元服をしたら自分も京に上って父上ともども尊皇攘夷のお役に立ちたいと」

「困ったもんだな、それは」

「困ったものですな、まことに」

吉村は目を川面に伏せて苦笑いをした。節張った指は、懐の手紙を温(ぬく)めるみてえに、ずっと麻の単衣物の胸に置かれていたっけ。

冗談を言おうとして、俺は言葉を呑みこんじまった。野郎、目にいっぱい涙をためてやがるんだ。気持ちはまあわからんでもねえが、俺だって侍だからそういう顔は見て見ぬふりをせにゃあならねえ。

あたりは色硝子を透かしたみてえな、真赤な夕映えだった。吉村は洟をすすって、ようやく顔を上げた。

「盛岡にも、ここによく似たところがありまして。ずっと小さな橋ですけれど、こういう擬宝珠がついているのです。秋は紅葉、冬は雪景色、そして春になると真白な辛夷の花が咲いて――」

言いかけて、吉村はまた声を詰まらせちまった。

いろんな想像をしたんだろうよ。北国はとうに紅葉も散って、雪のくる季節だ。子供らは寒い思いをしてるんじゃあなかろうか、風邪をひきやしねえか、霜焼けがひび割れて、辛い思いをしてるんじゃあねえか、ってな。

京の居場所は、西本願寺御気付新選組内じゃあうまかねえから、鍵屋の留になっていたんだろう。

そのあたりがちょいと気になって、俺ァ訊ねてみたんだ。こっちの消息は報せているのか、ってな。女房子供にしてみりゃ、銭は送ってくるがいってえどこで何をしているのやら、気がかりだろう。

「詳しいことは何も報せてませんよ。書いておくべきですかね、新選組だと」

「さてなあ……それはやはり、書かない方がいいと思うが」

正直のところ、俺たちはいつになっても新選組てえのがよくわからなかったんだ。京雀どもからは相変わらず、壬生浪と呼ばれていたんだからな。

「だとすると、書くことが何もあるまい。元気でやっている、だけか」

「元気でやっているから心配はするな。風邪をひかずに達者で暮らせ。言われてみればいつも同じですねえ。だが、さきほどの手紙には、倅あてに少々気のきいたことを書き添えましたよ」

「何を」

「笑いませんか」

擬宝珠から身を起こして、背筋を凜と伸ばし、そのとき吉村が呟いた言葉を俺は今も忘れねえ。これっぽっちも学問を衒うふうはなく、やつは遠い北国の倅に読み聞かすように、人が振り返るぐれえの大声でこう言ったんだ。

「子曰く、富貴は是れ人の欲する所なり、その道を以てこれを得ざれば拠らざるなり。貧と賤とはこれ人の悪む所なり、その道を以てこれを得ざれば去らざるなり」

そんなごたいそうな孔子様の訓えを、やつがわかっていたはずはねえ。いやさ、わかっちゃいても、やつの生き方はまるでちがっていた。ほれ、前にも話したろう。やつは同じ口から、「銭には名前が書えてねえ」なんて言いやがったんだからな。だがたぶん、倅にはそういうふうに生きてほしいと願ったんだろう。貧しくとも清らかに生きよ、ってな。

いい言葉だと思ったぜ。あれからの五十年、俺ァその文句に支えられてきたようなものさ。だが、とてもじゃねえけどこっぱずかしくって人にゃ言えねえ。それを大声で口にしたあいつは——やっぱし恥知らずだったのかねえ。

俺たちが新選組に加わったころの京の有様は、そりゃあひでえものだった。前の年の夏に蛤御門の変があって、戦そのものは一日で終わったんだが、飛び火が三日間も燃え続けたんだ。何でも四十五日の日でりの後で、井戸水も涸れちまっていたてえんだから、たまったもんじゃあねえ。町家は半分も焼けちまったらしい。鉄砲玉から火がついたから「鉄砲焼け」だなんて町衆は呼んでいたが、その実はさんざんに打ち負かされた長州兵が、あちこちに火をかけて逃げたてえことだった。

何であのあと、ひと思いに長州の息の根を止めちまわなかったんだろう。やつらにそれだけ底力があったのか、さもなけりゃ幕府に征伐するだけの力がなかったのか。

もっとも、そんなふうに弾の下をぐってきた長州人が、結局は天下を取って立派なお国を作っちまったてえんだから、今さら文句は言えねえ。お見それいたしやした。けっこうな世の中でござんすよ。

ともかく慶応元年のそのころァ、京はまだ焼け野原で、ようやくあちこちで普請が始まったところだった。焼け出された宿なしが橋の下や寺の縁の下に住みついていて、施しの粥を首を長くして待っている。そんなわけだから夜ともなりゃあ、物盗り、辻斬り、押しこみが横行して、俺たちの相手は何も不逞浪人ばかりじゃなかったんだ。むろん物の値段なんてのァ、あってもねえようなものさ。

奉行所なんざ糞の役にもたたねえから、所司代の桑名、守護職の会津が国元から藩兵をどっと送りこんで、都はさしずめ戒厳令下よ。会津中将と桑名の殿様はご兄弟てえことで、今にして思や、ずいぶん貧乏籤を引かされたもんだねえ。

そんでもまだ手が足らねえもんで、新選組から一年おくれで京都見廻組ってのができた。張り合ったぜ、そいつらとは。

俺たち新選組は脱藩浪士と俄侍の寄せ集め。しかし見廻組は毛並がちがう。身分にしたって俺たちゃ京都守護職御預り。わかるかい、「御抱え」じゃねえ「御預り」だ。つまり家来じゃなくって、臨時の雇い人だな。

一方の見廻組はてえと、れっきとした旗本の次男坊三男坊ばかり、組頭は備中浅尾一万石蒔田相模守だてえんだから、まともに張り合おうとしたって、そもそも頭が上がらねえ。

どこの馬の骨ともわからねえ新選組が、御旗本の見廻組と張り合うにゃ、手柄だよ、手柄。

あんた、勤め人だろ。きょうびはやりの横文字で言うんなら、ええと何てったっけ——そうそう、そのサラリーマンてえやつ。

だったら話はわかろうがい。出世するためにゃ何たって手柄だ。だが手柄にゃ、わかりやすいのと、そうじゃねえのとがある。同じ手柄を立てるんなら、うんと目立たなけりゃ嘘だ。

近藤も土方も、そういうところはうまかったな。要領がいいって意味じゃあねえぞ。てめえの力を思う存分に発揮して派手な手柄を立て、さあどうだと認めさせる。強さも強えが、その強さをちゃんと世間に認めさせる知恵を持っていた。

講談話の筋書きで行きゃあ、近藤の強さに土方の知恵ってことになるが、実はそうじゃあねえ。二人ともてえした知恵者よ。

たとえば、世にも名高い池田屋騒動のことを考えてもみな。二十何人もの志士たちが集まる池田屋に斬りこんだのはたった五人。しかも梯子段を駆け上がったのァ、近藤と沖田の二人きりだ。土方はほとんどの隊士を率いて鴨川の向こうにいた。

妙だとは思わねえかい。出会いがしら――いや、ちがう。近藤はそう見せかけたんだ。

近藤と沖田は新選組の局長と一番隊長だが、もうひとつの肩書きは天然理心流の道場主と師範代さ。この二人が二階に駆け上がって二十何人も相手にすりゃあ、新選組はすげえ、天然理心流てえ剣術は強えってことになる。だからわざわざ、他流派の永倉と藤堂は梯子段の下に留まらせた。永倉新八は神道無念流の免許皆伝、藤堂平助も北辰一刀流の免許者で、こいつは「魁(さきがけ)先生」と呼ばれたほどの突撃隊長だ。そんな働き者の二人を梯子段の下に控えさせて、近藤と沖田が修羅場に躍りこむてのァ、どうも話ができすぎている。

もっとも、よほど腕に自信がなけりゃできる芸当じゃあねえが。

運悪く二人が斬死したって、大奮戦の噂が残りゃあ、あとは土方が手柄を引き継いで新選組の局長におさまりゃいい。そんな段取りが、少なくとも近藤、土方、沖田の三人の間にはできていたと、俺は思うんだ。

人間、強えばかりじゃだめだぜ。その強さを世間にわからせる知恵がなけりゃ。ましてや新選組は、どんな働きをしたって壬生浪(みぶろ)としか呼ばれねえ馬の骨だ。見廻組が氏素性の確かな大学卒の集まりなら、新選組は小学校しか出てねえ職工と落第生ばかりの寄せ集めさ。近藤は池田屋の舞台(ぶてえ)で、どうしても世間をあっと言わせる手柄を立てにゃならなかった。

そんなことを、俺ァこの五十年間ずっと考えてきたんだぜ。

わかるかい。虎徹を抜き放って池田屋の梯子段を駆け上がった近藤勇は、何百年も続いた世の中の理不尽を、がっしりとその背中にしょってたんだ。そして土方歳三は、奥歯をぐいと嚙みしめて、報せを待っていた。

だから誰が何と言おうが、俺はやつらを偉いと思う。

だってそうだろう。やつらは何百年も自分たちをしいたげてきた徳川幕府のために働きながら、その何百年の理不尽な仕組を剣の力でくつがえそうとしたんだ。そういう男の偉さを、世の中ごとひっくり返した連中は誰もわかっちゃいねえ。

志士だよ、あいつらは。

さて――吉村貫一郎の話だったっけな。

やつは本当によく働いた。吉村さんは銭のためなら何でもすると、隊士たちは蔭口をきいていたもんだが、考えてみりゃあ仕事ってのは銭のためにするもんだ。女房子供を食わすためにするもんだ。ちがうか。

本音で生きりゃあ馬鹿と呼ばれる、いやな時代のことさ。

三条室町の鍵屋から、やつがばんたび国元に仕送りをしているってこたァ、じきに隊士たちの噂になった。そりゃあそうだ。ひとりで出歩いちゃならねえきまりだから、たいげえは誰かがついて行く。守銭奴、出稼ぎ浪人、恥知らず、とみんなが笑いぐさにした。

俺ァそんなことを言いふらす若え隊士を、何人叩きのめしたかわからねえ。もっともそいつらの言うことは嘘じゃねえんだから、吉村をかばいだてはできねえよ。おまえら一人前に他人の蔭口を叩くんなら、同じだけの働きをしてみろ。そう言ってぶん殴った。ほかに言いようはあるめえ。守銭奴、出稼ぎ浪人、恥知らず。俺だってたしかにそう思っていたんだからな。

だったらなぜそれを口にするやつらをぶん殴ったかって——さあな。当の俺にもよくはわからねえ。

友情、だと？

冗談はよせ。そんなものの入りこむほど新選組はやわじゃあねえよ。敵は不逞浪士ばかりじゃねえ、うっかりすりゃいつなんどき、仲間の密告讒言で詰め腹を切らされるかわからねえんだ。へたすりゃついさっきまでくみ交わした酒の醒めぬ間に寝首をかかれる。

へ。そんなこたァきょうびの会社にもあるってか。

なるほどなあ。だがよ旦那、ひとっつだけ俺たちとあんたらがちがうところを教えとこうかい。

いいか、上司からひとこと「馘」と言われたら、俺たちゃ本当に首が胴から離れたんだぜ。

そんな思いまでして、俺たちの働きがやっと幕府に認められたのァ、慶応三年の夏——俺や吉村が新選組にへえってから丸二年がたったころだった。

たしか参謀の伊東甲子太郎が、近藤や土方と折合わずに大勢の隊士を引き連れて脱隊したあとだったと思うが、そんな連中は物の数にもへえらねえ。新選組は二百人を優に越す大所帯に膨れ上がっていたのさ。

夾竹桃が屯所の庭に暑苦しい花を咲かす、夏の午下りだったと思う。何やら格別の御沙汰があるという触れがあって、隊士全員が羽織袴で大広間に集められたんだ。二百人もの若い隊士が、さあて何の話だろうとわいわいがやがや騒ぐうちに、近藤が幹部たちを従え、いつにない立派な身なりで出てきた。丸に三ツ引の黒紋付、仙台平の袴、総髪は一筋の乱れもねえほどの大銀杏に結い上げて、まるで体じゅうの角かどが切絵みてえにとんがって見えるほどの洒落っぷりだった。

そう、近藤勇って人は何をするにつけても、まず滑稽なぐれえ型にこだわるんだ。講談話なんかじゃ、近藤は一辺倒の武骨者、土方は洒落者と決めているが実はそうじゃあねえ。洒落者の手本は近藤の方で、子供のころからの弟分の土方は、すっかりそれを見習っていたってことさ。

つまり、そんときの近藤の身なりは、口で言わずとも「格別の御沙汰」を表わしていた。ひとめ見たとたん、隊士たちはみな思わず背筋を伸ばしたもんだ。

まず土方が一言二言の露払いをしたあとで、近藤は蠟色鞘の刀をいかにも壮士ふうに畳の上に突き、両手を黒糸巻の柄に重ねて正面に立った。

それから一同をぐるりと眺め渡し、鍛え上げた野太い声でいきなりこう言ったんだ。

「このたび特に御沙汰があり、われら新選組一同、旗本にお取立ての御内達です」

ほんの一瞬、広間はしんと静まり、続けておおっというどよめきがひとつの声になった。

そりゃあ嬉しいよ。信じられねえよ。旗本てえのはおめえ、今で言うならさしずめ中央官庁の位階勲等をいただく官員様、会社で言うんなら東京本社の正社員ってこった。

夢じゃあねえかと思ったよ。足軽の棟割長屋で、侍とは名ばかりの食うや食わずで死んで行った父親や祖父様の顔がな、思わず胸にうかんだっけ。

そのとき、俺の隣に座っていた吉村が、ふいに立ち上がったんだ。まるで電気に触って飛び上がったみてえにな。なかば腰が抜けたように、ひょろりとした体を前屈みに倒して、両手を腿のあたりに当てていた。

「近藤先生、そのお言葉は、まことでござりますか」

喜んでいるというより、ただただびっくりしている様子だった。俺は羽織の袖を横から引いて、「おい、落ち着け。落ち着けって」と宥めたものさ。

近藤はたぶん、吉村のさまざまな噂を耳にしていたのだろう。心の底から、よかったなというふうに、いかつい顔を吉村に向けてほころばせた。

「さよう。拙者は御見廻組与頭格。副長土方君は同じく肝煎格。副長助勤六名は見廻組格。調役六名は御見廻組並とのことです」

吉村はしばらくの間、ぼうっと立ちすくんでいた。居並ぶ隊士たちのただなかにひとりつっ立っているさまは、まるでくたびれた案山子のようだったな。

そのころのあいつは、まったくぼろぼろの案山子のようだったんだ。給金をびた一文残さず国元へ送っちまっているせいだろうか、着たきりの羽織袴はつぎはぎだらけで、いつか入隊の折に俺が会津藩の御目付役と見まちがえたほどの様子のよさは、影も形もなくなっていた。

そのさまを見ながら、土方が苦笑して言った。

「どうしたね、吉村君。何か不満かい」

「いえ」

と、目を上げて土方に向き合った吉村の言葉は、隊士たちの度肝を抜いた。

「つかぬことをお訊ねいたしますが、お手当はいかほど頂戴できますのでしょうか」

呆れる者、噴き出す者、やれやれと溜息をつく者、さすがの近藤勇も叱る言葉すら思いつかずに、あの大口をぽかんとあけていたような気がする。

俺たちは幕臣に取り立てられたんだ。そいつァ旗本御家人の格式を賜わったてえことで、銭金の話なんざ誰だって思いもつかなかった。

近藤は突然の質問にややうろたえるふうをして、かたわらの土方に訊ねた。

「そのあたりは、どうなっていたかな」

土方も、はあと気の抜けた返事をして書類を繰った。

「諸士調役兼監察の吉村貫一郎君には、四十俵を賜わります」

とたんに吉村は、その場にどさりと平伏して感極まった声を絞った。

「有難うございます。有難うございます」

それればかりを大声で、十ぺんも二十ぺんも言いやがった。

「近藤先生、まことに有難うございます」

頭を上げると今度は土方に向き直って、

「土方先生、まことに、まことに有難うございます」

それからきょろきょろとあたりを見渡して、広間の袖に居並ぶ助勤のひとりひとりに礼を言うんだ。

「沖田先生、有難うございます」

「永倉先生、有難うございます」

「原田先生、有難うございます」

若い幹部たちはむしろ返答に困っていたが、さすがに助勤の中でも年かさの井上源三郎は噛んで含めるように言った。

「僕に礼を言うのはおかどちがいというものだよ。君は幕府から御禄をいただくのだから」

「しかし井上先生、諸先輩をさし置いて私を調役監察に推挙して下さったのは皆様です。有難うございます、有難うございます」

「それは君の剣術の腕前と学問と心掛けのよさを、みんなが認めたからさ」

「しかし私は――」

まるで口応えでもするように、吉村は言い返して唇を噛んだ。握りしめた拳がぶるぶる震えてやがった。隊士たちが黙って見守る中で、吉村は洟をすすり上げ、毒でも吐くみてえな南部訛でこんなことを言ったんだ。

「わしは、国元では二駄二人扶持の足軽であんした。いくら剣術が使えても、読み書きが達者でも、心掛けよぐ暮らしても、小身者は一生、小身者でござんす。そんなわしが、徳川様の御禄ば四十俵もいただけるなどと……はァ、四十俵も……御礼ば申し上げる公方様に御目見得はかなわねがら、せめて皆様に頭ば下げさしていただきあんす。お有難うござんした、この通りでござんす」

あいつはどうしてあんなふうに、思った通りをまっつぐ口に出すことができたんだろう。座がしんと静まり返っちまったのァ、実はみんながもっともだと思ったからにちげえねえ。そういう俺だって、吉村と同じような足軽の子供なんだからな。

「もういい、わかった」と、永倉が気難しい顔で言った。

「そうは言ったって、君の剣術は四十俵どころか千石ものだよ」

沖田の笑い声で、広間の空気はやっと和んだっけ。

御見廻役四十俵――この給金がいってえどのぐれえのものだか、今の人たちにゃ皆目見当はつくめえ。

早え話が一年に四十俵の米がいただけるてえんだから、まあ食うにゃ困らねえ。だが幕府の御徒士が一律に七十俵五人扶持だったことを考えりゃあ、御家人と呼ぶのァどんなもんだか。ましてや近藤が、「われら新選組一同、旗本にお取立て」と言ったのァいささか大げさだ。

御旗本とは禄高百石以上の直参（じきさん）と決まっているから、正しくは局長の近藤だけァそれにちげえねえが、あとはまあ、御家人のはしっくれになったてえところだろうか。

だがねえ、俺っち足軽同心にしてみりゃあ、その四十俵だって実は夢みてえな御禄なんだ。

吉村貫一郎が南部国表にいた時分の御禄が二駄二人扶持。

一駄は馬が背の両側に背負（しょ）う分の米で、つまり二俵だ。てえことは、二駄で四俵。ふつうこれを一年に二度か三度に分けていただくから、御切米（おきりまい）と呼んだ。

もちろんそれっぱかしじゃ食うこともできねえよ。だから何とか食えるだけの御扶持米を加える。一人扶持は一日五合。藩によって多少はちがったらしいが、まあ大体はそんなところさ。二人扶持で一日一升。一年で三百六十升は三十と六斗、てえことになる。

ちょいと算盤を取っておくんない。御一新このかた刀を算盤に持ち替えて五十年、あんげえ勘定は早えんだ。

いいか、町米といえば玄米一俵を三斗五升としてだな、三十六斗の扶持米はおおむね十俵、これに御切米の四俵を足せば、吉村の俸禄は一年に十四俵だったてえことになる。

　どうでえ。これでやつが、四十俵の御禄と聞いて思わず平伏しちまったわけがわかるだろう。育ちざかりのガキでもいりゃあ、十四俵の米は食うだけでかつかつさ。いくらかは銭に換え、残った米を粥に延ばして食いつなぐ。足軽の暮らしなんてのァみんなそんなものだった。

　もっとも、飢饉（ききん）つづきのあのころァ、お殿様だって楽じゃあねえんだよ。何百石取りの御高知（おたかち）にゃ御禄を手形で払って翌年の春に決済。御高知はその手形を城下の商人に割ってもらう。不作が二年続きゃ、百姓ばかりか殿様、御家来、商人までがみんなでお手上げってわけさ。

　だから考えようによっちゃ、貧乏なりに足軽の方が気楽だったとも言えるさ。てめえが何とか食い延ばすことだけを考えていりゃよかったんだから。いつの時代だって上の者は、家来に贅沢こそさせられなくっても食わせることは考えてくれる。禄高は家の格だから上げるわけにゃいかねえけど、食わせるためにあれこれと手段（てだて）を考える。そこで「二駄二人扶持」なんていうおかしな給金になるってわけさ。本音と建前は武士の常だな。

　ほら、あんたもお堅え勤め人なら、月々の給金のほかにボーナスとかいうけっこうなお下がりを頂戴しているだろう。ありゃあたぶん、そのなごりだ。毎月の扶持米のほかに、年に二度か三度の御切米さ。

若え者に説教をたれるわけじゃあねえが、あんたらの暮らしも、そういう長え時代の知恵と辛抱のたまものだってこと、忘れちゃならねえぞ。

それでも――吉村は女房子供を捨てて脱藩せにゃならなかった。詳しいいきさつは知らねえけど、よっぽどの事情があったんだろう。

俺なんざ齢も若えし身軽だったから、京に上って一旗揚げようなんて呑気な脱藩だったが、やつはちがう。おそらく命のぎりぎりまで辛抱して、どうとも食えねえから国を捨てたんだ。女房子供を食わせるために、わずかな御禄を捨て国を捨て――やつの性格からしたって、思いつめた末の脱藩にちげえねえ。

御見廻役四十俵の幕府御家人。さぞ嬉しかったろうな。

棒きれみてえにつっ立ったまま、握りしめた拳がぶるぶる震えていたっけ。あいつはあの節張った手で、子供らの頭を撫で、女房を抱き、人をぶった斬った。同じ手で何でもやらなきゃならねえ、男ってのァ苦労なものさ。

吉村は指の長え、やさしい手をしていたような気がする。

それにしても旦那、こんどの欧州大戦はまさに天佑神助だねえ。よその喧嘩はでかいほどいいってのァ、このこったい。

おっと、よその話じゃあなかった。日本もドイツに宣戦布告をしてるんだ。したっけ、あっという間に南洋の島を占領、青島(チンタオ)も占領。強いねえ、日本は。

大隈さんもなかなかやるが、なんたってお齢だ。次の大命降下は、立憲政友会総裁の原敬(たかし)っての、どうです。

ありゃあいいぜ。つい先だっても、俺ァ日比谷の演説を聞きに行ったがね。いや、立派なもんだ。面構えもいい、押し出しもきく、何よりも無爵の平民ってのがいい。もうひとつ、薩長を敵に回した南部の御出身てえのがたまらねえ。

演説を聞きながら、ふと思ったんだ。吉村の倅と同じぐれえの齢かな、なんて。言葉のはしばしに残る南部訛を聞いているうちにな、なんだか吉村のことを思い出して切なくなっちまった。もしかしたら原さんは子供のころ、吉村に剣術を習ったかもしらねえ。吉村の倅と机を並べて、手習いをしたかもしらねえ。

南部の侍は錦旗に弓を引いた朝敵ってことで、御一新ののちはずいぶん苦労をしたらしいが、宰相が出りゃあ汚名も返上だ。応援してますぜ、蔭ながら。

吉村貫一郎の消息かい。

知らねえよ、そんなものァ。しつこいね、旦那も。知らねえものは知らねえって、言っとろうがい。

わかったよ。

やれやれ、あんたも北国の出身だろ。そのしぶとさは、雪ン中で生まれ育ったからにちげえねえ。そういうのに案外やりくられちまうんだよなあ、江戸っ子は。何たって、しめえにゃいやとは言えねえんだから。

——慶応四年は言わずと知れた戊辰（ぼしん）の年で、時代の変わり目ってのァ決まって辰の年なんだそうだが、たしかに天と地がひっくり返（けえ）っちまった。あの年、慶応は明治に変わった。

鳥羽伏見はさんざんの敗け戦だった。正月の三日に始まったものが、四日、五日と次第に旗色が悪くなり、六日には木津川を渡って大坂に退がることになったんだ。将軍様も御老中も、会津と桑名の殿様までもが俺たちを見捨てて、とっとと江戸に逃げ帰っちまった。ひでえ話だよな、指揮官が兵隊ばかりを残して、司令部ごと敵前逃亡しちまったてえんだから。

かくなるうえは大坂城に籠って一戦（ひといくさ）と、誰もが考えていた。新選組は大勢の戦死者を出しながら、ずっと殿（しんがり）を務めていたんだ。

六日の橋本での戦のとき、淀川の西岸にいた藤堂藩が裏切って、真横から大砲を撃ちこんできやがった。それですべては終わったようなもんだ。幕府軍は壊滅して、てんでんばらばらに大坂へと落ちて行った。

途中で味方にはぐれちまった俺は、ともかく八軒家の京屋へ行こうと思った。そこはかねてから大坂の仮屯所として使っていた商家だ。

俺ァ逃げ足だけは早えから、六日の晩を夜通し逃げて、七日の朝方にゃ誰よりも先に京屋に着いていた。

大坂の町は薄気味悪いほど静かだったな。町人たちは雨戸を閉めて息を殺している。薩長は追ってこねえ。北浜に並ぶ大名の蔵屋敷もしっかりと門をとざして、通りにゃ野良犬が歩いているばかりだった。

七草の粥をふるまってもらってから、着込(きごみ)も解かずにただ泥のように眠ったっけ。そのうちぼつぼつと他の連中もたどり着いた。誰もがまず台所で水を飲み、草鞋(わらじ)だけを解いて粥をすすり、奥座敷にふらふらと上がってきて、ばったり倒れる。あとは前後不覚の高鼾(たかいびき)さ。目が覚めるたんびに、見知った寝顔が増えている。ああこいつも無事だったかと思ううちに、また気が遠くなって眠りに落ちた。

そんなふうにして、俺は内心あいつを待っていたんだ。どこではぐれたかは知らねえが、少なくとも五日の千両松の戦のときまでは、俺と一緒だった。

淀千両松は宇治川と桂川に挟まれた狭い堤の上で、俺たちは後退すると見せかけてそこに敵を引き寄せたんだ。たちまち敵味方入り乱れた白兵戦になって、堤は死人の山になった。副長助勤の井上源三郎もそこで死んだ。俺も左の肩先に鉄砲玉をくらい、太腿にも槍をつけられたけれど、幸いたいした傷じゃあなかった。かえって逃げ足が早くなったぐれえのもんさ。

七日の晩だったか、生き残りの隊士がおおむね八軒家に集まったころ、一方で大坂城に向かった連中がぞろぞろと引きあげてきた。何でも二の丸に火が上がったから城はもうだめだ、ってえんだ。

今にして思えば、そんな馬鹿な話はねえ。敵は市中まで追ってきてやしねえってのに、何で城に火が上がるんだ。おそらくは城内に潜んでいた間者の仕業か、さもなくばただの失火なんだろうが、幕兵は敗け戦にすっかり浮き足立っちまっているから、誰もがひとりよがりに大坂は落城しちまったと思いこんでいたってわけさ。かくなるうえは城を枕にと、腹を切っちまった気の早え隊士もいたんだ。

だが、近藤勇はたいしたものだった。前の年の暮に狙撃されて、そのときも大坂城内で傷の手当てをしていたんだが、片腕を吊ったまま八軒家まで馬に乗ってやってきて、すっかり取り乱す隊士たちを説諭した。

公方様は後日を期して、大坂湾から船にて江戸へと戻られたが、われら新選組は大坂城を死場所とこころえ、幕軍再起の時を稼ごうと思う。一同御覚悟なされよ。

それでよかろう、と俺ァ思ったな。足かけ三年もいい思いをさしてもらったんだし、徳川の御家人として大坂城を枕に討死できるなんて、あっぱれ武士の誉れだと思ったぜ。

吉村のことが気にかかってならなかった。生き残りの隊士は五十人ばかりしかいなかったが、俺ァ必ずやつはやってくると信じていたんだ。で、夜も更けたころ大川の堤まで出て行って、やつの帰りを待った。

上は天満橋、下は天神橋。淀川が御城の前でぐるりと流れを変え、大川と呼ばれるそのあたりにァ、ちらちらと雪が舞っていたっけ。

舟が往き来するたんびに、俺ァ提灯を振って叫んだ。

「お訊ね申す。吉村貫一郎君はおられぬか。どなたか消息は知らぬか」

吉村、吉村と俺は声を限りに叫んだ。戻って来ねえやつは大勢いたのに、俺ァあんとき、どうして吉村ばかりを探したんだろう。何だか真暗なてめえの心の中に向かってよ、光を呼び戻そうとでもするみてえに吉村の名前を叫んだんだ。

声が嗄れちまった。しめえにゃ堤の上に膝を抱えて、俺ァ吉村の名前を呟きながら泣いていた。

「吉村、死ぬな」

本音の一言が咽からすべり出たとき、俺ァやっとわかったんだ。そうさ、やつは俺の、俺たちみんなの良心だったんだ。

さあて、どうしても話さなけりゃならねえことになっちまったな。二度とは言わねえよ。

俺ァその晩、吉村に出会ったんだ。粉雪がうっすらと冬枯れの川原を被い始めた夜更けだった。闇の中から名を呼ばれて、俺は顔を上げた。提灯を振り向けると、満身創痍の吉村がぼんやりと立ってやがったんだ。抜身の血刀を杖にして、脇腹を抱えるようにしていた。

俺ァやつに駆け寄って肩を貸した。ともかく京屋に連れ帰ろうと、抱き合いながらこけつまろびつ堤を下りた。

俺ァ、歩きながら余計なことを言っちまった。

「将軍様も会津公も、船で江戸へと落ちられたらしい。新選組は大坂城に籠って戦うぞ」

とたんに吉村の足が止まった。俺の胸をつき放し、やつはかぶりを振りながら後ずさった。

「わしは、行がねえぞ」

泥と返り血とで真黒になった顔に、目ばかりが炯々(けいけい)と光っていた。

「幕府はさんざんに敗けたでねえか。薩長は錦旗ばおっ立てて、わしらは朝敵でねえか。近藤先生のつねづねおっしゃっていた勤皇も尊皇も、お題目になっちまって、さすればわしらは、いってえ何のために死なねばならんのか」

俺は何とか吉村を宥(なだ)めようとした。やつの言うことはいちいちもっともなんだ。だが、今さら俺たちの行く場所がどこにある。そりゃあどう考えたって、死に場所しかあるめえ。

ともかく京屋に入って傷の手当てをしろと、俺は言った。手を貸そうとすると、吉村はやおら俺に向かって刀をふるった。本気だったぜ。切先は提灯の柄を切り落とした。

小雪の降りしきる闇の中で、提灯が燃え上がった。吉村は刀を下ろすと、川下に続く道を振り返って言った。

「教えて下んせ。この川の道(みち)を行けば、大坂の港に着きあんすか」

たぶんな、と俺は答えた。

「どうするつもりなんだ」

「さすればわしァ、幕府の船こば探して、江戸さ帰(けえ)りあんす」

「帰ったところでどうにもなるまい」

「いんや。江戸からは町人か百姓のなりをして、奥州街道を這ってでも盛岡に帰りあんす。雫石(しずくいし)の在所にゃ、妻(かが)が首ば長くしてわしの帰りを待っておりあんす。倅も、娘も、赤ン坊(おぼっこ)も、みなわしの帰りを今日か明日かと待っているに違(つげ)えねえ」

吉村は蔵屋敷の海鼠（なまこ）壁を伝いながら歩き出した。
この川の道は海に続いちゃいるが、俺にァどうしても、その先に海があるとは思えなかった。俺たちゃ、時代の淀みに溜まったまま、にっちもさっちもいかねえ藻（も）屑（くず）みてえなものだったからな。

よろよろと足を曳いて遠ざかりながら、それでもやつは、雪闇に姿が消えかかるあたりで俺を振り返り、いちど背を伸ばして、きちんとお辞儀をした。

俺は何度も、やつの名を呼んだよ。だが、もう二度と振り向いちゃくれなかった。

――これで気がすんだかい、旦那。
年寄りがようやっと忘れたことを、何が面白くて思い出させたりしやがるんだ。
ざんざんざん、よく降りァがる。いやだね、雨は。
いい若い者が夜の夜中まで油を売るのァたいがいにして、もう帰んな。
ありがとうございやした。看板にさしていただきやす。

しづ――

お前（め）は今ごろ、何をしてるんだべか。

雫石の里はさらさらの凍（すば）れ雪に埋もれているだろ。子供らを寝せつけてから、炉端でつくろいものでもしているのすか。

岩手山（おやま）の吹きおろしが背戸（せど）を叩くたんびに、裸足で雪の庭さ出て、わしの姿を探しているかもしらねな。

わしが国を出るとき、なんも心配（しんぺえ）するなと兄さは言って下さんしたが、約束の二年が三年になり四年になり、かれこれ六年もたっては、お前もさぞや肩身が狭かろ。

江戸に出てからの三年は、わしのほうが食うや食わずで、満足な銭こは送れながった。町道場の食客やお店（たな）の用心棒では、三度の飯のほかに貰えるものはねえがら。

せめて飯のたんびに、わずかの米を食い残して、お前と子供らの蔭膳（かげぜん）こ据えたぞ。

そんたなことでお前らの腹がくちくなるはずはねえが、甲斐性のねえ父（とど）のせめてもの罪ほろぼしだでば。

そだども、京に上ってからは十分なお代物（でえもつ）ばいただいて、お前らの食い扶持ぐれえは何とか送れるようになった。わしは嬉しがった。遅ればせながら三十を過ぎて、ようやく一人前の男になったと思えたのさ。

会津の殿様からいただく月々のお代物や、手柄のたんびに土方先生から手渡されるご褒美を三条室町の鍵屋に届けるとき、わしはいつも浮かれ上がるほど嬉しがった。

この銭こが、嘉一郎の袴になるべさ。この銭こが、みつや赤ン坊（おぼっこ）のべべになるべさ。そしてお前の着物ッこにもなるべさ。

銭こさえあれば、兄さも兄さの嫁女も、お前らを快く預かってくれるに違（つげ）えね。そう思うと体が羽の生えたみてえに軽ぐなって、わしはいつも鍵屋のお店まで走って行ったもんだ。

新選組のお仲間たぢはみな、わしを出稼ぎ浪人と噂した。守銭奴と呼んだ。したどもわしは、わしの行いが士道に背くことだとはどうしても思えながった。

何となれば、武士のつとめとは民草の暮らしを安んずることなのす。まずもって養うべき民草とは、おのれの妻と子だと思うのす。

孔子様は仁と申され義と言われるが、人の道はまずもって、妻子への仁と義より始まるのではござらぬか。

なんもはァ、それにしても、こうしていざ腹を切らねばならん段になると、おっかねえもんだ。こんたなことなら千両松の戦の時に、ずぱっと斬死しておれば良がったな。さすればあれこれ思い悩むこともなぐ、次郎衛殿に迷惑ばかけることもなぐ、頭に血の昇ったままわけのわからぬうちにあっさりあの世に行けたじゃろ。

いずれにせよこの刀は、最早使い物にはならねな。無銘の数打ちじゃが、国を出て以来まことよく働いてくれた。いってえ何人叩っ斬ったんだべか、十人までは算えたが、そのさきは考えぬことにした。閻魔様に自慢話しても始まらねがら。

すっかり研ぎ減って、刃区がなぐなっちまっている。よくもまあこの痩せ刀が、折れずに持ったもんだ。じゃが、鎺元から曲がっちまって、鞘に収まらねえ。鋩子もおっ欠けちまったから、腹は切れねえな。

脇差は、はてどこでどうしたものか、なぐなっちまった。

大和守安定、か……

何ともはァ、いい刀だねえ。これでわしに腹を切れってか。次郎衛殿のお情けは有難えども、こんたなぴっかぴかの大業物をわしごときの血で汚すのァ、もったいねなあ。

安定といえばこのごろ大人気の刀で、見廻組の佐々木只三郎先生の差料も同しでござんす。たしか沖田先生も一口、これをお持ちじゃったな。

まずは拝見つかまつります。

ひゃあ……なるほどこうして手に取って見ると、いい刀だねえ。幅広で小切先、反りの浅い寛文新刀の姿でござんす。

地鉄は板目がよく詰んで地沸つき、鎬地は柾、刃文は湾れに互の目まじり、匂ふかく、丁字足入る……はァ、こんたなすんげえ大業物、初めて見たった。

弘法筆を選ばずとは言えども、わしの痩せ刀とはえれえ違えでござんす。四百石取りの御高知ともなりゃあ、使いもせぬのにどなたもこんたな名刀をお持ちなんじゃろか。

さだめし切れ味はよかろうな。これなら切腹の作法を知らぬわしでも、さぱっと死ねるだろ。

じゃが——やはりわしのごとき小身者の血で汚すのァ、もったいねす。

ほれ、安定といえば二百年も前のものにもかかわらず、まるんできのうきょうに鍛え上げた刀みてえでねえか。おそらくは大野様の家に代々伝えられた、お宝に違えね。

次郎衛殿。わしはいよいよお前さまに礼を申すべきか、はたまたお恨み申すべきか、わからねぐなった。

ここまでして、わしに腹を切らせねばならぬのか、次郎衛殿。

砲声が聞がさる。

戦はまだ続いておるのじゃろか。公方様はとうに江戸へと落ちられたというのに、会津の侍はまだ淀川の上手で、薩長の大砲ば相手に戦っておるのじゃろか。

刀や槍を振り回す時代(じでぇ)は終わったのす。ならばいっそのこと、侍の時代もおしめえにすれば良(え)がんすべ。

百姓ばかりの世だれば、わしははなから剣術もせず学問もせず、せっせと畑ば耕しておりあんした。人を殺(あや)めることもなく、腹ば切ることもなく。

しづ――

お前(め)と初めて出会うた日のことを、わしは今でもはっきりと覚えている。

あれは正覚寺(しょうがくじ)の庭前に、真赤な百日紅(さるすべり)の花ッこが咲ぐ、夏の終わりの時分じゃった。まるできのうのことのようだども、わしは母上に手を引かれ、お前は正覚寺の門前の辻で花を売る母御の脇にこごまって、わしを見上げておったな。

わしらはまだほんの子供じゃった。真白な菊に埋もれてこごまったお前は、めんこいコケシャンのようじゃった。

わしは先年の流行り風邪で父を亡ぐし、御組頭の大野様のお情けをば賜わって、跡取りのわしが元服するまで、二駄の御禄をいただき、上田組丁の同心長屋に住まう厄介者でござんした。

こんたなこと言うと、しづはいっつも笑うが、わしは初めて出会うたあのときに、お前を嫁こにすべと思ったのす。

嘘ではね。子供心に、まことそうすべと思ったのよ。妙たな話だけどな。

あのとき、花は買ったったべか。いんや、母上にはそんたな余計な銭こはねがったはずじゃから、黙って行き過ぎたったべ。ただ、通りすがりに母御同士がたがいにひとこと口にしなすった言葉は、なんでか覚えている。

「お侍さま、雫石の菊ばいらんかね、岩手山の花ッこばいらんかね」

「はァ、花ッこもきれいでやんすが、めんこい雫石姉ッ子だなはん」

その年はたしか、雪どけが遅くてなかなか春が来ず、夏は日照り続きの旱魃で、稲には実が入らねがった。雫石の母御は知れきった飢饉の前に、せめて野菊ばわずかな銭こにすべと思いあぐねていなすったのじゃろ。わしの母上も、そんたな事情は承知の上じゃが、施し同然の花を買うほどの銭こはねがった。んで、お侍さま、雫石姉ッ子と、たがいの子供を褒め合うて、その場をやりすごした。

門前から振り返ると、お前は日ざかりの辻で、しおたれた花に埋もれてここまっていた。その姿を見たとき、わしの胸にわけのわからぬ炎が燃え立った。

まさか惚れたわけではねえ。ただわしは、生まれて初めておのれが侍じゃと思うた。お前の母御が、いまだ十ばかりのわしを見つめて「お侍さま」と呼んだ声が、耳について離れねがった。

春が遅く、夏に日照りが続けば飢饉がくる。米がとれねば、百姓は飢えて死ぬ。だけんどわしらは、とにもかくにも御禄ば賜わって食いしのげる。よしんば父が亡ぐなっても、御組頭のお情けで食い扶持ばいただける結構な身分でござんした。したらば侍たるもの、命ばかける相手は御殿様ではなぐ、おのれらを食わしてくれる百姓領民ではなかろうかと、わしは思うた。幼心とはいえ、たしかにそう思うたのす。

わしは南部武士じゃと思うた。男じゃと思うた。南部武士ならば、南部の男ならば、おのれの扶持のもとである南部の百姓をば、命をかけて守らねばならぬと思うたのす。

そうは思うても、わしには何もできねがった。ならばせめて、日ざかりの辻でちんまりと菊の花こに埋もれているお前を、侍の嫁こにしてやりてえもんだと思うたんじゃ。いんや、そうせねばならねえと思うた。

わしの士道とは、そんたなものでござんした。

のう、しづ。

したどもわしは、よもや施しのつもりでお前を嫁こにしたわけではねえぞ。お前はしばしば、おのれが貧乏の犬もとのように言うて泣いたが、そうではない。お前がおったればこそ、わしは人並み以上に精を出し、学問も修め、剣術も藩道場の師範代ば務めるほどに上達した。お前はいっつも、わしの力のみなもとじゃった。

のう、しづや。口にはついぞ出せねがっだ心のうちを、聞いてくれるか。

わしは心の底から、お前に惚れとり申したぞ。御殿様のために死ぬ覚悟はできねども、しづに死ねと言われれば、わしはいつなんどきでも、命ば投げ捨てた。

正覚寺の門前で初めて出会うたときより、今の今まで、わしの胸にたぎるお前への思いは、いささかも冷えたためしはない。いんや、それは日ごと年ごとに、つのるばかりじゃった。

次郎衛殿に腹を切れと命ぜられたとき、わしはとっさにこう思うた。

ああこの言葉を口にしたのが次郎衛殿ではなく、しづであったのなら、さだめし楽じゃったろ、と。

思えば、城下の男衆が誰しも振り返るほどのお前を、嫁こにできたわしは果報者じゃった。お前の器量のよさは、二駄二人扶持にはもったいね。まさしく千石ものの、雫石姉ッ子じゃ。

十六年前ェの祭りの宵のことを、しづは覚ておるべか。

八幡様からくり出した山車が、笛と太鼓にあおられて城下を練り歩く夏祭りの、たそがれどきじゃったなあ。

ア、ヤーレ、ヤーレ、ヤーレ、ヤーレ。

ア、ヤーレ、ヤーレ、ヤーレ、ヤーレ。

ア、ヤーレ、ヤーレ………。

あれはわしが十九で、お前が十七の夏でごぎんした。

祭りの間、ずっと探しあぐねていたお前の姿を、ようやく肴丁の人ごみの中で見つけて、わしは物も言わずに袖ば引いて駆け出した。さだめしたまげたろな。

わしには、どうしても言わねばならぬことがあった。

中津川の土手を走り、下ノ橋から川原へとおりた、桜馬場の御厩の下あたりまで来て、わしはまず、無体を詫びた。

お前はたまげるばかりで、わしの無体を少しも怖れながった。それが、わしには嬉しがった。雫石からときおり物売りに来るお前は、若侍に限らず町衆に限らず、城下の男どもの噂の的じゃった。さて、誰があの雫石姉ッ子を嫁こにするものだかと、お前はいつも酒の肴にされておった。なしてあんとき、わしがそれほどまで切羽つまっておったか、そこっと教えておくべさ。

実はなあ、次郎衛殿がお前に思いを寄せておられたんじゃ。祭りの前に、わしは次郎衛殿から打ちあけられた。

「貫一、貴公も知っておろうが、しづという雫石姉ッ子なあ、わしァ何とかあの娘ば嫁にできぬものかと思い悩んでおるのじゃが——」

四百石取りの若様が百姓の娘ッこを嫁取りするのは無理じゃ。だけんど、ことによっては妾にするとか物にするとかいう手はいくらもあるじゃろ。

こうとなっては、御組頭も同心もない。御高知も足軽もあるものか。わしは何としてでも、お前が欲しかった。

すすきのなびく川原に立ちすくんで、つかず離れず、物も言わずに夕暮れの山さ見た。わしはいまだかつて、あのときほど盛岡の町をば美しいと思ったことはながった。

東に遠く早池峰山。南の南昌山、東根山に雲がねえのは、明日も晴れるしるしだ。西の岩手山、北の姫神山。ぐるりを高い山々に囲まれて、城下を流れる中津川は桜馬場のすぐ下で、北上川さ合わさる。こんたな絵に描いたような城下に生まれ育ったわしは、貧乏なぞ口にしちゃならねと思った。

じゃがひとつだけ、欲ば言わねばならながった。わしが思いのたけをこめて言うた言葉を、お前は覚ているだべか。

わしはしっかと盛岡の空ば見上げ、小身者なれども南部武士らしく背ば凜と伸ばして、こう言うた。

わしはかねがね　お前さんのことをば
心から　お慕い申しておりあんした
わしが岩手山なら　お前さんは姫神山でござんす
吉村貫一郎　すでに父母も亡ぐ兄弟も亡ぐ　身代は二駄二人扶持の足軽組付なれど　このさきァ剣を磨き　学問にいそしみ　もって家門ば立てて
お前さんをいずれ御高知の奥方にするつもりでござんす
嫁こさ来てくなんせ　わしと夫婦になってくだんせ
男子畢生のお願いでござんす
しづ——

それからしばらく盛岡の空ば見上げて、わしが何を考えておったか、教えてやろう。

もし色よい返答が聞がされぬのならば、わしは腹を切ろうと思うた。腹の切り方を良ぐは知らねども、思いのたけを述べて敗れたならば、武士の死場所じゃろうと思うていた。

振り返ると、お前は泣いていたっけ。お言葉、有難くて涙が出たと言うてくれた。有難えのはこっちのこと、御高知の若様までが思いを寄せたしづが、わしのごとき足軽の嫁こさ来てくれるなど、有難くて涙が出たった。

かえすがえすも、申すわけながんす。

わしはわしなりに、一所懸命やっただども、約束は何ひとつ果たせず、万策尽き申した。

もうこれで良がんすな。

腹切って死んでも、ようござんすな。お許しえって下んせ――。

あの方のことを、世間では「南部の鼻曲がり鮭(じゃけ)」と言うておるそうですな。

　むろん、南部の鮭が格別な顔つきをしているわけはない。生まれつき鼻の曲がっている薩摩や長州の鮭どもから見れば、まっすぐな鼻も曲がっているということでしょう。

　栄爵を辞退し続けて自ら草莽(そうもう)の政治家たらんとすることが、なぜ鼻曲がりなのでしょうか。真の立憲国家をうち立て、平民による平民のための政(まつりごと)を行(おこな)うためには、まず藩閥政治の埋葬、そして世襲貴族制の撤廃。そうした理想をお持ちのあの方が、陞叙授爵(しょうじょじゅしゃく)を辞退なさるのは、むしろ道理でありましょう。

　私ども南部出身の後援会員は、みなあの方のことを総裁とも先生とも呼びません。ご本人がそう呼ばれることを好まぬからです。いつでも誰でも、「原さん」ですな。

　まあ、そういう人となりが、人気の秘訣(ひけつ)でありましょう。このたびの選挙では大隈さんの戦勝人気のために、原さんの率いる政友会は思いもかけぬ大敗を喫しましたが、ご本人はかえって持ち前の負けじ魂をふるい立たせておられるようです。われらが平民宰相の誕生も、そう遠い先の話ではありますまい。
そのあかつきには、私たちもようやく朝敵の汚名を晴らすことができるというものです。

お訊ねの吉村貫一郎という者は、よく存じております。面倒な手順を経て、わざわざお忙しい原さんにお訊ねになる必要はありませんよ。私と原さんは幼なじみですから、十分こと足りるはずです。や、これはちと口がすべった。立憲政友会の原敬総裁と幼なじみ、など――同郷人と言いかえましょう。

このところ経営しております事業がしごく順調に発展しておりますのはひとえに大戦景気のたまもので、けっして虎の威を借る狐のたぐいではありません。幼なじみだなどと軽口を叩いて、政商よばわりされたのでは沽券にかかわります。

私にしろ原さんにしろ、幼いころに朝敵の汚名を蒙った者がこうして世に出るまでの有為転変は、とうてい言葉には尽くしがたい。正義はいずこにありや、という信念だけで、この五十年を一心不乱に働き続けて参りました。そうした努力の結実を、誤解されたのではたまったものではありません。

申し遅れましたが、私は原さんの後援のかたわら、京橋で建築業を営んでおります桜庭弥之助（さくらばやのすけ）と申します。

今は六十の還暦を過ぎまして事業を婿に譲り、原内閣の実現に微力ながら心をくだいております。

しかし、何ですな。還暦とはなるほど妙なもので、人生の暦もひとめぐりいたしますと急に老いを感じます。幼いころより剣術で鍛え上げた体はいたって頑健でありますが、先のことはあまり考えなくなり、昔を振り返ってばかりいる。

あなたが秘書にご来意をはっきりと申されたのは幸いでした。旧南部藩士、吉村貫一郎についてお訊ねしたい、と。ほかの御用向きでしたらたぶん、その場でお引き取り願いましたよ。

私の知っている限りをお話しすればよろしいのですね。いや、けっして迷惑ではない。忘れてしまった昔を思い出すのは、楽しいものです。

吉村貫一郎という名は忘れもいたしませんが、私が彼を知っていたのは幼いころのほんの一時期のことで、記憶は相当におぼろげだということはご承知おき下さい。

私は嘉永六年の丑（うし）の生まれですから、御一新の年には算（かぞ）えの十六でした。ちなみに、原さんは私より三つ齢下の安政三年辰年のお生まれです。

ということは——そうか、原さんは吉村貫一郎をご存じないかもしれん。彼が卒然と脱藩したのは文久の年だったから。

本末が顚倒いたしますが、幼心にもたいそうびっくりしたその日のことからお話しいたしましょうか。


藩校の明義堂は盛岡城の日影御門の外小路にあり、藩士の子弟は毎朝早くからそこに通って学問を修め、午後からは同じ校内にある道場で剣術の稽古に励みました。文久の二年といえば、私は算えの九歳か十歳でありましたな。

子供が登校の時間を競うのは今も昔も同じで、暗いうちから開かれている表御門を抜けて御玄関に着きますと、まず下駄箱に目を向けたものです。

その日は、藩校からごく近い私の家からも藁の雪沓をはかねば歩けぬほどの深い雪でした。このような日ならば一番乗りにちがいあるまい、と思いきや、下駄箱にはすでに雪沓が一足置かれていた。

御玄関を入るとすぐに三十六畳敷の教場で、その一等前の席に早くも文机を出して、素読を始めている者がいた。私と同い齢の、大野千秋という子供です。

千秋は四百石取りの御高知の嫡男で、武芸は苦手だが学問のたいそうよくできる子供でありました。

火の気のない広座敷ですので、文机を千秋の隣に並べ、身を寄せ合って座りました。一番乗りをされた悔しさから、畳みかけるように論語の素読を始めますと、千秋のほうも負けじと大声を張り上げる。しばらくそんなことをしながら、そのうち体も温まって参りますと、千秋がやおら書物をおろして、妙な話を始めたのです。

「弥之助、ここだけの話だどもな、吉村先生がきのう、逐電なすったそうじゃ」

逐電とはまた、何とも大時代な言い方ですな。しかし千秋はたしかにそう言った。つまり子供心にも「脱藩」は重罪だとわかっていますから、口にするのも憚られたのでしょう。

「けさになって知ったんだ。父上が暗いうちから追手さお出になった」

吉村貫一郎は千秋の父親の組付同心でありました。つまり大野の父は組頭の責任上、早朝から脱藩者の捜索に出かけ、騒動に目が覚めた倅の千秋は、そのまま藩校に一番乗りをする羽目になった、というわけです。

「そりゃ、ほんとが？」

「こんたなごと冗談にも言えるわけねがべさ。とても信じられねども。ええな、弥之助。誰にも言うてはなんねえぞ。内緒の話だからな」

「吉村先生、何か間違えでもなさったんだべか」

「そうでねって。江戸に上って、尊皇攘夷ばなさるんだとさ。でも脱藩には違えねえがら、父上は追手さ出なさった」

「捕まらねばええどもな」

千秋は膝元に置いてあった脇差を勇み立つように摑んで、声をしぼりました。

「大丈夫さ。父上は捕まえたりはなさらねえ。尊皇攘夷の志士を捕まえたりするもんか」

はて、あのころ子供たちの間にまで蔓延していた尊皇攘夷というのは、いったい何だったのでしょう。

黒船がやってきて、戦をしかけたり、あれこれと無理難題を言ったりする。放っておけばいつか国を奪われてしまうから、天皇様のもとに大名は一致団結し、徳川が総大将になって外国を打ち払うのだと、まあそのぐらいのことは子供でもわかっていた。ところが現実には、「ソンノージョーイ」という意味不明のお題目だったのですな。だから子供らは、尊皇攘夷すなわち正義、すなわち武士道、というふうに捉えていた。いや子供ばかりではなく、日本中の侍が口々にそれを唱えて、悪い時代のお題目にしていたのでしょう。

――二駄二人扶持、ですか。

なるほど、吉村貫一郎は上田組丁に住まう足軽同心でしたから、俸禄といえばそのようなものであったかもしれません。

しかし、小身ながらすこぶる学問があり、剣術の腕前もたいしたものでした。それがどの程度のものであるかは、私ら子供では判断できませんでしたが、学問の講義も剣術の指導もともにできる教師というのは、ほかにいなかったはずです。

今にして思えば、まさに文武両道に秀でた、武士の鑑ですな。

二駄二人扶持ねえ……ほかに御役料のようなものは貰ってなかったのかしらん。だとすると、気の毒なかぎりです。

ああ、少しずつあの人の顔を思い出して参りました。子供の目に映った、その人となりも。

懐かしさにかまけて、吉村貫一郎などと呼び捨てましたが、吉村先生と言わなければいけない。恩師にはちがいないのですから。

ついつい呼び捨ててしまった言いわけを、少々させていただきましょう。

明義堂に通うのは、相応の身分の子弟でありました。いわゆる足軽同心といわれる下侍の子供らは、城下の町人や百姓の子らとともに寺子屋で読み書きを学んだものです。

たとえば、明義堂のありました日影御門外小路の四谷の町を通って三戸丁をずっと上りますと、足軽ばかりが住まう上田組丁に入ります。そのあたりにも寺子屋が二軒ありまして、一軒は赤沢という藩士が教えており、子供の数は男女とりまぜて

七、八十人もおりました。もう一軒は赤沢の塾よりやや小さくて、それでも五十人ばかりの子供が通っていたと思います。

吉村先生がいったいどういういきさつで、私たち藩士の子弟を教えるようになったかは知りませんが、子供らはみな、彼が上田組丁の住人で、そこから通ってくるということは知っていたのです。ましてや大野千秋などから見れば、父親の組付足軽ですからな。これは家来も同然です。そのようなわけで、私たちはみな心の中では、師を侮（あなど）っていた。

つまり私の記憶には二人の吉村貫一郎がいるのです。

ひとりは学問に秀で、藩内随一の能筆といわれ、そのうえ北辰一刀流の免許皆伝であった吉村貫一郎先生。

もうひとりは、上田組丁の足軽同心で、二駄二人扶持の小身者（こもの）である吉村貫一郎。

いやはや、何とも面倒な時代の話ですな。

さて、その日の午後のことであったと思います。

教場での座学をおえると、子供らはいったん家に帰って食事をし、竹刀（しない）と防具とを担いで再び明義堂にやってくる。午後になっても横なぐりに小雪の舞う、寒い日でありました。

明義堂の表御門を入るとすぐ右手が御番所で、その裏に子供らの人垣ができていた。

いったい何の騒ぎだろうと近寄って行くと、大野千秋が真青な顔で私を引き寄せました。

「大変だよ、弥之助。嘉一郎が先輩方に吊るし上げられでる。どういたすべか」

人垣の後ろから背伸びをいたしますと、たしかに大変なことになっております。雪の吹き溜まった老松の根方に、吉村先生の倅の嘉一郎が土下座をしており、その周りをぐるりと、五、六人の年長者が取り巻いていた。

ずいぶん殴る蹴るの乱暴をされたのでしょう、嘉一郎の顔は痣だらけで、鼻と口からは血を流しておりました。止めに入ろうにも、嘉一郎を囲んでいるのは三つ四つも年長の先輩方であります。

雪の降るさなか、子供らはみな簑や笠をまとい、足には藁の雪沓をはいておりましたが、嘉一郎だけはすり切れた藍の稽古着に素足の草履ばきでした。

嘉一郎は私や大野千秋と同い齢、そのころは算えの九歳か十歳でありましたろう。先輩方から責められていた理由はむろん、推して知るべしであります。

足軽同心の子ゆえ、教場への出入りは許されず外廊下で講義を聴いておりましたが、午後からは私らと一緒に、剣術の稽古に励んでおりました。しかし、父親が脱藩を果たしたその翌日に、のこのこ道場にやってくるとはいったいどういうつもりなのでしょう。

「そうではねえのじゃ、弥之助。嘉一郎は、みんなに謝りにきたんだ。表御門の脇さ座って、ひとりひとりに、申しわけなござんすって頭ば下げでだんだよ。そのうちあの先輩方がやってきなすって、こんたなごどになってしもうた」

吉村先生の脱藩は、年長者の間にはすでに知れわたっていたのでしょう。子が親の非をそのようにして詫びるなどと、今にして思えばいじらしい限りではありません。先輩方がその殊勝な倅にあえて乱暴を働きましたのは、おそらくは日ごろの道場の仇であったと思われます。ともかく嘉一郎は剣術が強かった。三つ四つ年長の先輩方など物の数ではなく、すでに大人の藩士たちと互角に打ち合うほどの腕前であったのです。

ひたすら雪の上に這いつくばる嘉一郎に向かって、先輩方は罵詈雑言を浴びせかける。しまいには、「武士だれば許しを乞う前に腹ば切れ」などと怒鳴る者もいる始末で、これはあまりに穏やかではない。

そのときふいに、千秋が大声を上げて人垣に分け入ったのです。

「お待ち下んせ、お待ちえって下んせ」

止める間もなかった。というより、青白い秀才で体も小さい千秋が、よもやそんなふうに仲裁に入ろうなどとは思いもよらなかったのです。

千秋は菅笠と簑をむしり取るように脱ぎ捨てると、雪沓まで脱いで嘉一郎のかたわらに並んで手をついた。そして先輩方を見上げながら、きっぱりとこんなことを言ったのです。

「みなさまに申し上げあんす。昨日脱藩いたしあんした吉村先生は、大野の組付にてござんす。同心の非はすなわち組頭の非にござんすば、これなる嘉一郎ともども、わしも責めて下んせ。嘉一郎が腹ば切るのだば、わしもともに腹ば切らねばなりあせん。いかがいたしゃんすべか」

そう言われても、先輩方はまさか四百石取りの嫡男を責めるわけにはいかない。しかも千秋の声には気魄がこもっており、むろん筋も通っていた。折よく報せを聞いた教授方の藩士が出てきて先輩方を叱りつけ、一件落着となりました。

私はそれぞれ親しくしていた二人の友を、心底尊敬いたしましたよ。自分にはとうていどちらの真似もできぬと思った。

――今どきの子供からは、想像もつかんでしょう。そのときの私らは、つまり尋常小学校の三年生か四年生なのですよ。侍の世の中というのは馬鹿らしいことも多かったが、どうしてなかなか、捨てたものではなかった。

二人の子供がそれからどうしたかというと、これがまた泣かせるのです。どちらが言うともなく御城のほうに向き直りましてね、まるで御殿様に許しを乞うように、じっとうなだれていた。そのうち、十ばかりの子供のことですから、寒さと切なさに耐えきれなくなったとみえて、しくしくと泣き始めた。

松の根元の雪の中に、肩を並べて泣いている小さな二つの背中は、忘れようにも忘れられません。千秋の背は謹厳実直な父親の次郎右衛門そのまま、嘉一郎の後ろ姿は、ひょろりとしてやや猫背の、吉村先生に生き写しでありました。

その日、それから二人がどうしたのかは記憶にありません。五十年も昔のことを、こうして話しながらまるできのうの出来事のように思い出すのは、むしろふしぎな気がいたしますよ。


南部氏はもともと清和源氏の流れで、甲斐国南部郷を所領しておりましたものが、源頼朝の奥州平泉攻めに勲功があり、八戸を中心とする糠部（ぬかのぶ）五郡を与えられて来住したそうであります。

世に名高い南部駒を駆って騎馬戦を得意とし、旗印のひとつにも武田菱を用いておりましたのはつまりそうした出自のゆえなのです。のちに豊臣秀吉の小田原征伐に参陣して南部七郡の本領を安堵（あんど）されて以来、三百年にわたって国替えもなく幕末に至りました。

わが桜庭家は南部二十万石譜代の名門で、御高知衆と呼ばれる家老職に、二千石取りと千石取りの二つの家がありました。私の生家はその分家で百石格ではありましたが、ともかく桜庭といえば甲斐国以来の家来ですから、苗字だけでも一目置かれたものです。

しかし私の生まれ育った幕末のころは、飢饉つづきで藩の財政も苦しく、御禄も翌る年の春の手形で支給される有様でしたから、百石取りとはいえけっして暮らし向きが楽であったわけではありません。それに、百石格の諸士は槍持だの具足持だの、つごう三人の家来を養っていなければならない。そのうえまた、三十人の足軽同心の組頭でもありますから、食うや食わずの禄しか貰えぬ部下たちの面倒も、あれこれと見なければならないのです。

下の者から見れば、けっこうな身分だと思われていたのでしょうが、私の父などはいわゆる「武士は食わねど高楊枝」を地でいっていたようなものでした。

吉村貫一郎先生は、大野次郎右衛門組の組付同心でありました。むろん、二駄二人扶持の足軽が藩校で学問の助教を務め、のみならず藩道場の師範代を仰せつかるなど、まったくもって例外中の例外です。よほどの碩学、よほどの達人であったということなのでしょう。

ならば、それ相応の御役料を貰っていてしかるべきだと思うのですが——財政窮その折から、都合よくこき使われていたのでしょうか。そのあたりの事情は、今となってはわかりません。

ただ、要領の悪い不器用な人物であったという気はいたします。

ひょろりと背が高くて、いつも前屈みに道の端を歩く癖があり、いたずら盛りの子供らはよくその真似をして、くすくす笑いながら後をつけたりなぞしたものです。そんなとき、気が付いて振り向いても、先生はけっして怒ることがなかった。

やさしい人であったと思います。こうしてそのおもかげをしのんでも、にっこりと笑い返す顔ばかりが思い出される。昔の侍はたしなみとして、あまり笑顔を見せることがなかったから、子供の目にはよほど印象深かったのでしょう。

もしそうした不器用さややさしさが、あの方の脱藩のそもそもの原因であるとしたなら――悪い時代のこととはいえ、やりきれませんな。

このような話でも、よろしいのですか？

そう、吉村先生といえば、父からこんな話を聞いたことがあった。

先生の父上という人はずいぶん早くに亡くなられたのですが、残された妻子を不憫に思った大野の先代は、先生が元服されるまで亡き父親の禄を与えて面倒を見つづけたそうです。

大野の家は現米の石高のほかに、地方の上がる知行地を持っていたので、そういうことのできる余裕があったのでしょう。そしておそらく、幼いころの吉村先生は、それだけの見どころがある子供だったにちがいない。

先生はその恩義に深く感じ入って、学問に励み、剣術の稽古もあだやおろそかにはなさらなかった。

ちょっとした美談ですな。吉村貫一郎君は質実剛健にして信義を重んずる南部武士の鑑だと、父は褒めちぎっておりましたっけ。

事実そうであったと思います。しかし子供心には、どうもぴんとはこなかった。それぐらい吉村先生は、子供の目から見ても風采の上がらぬ侍だったのです。

年じゅう着たきりの麻の単衣物は、寒くなると古木綿の裏地を縫いつけて袷にする。そのような着物の着回しをする侍はほかにはおりません。麻の表地に古木綿の裏では、奥方がどれほど上手に縫っても、襟や袖口は不格好になります。いや、たしか吉村先生の奥様は体のあまりお丈夫でない、病気がちの方であったと記憶しておりますので、もしかしたら先生は繕い物などもご自分でなさっていらしたのかもしれません。

ああ、お話ししているうちにありありとお顔が思いうかんで参りましたよ。

額の張った細面で、眉が秀で、鼻筋の通ったなかなかの好男子ではありましたが、どことなく気弱げで、武士の威風は感じられぬ顔立ちでした。睫毛が女のように長く、俯きかげんに読書などをしていると、眠っているように見えたものです。

そしてふしぎなことに、午すぎになって剣術の稽古が始まると、これがまた別人のような相に変わる。教場で素読をしているときの噛んで含めるようなやさしい声とはうらはらに、撃剣の気合いはまさに裂帛というものでありました。

ふだんは長い睫毛のやさしい目が、いったん面をかぶると、炯々と白目の勝った三白眼に変わりまして、睨まれただけで身慄いがしたものです。

父の口癖によれば、吉村君が本気で立ち合えば、御指南役も敵うまい、ということでした。何でも、かつて大野次郎右衛門様のお供で江戸詰をなさっていらしたころ、神田お玉ヶ池の千葉道場に通って北辰一刀流の剣術を修められたとのことでした。昔は将来有望な若者を江戸詰にして、藩費をもって高名な道場や学問所に通わせる習慣があったのです。

ちなみに、南部藩の江戸上屋敷は現在の日比谷公園の南半分ほどでありました。図書館の建つあたりですな。幕末までは桜田門からあのあたりをぐるりと溜池に至る外濠がめぐっており、幸橋門という御門があったので、その内側を「内幸町」と呼んだのです。内幸町から霞ヶ関に至る旧大名屋敷の一帯は、御一新の後はすぐに召し上げられて、公園とお役所に変わってしまいました。

　さて、それにしても——

　そのように将来を嘱望され、かつ藩の期待に応えて剣術も学問も修められた吉村先生が、これといった出世もできぬままずっと貧乏をなさっていたというのは、いかな封建時代とはいえひどい話でありますな。

　何ぶん私もまだ子供でしたから、そのあたりのいかんともしがたい事情というものは、よくは存じませんが。

　南部藩には千石取りの御高知から扶持米取りの平士まで、約千六百余の家臣がおりましたが、能力を認められて抜擢されるのは、せいぜい百石以上の諸士に限られていたように思います。

　なぜ百石格かというと、有事の際にはその格式以上の侍が「一騎」の軍役を負っていたからなのでしょう。

　幕末期の南部藩は、早くからオランダ式の調練を採用しており、組織的な戦闘における歩兵の重要さは十分に認められていたはずなのです。にもかかわらず、騎馬武者こそがまことの侍であるという意識が、平時の職制には歴然と生きていたのでした。

　騎馬武者が侍で、歩兵は雑兵にすぎぬという考え方です。したがって、その日暮らしの扶持米を取る足軽同心は、家来であっても家臣ではない。南部家の家臣は百石格以上の騎馬武者であって、それ以下の者は彼らの組付に属する家来であると考えられていたのでしょう。だから、その格式を乗りこえて藩内での出世をするということはありえない。

おそらく吉村先生も、そうしたいかんともしがたい武家社会の仕組に、個人の努力や能力を押しつぶされて生きていらしたのではありますまいか。

古い時代に存在した士農工商の区分けや、武士と平民の隔たりは誰でも知っておりますが、実はその武家社会の中にも、永遠に打ち破ることのできぬ階層があったことは、あまり知られてはいないようです。

ああ、ごらん下さい。

花櫚（かりん）の実があんなに大きく実っています。今ふうに横文字でいうなら、マルメロの実ですな。

上田組丁の足軽屋敷には、あのマルメロの木がどこの庭にもあったものです。大きな果実は塩漬けにして冬場の食用になり、また焼酎に漬けこめば咳止めの薬になるのです。

マルメロ、茱萸（ぐみ）、柿、栗——

庭には野菜畑のほかに、必ず果実のなる樹木が植えてありましたっけ。

――そう、吉村先生の倅、嘉一郎のことを思い出しました。お聞きねがえますか。先生が脱藩なさるまだずっと前の、私たちが六つか七つのころであったかと思います。もしかしたら還暦を過ぎたこの年寄りの、最も古い記憶であるかもしれません。

山々が赤く色付き、岩手山（おやま）から吹きおろす風が長い冬の予兆を感じさせる時節のことでありました。

藩道場に通い始めてからさほど日のたっていないころで、私たちは互いの家の格式などというものもよくは知らなかった。

嘉一郎と二人して道草を食いながらの帰り途、何となく遊び足らぬ気分でふざけ合いつつ、いつしか三戸丁（さんのへちょう）の私の屋敷の前を通り過ぎてしまった。晩秋のたそがれどきで、二人は扱いかねる重い胴を、竹刀の先にくくりつけておりました。

どちらが言い出すともなく、辻ごとにその胴と竹刀とを、ひとりが担ごうということになった。いつの世でも学校帰りに子供の考えることは同じですな。

まず私が二人分の荷物を持ち、次の辻までくると今度は嘉一郎が持つ。そんなたわいのない遊びをしながら三戸丁を過ぎて、やがて上田組丁の足軽町まで来てしまった。

むろんその先は、私が日ごろ足を踏み入れたことのない、暗く貧しい町並みです。

上田惣門と呼ばれる木戸門まで、広くまっすぐな道が続き、両側を高松の池から引かれた清らかな堰が流れておりました。足軽屋敷の敷地は案外と広く、間口が五間、奥行が十間もありましたろうか。

ぐるりと柴垣がめぐり、同じような造作の古い茅葺きの家が建ち並んでいた。通りを曲がって横道に入りますと、家の奥はどこも野菜畑になっており、マルメロや茱萸や柿や栗が、垣根に沿って豊かな実をつけておりました。

「百姓家みてえだな」

と私が言えば、嘉一郎は少し恥ずかしげに、

「お菜を作らねば食べるものが足らねえから」

と答えました。百石格のさほど不自由を知らぬ子供であった私は、それを冗談と聞いたような気がいたします。

ぐるぐるとそのあたりを歩き回って、辻のたびに竹刀と胴を持ちかえ、上田組丁の中ほどにある嘉一郎の家の前まできた。

「ここらの組屋敷は、大野次郎右衛門様の組だよ」

「ふうん、んだばお前の家は、千秋のお父上のご家来だっか」

堰にかかった橋板を渡りますと、門のない敷地に粗末な茅葺きの古家が建っていた。玄関らしきものはたてつけの悪い板戸が一枚あるきりで、それを開けると真暗

な土間でした。

「母上、ただいま帰り(けえ)あんした」

　嘉一郎が大声で言うと、板間の先のうす汚れた障子が開いて、床に伏した母親が青白い顔を覗かせました。

「おじゃまいたしあんす」

「はい、よくお出(いで)って下しゃんした。嘉一郎、どなた様であんすか」

　母親は床の上に身を起こして、訝(いぶか)しげに私を見つめます。まったく他意のない偶然ではありますが、そのとき私は嘉一郎の胴と竹刀とを、肩に背負ったままでした。

「道場で一緒の、桜庭弥之助君であんす」

　桜庭、と言ったか言わぬうちに、嘉一郎の母親は素頓狂な声を上げて、奥の間から転げ出てきた。寝巻姿のまま板敷にかしこまるや、わけもわからずに立ちつくす嘉一郎の腕をむんずと引き寄せて、いきなりその顔を平手で打ったのです。

「お許し下んせ、お許し下んせ。とんだご無礼をばいたしあんした」

　母親はあわてふためきながら、私の肩から荷物を奪い取り、板敷に置くとそのまま平伏してしまいました。

　幼心にも、事情は何となくわかった。私はどうしてよいかわからず、たしか思いつくままの言いわけをしたと思います。

「あの、わしは同じ桜庭でも、御高知の桜庭様ではながんす。三戸丁の桜庭であんす」

母親はちょっと安心したように顔を上げましたが、思い直すようにまた手をついてしまいました。

「いえいえ、そうは申されあんしても御組頭様にはちがいありあんせん。ましては御譜代の桜庭様に、竹刀を持たせるなど身のほど知らずも甚しく――どうか、お許しえって下んせや」

嘉一郎もおのれの失敗にはじきに気付いた様子でした。そうは言っても六、七歳の子供のことでありますから、これもやはり「何となく」ではありましょうけれど。

「お申(も)さげね」

「そんなこと、かまわね」

ほんの短い、そんなやりとりをしたような気がいたします。

それから私は板間に招じ上げられて、白湯(さゆ)と茱萸の実とをふるまわれました。たいそうふしぎな気がいたしましたのは、私の前にだけ箱膳に載った皿と椀とが置かれ、嘉一郎と母親は私の顔色を窺いながら正面にかしこまっていたことでした。

「父上には内緒にしておきあんすがら、これからは気配りなさんせ」

と、母は嘉一郎を叱った。

甘ずっぱい茱萸の実を、一粒ずつ気まずい思いで食べながら、私は初めて見る足軽屋敷の中に目を凝らしました。

板間の隅には、手内職の南部紬や糸枠が積まれておりました。六畳の座敷に六畳の板敷、それに土間つづきの台所がついただけの、まことに粗末な家でした。

私が最も驚きましたのは、天井に天板がなく、梁と茅葺きの裏とがむき出しになっていることでした。

そのような有様を目のあたりにしても、私は下級武士の暮らしがみな同様なのだとは思わなかった。吉村の家にだけ何か特別な、恵まれぬ事情があって、貧乏をしているのだろうと思いました。

そう――、嘉一郎の母は、とても美しい人であったと記憶しております。

病がちで、生活に疲れているふうはありましたが、きめ細やかな肌が抜けるほどに白く、目のぱっちりと大きな、子供ですらもうっとりと見とれるような美人でありました。

茱萸の実をかじりながら、そのことだけはふと、嘉一郎をうらやんだような気がいたします。

盛岡は中津川と雫石川が北上川に合流する地形を巧みに利用した、要害の城下町です。

かつては河川から引きこんだ濠を幾重にも御城の周囲にめぐらしており、山の高みから眺めるとその姿は、さながら浮城のようでありました。もちろん今ではそうした濠も埋めたてられ、往時をしのぶよすがもない文化都市に生まれ変わってしまいましたが。

戦乱の世が長かった奥州にあって、南部藩が磐石でありましたのも、この城下の堅固な構えによるところが大きいのでしょう。ために戊辰の戦の折には、城に籠って一戦すべしとの意見も少なからずあったようです。もしそのようなことになっていたらどうであったろうなどと、いまだに同郷の年寄りが集まりますと、酒席の話題になります。むろん官軍の銃砲の前には抗すべくもなかったでありましょうが、何につけても辛抱強さが取柄の南部武士でありますから、相当に薩長の気の短い侍どもを悩ませたのにはちがいありません。

そう、ともかく辛抱強いのですよ、南部の気性というのは。

おしなべて穏和な性格で、才気走ったふうはない。だが鈍牛のごとくに持説を曲げず、一歩ずつわが道を歩む。要するにそうした頑固一徹で生真面目なところが、「南部の鼻曲がり鮭」と評されるゆえんでありましょう。

くどいようですが、原さんの鼻はけっして曲がってはおりません。藩閥政治家どもの捻じ曲がった鼻からすれば、まっすぐな鼻も曲がって見えるというものです。

城下の構えについて、でしたな。

まず御城の隣に、濠を隔てて御高知衆の屋敷がつらなります。そこからまた濠と川とを隔てて武家屋敷。そのあたりにはぎっしりと、五十石格以上の侍が住まっておりました。

足軽同心と呼ばれる下級武士は、城下の出入口にあたる街道ぞいに、各組ごとにまとまって住んでおり、その町を御組丁と申しました。

防御の点からも、一朝有事の際の機動力という点からも、いわば歩兵の兵営を部隊ごとに配置したこの構えは、まこと理に叶っていたように思えます。

吉村先生の御一家がお住まいになっていた上田組丁は奥州街道の北口の道筋にありました。また、江戸参勤の道である本街道の城下への入口には仙北組丁というこれも大きな同心御組丁がありましたし、本街道以外にも、遠野街道、雫石街道、野田街道といった道ぞいには、それぞれ御組丁が作られておりました。

したがって同心の住まう御組丁はどこも、城下の端になります。北のはずれの上田組丁は、御城から歩いても二十分はかかる田圃の中にありました。

一直線に長く続く上田組丁のどん詰まりには上田桝形と呼ばれる関所があり、御番所には四六時中、番兵がおりました。大人の身の丈ほどの土手が鉤の手に組み上げられ、その上に先の尖った木柵が張りめぐらされて、いかにもものものしい関所のふうがありましたが、ここはさほど警戒がやかましいわけではなかった。

それもそのはずで、奥州街道の北の出口であるそこを出ても、ずっと先の下北半島まで南部領でしたからな。子供らはよくその桝形の脇をくぐり抜けて、すぐ外側にある高松の池まで遊びに行ったりしたものでした。

しかし、城下の南口にあたる穀丁の惣門は厳しかった。こちらは関所としてもずっと大がかりで、桝形に四角く土手が積まれ、怖い役人が大勢目を光らせておりました。

なにしろそこは本街道の南の入口、先は六十二万石の伊達領を通って江戸に続く道筋です。しかもその関所に至るまでには、家屋敷が立てこむ一本道を通らねばなりません。

ところで——今でも解けぬ謎があるのですがね。

吉村先生が脱藩をなさった日、私の従兄にあたる者が、その穀丁の惣門の御番所取調役人として詰めていたのです。

粉雪が横なぐりに吹く寒い朝、旅姿の侍がひとりでやってきた。丈の長い道中羽織を着て、野袴の股立ちをとり、手甲脚絆に一文字の菅笠をかぶった立派な身なりであったそうです。

侍は藩道場にて御師範の代稽古を務める吉村貫一郎とたしかに名乗り、通行手形を差し出した。

このたび幕府講武所の撃剣教授方に推挙されたので、至急出府せよとの御下命が江戸御留守居役を通じてもたらされた、というのです。そして、油紙と袱紗とに二重に包んだ北辰一刀流の免許状を見せた。

役人たちはすっかり畏れ入って、疑念などは毛ほどもなく吉村先生を通したのでした。

これは御一新のずっと後になってから、東京に出て警視庁の巡査になっていたその従兄から聞いた話です。

どうともふしぎでならぬ、なぜ上田組丁の同心ふぜいが脱藩に際して、道中奉行のような立派な身なりをし、公用の手形を所持していたのかと、従兄は昔日の謎をさかんに思い返しては首をひねっておりました。

もっとも、脱藩は重罪とはいえそこは組付同心のこと、藩としては財政窮乏の折から口べらしをしたいのが本音であったのですから、組頭の大野次郎右衛門様にも、御師範にも藩校の教授方にも、さしたるお咎めはなかったようです。むしろ、驚き嘆いたのは先生の人となりを知る教え子たちや、上田組丁の親しい同心たちだけではなかったのでしょうか。

先生の脱藩からしばらくたったころ、大野千秋と私とで、上田組丁の家を訪ねたことがありました。

嘉一郎は以来ぷっつりと道場に姿を見せなくなっており、もしや残された家族が責(せめ)を負って早まったことでもしたのではあるまいかと、子供心にも気を揉んだからでした。

そのころになると、吉村先生の話は子供らの間でも禁忌のようになっており、ましてや家族の消息を父たちに訊ねるわけにはいかない。

道場の帰りにふと千秋が、

「のう、弥之助。嘉一郎のやづ、思いつめて腹ば切ったじゃねえか」

などと呟き、口にしたとたんに言ったほうも聞いたほうも怖くなって、ともかくこの足で訪ねてみよう、ということになったのです。

小雪のちらつく城下を、私と千秋は藍の稽古着一枚で身を慄わせながら、町はずれの上田組丁をめざしました。

足軽組は通りを隔てて片側に十五軒ずつ、つごう三十軒で一隊になっている。歩くほどに冬の日は昏れかかって、人通りのないまっすぐな一本道が、まるで黄泉(よみ)の国へと続く道のように思えたものでありました。

「腹など切るものか」

歩きながら私が改めて口にすると、千秋はしばらく考えるふうをしてから、こんなことを言った。

「足軽は侍でねから、腹なんか切らねえよ」

はてどうなのだろうと、私は考えこんだ。

私たちがれっきとした南部藩士の子弟であることはまちがいない。一段下の階層である「御徒士（おかち）」も、分家のできぬ藩士の次三男や地方御給人（じかたおきゅうにん）の子弟だったので、これも侍にはちがいない。

しかし同心組丁に住まう足軽たちは、藩士というより傭人（ようにん）だと考えられていた。その証拠に、どこをどうたどっても、私たちと彼らとの間には血脈がなかったのです。婚儀が許されないのだから血のつながりができるはずはなく、親類はひとりもいなかった。すなわち、数百人の同心たちの苗字には、「大野」も「桜庭」もなかったのです。

同心の下の階層に「御小人（おこびと）」と呼ばれる奴（やっこ）がありましたが、これは明らかに百姓の次三男が一人扶持で雇われる使用人で、武士ではない。同心はどちらかといえば、私たちよりも「御小人」に近い印象があったのです。

ではどうしてその同心たちが刀を差しているのか、苗字を持っているのか、中には嘉一郎のように、藩道場に通って武芸を磨いている者があるのかと自問をすれば、十ばかりの子供にはその先の説明はつきませんでした。

歩くほどに、千秋は何ごとかを思いつめるように黙りこくってしまった。

そのうちふと、こんな告白を始めたのです。

「あのな、弥之助。うちの長屋に、おばばという婆さまがおでるの、知っておるべ」

それは大野の屋敷の長屋門に住む、正体不明のみすぼらしい老婆のことです。

「ここだけの話だども、あのおばばはな、わしの婆さまなんじゃ」

意味がわからずに私は訊き返しました。

「千秋の婆さまなら、御屋敷にござるでねえか」

「あのお方はな、わしとは血がつながっていねえんじゃ。わしの御父上はお手かけの子供なのす。跡取りの伯父上が早うに亡ぐなられたので、お手かけの子の御父上が大野の家さ迎え入れられたのじゃ。おばばは身寄りがねえから、そのとき一緒に連れてきたんだそうじゃ。それで、爺さまが亡ぐなって、御父上が家督ば継いでな。んだから屋敷にァわしと血のつながっていねえ婆さまがおでって、長屋には本当の婆さまがおでる」

私はたちまち、薄暗い長屋門の格子窓の中で、日がな機を織っている白髪の老婆の姿を思い出しました。驚きはしたものの、そういう因果な話は桜庭の身内でも耳にしたことがあったので、子供の頭でも案外と理解できたのです。

千秋の告白はそれだけでは終わらなかった。

「あのな、おばばと御父上は御屋敷さ来る前、このすぐ手前の与力小路に住んでおったんだって。そんで、子供のころは上田組丁の赤沢の塾に通って手習いばしておられただ。吉村先生とは同い齢で、たいそう仲が良がったんだそうじゃ」

そのとたん、これは大変なことを聞いてしまったと私は思った。むろん、話をきちんと整理できたはずはありません。だが、聡明で思慮深い千秋が、胸の中で正確に理解し、思い悩んでいることが、寄する波のようにひしひしと私の胸にも伝わってきたのでした。よくはわからないが、これは私たちの常識をくつがえすような、大変なことだと思った。

四百石取り以上の御高知は、南部家の御家門を除けばせいぜい三十家ほどしかない。戦場にあっては旗印を掲げた侍大将、平時においては藩政の中枢を司る御家老格です。その大野家の御当主が、上田組丁と隣り合わせの与力小路にひっそりと生まれ育ち、足軽や町人の子らと混じって寺子屋に通っていた。

おそらくそのとき千秋は、もっと具体的にこんなことを考えていたのではありますまいか。

もし大野家の跡取りであった伯父が早逝しなければ、あるいはほかに嫡出の男子がいたのであれば、父は永遠に大野の姓すら名乗ることなく、今も実母とともに与力小路に住まって、南部紬の下職でもしているか、せいぜい寺子屋の師匠でもしているのではなかろうか。そして自分もやはり、そのような暮らしをしているのではなかろうか、と。

ふと私は、事件の翌る日、嘉一郎と肩を並べて雪の上に座っていた千秋の、うなだれた後ろ姿を思い出したものです。あのとき千秋は、ただ父の組付の子供をかばったわけではなかったのでしょう。本来なら同じ境遇の竹馬の友であるかもしれなかった嘉一郎に、せめて寄り添って、ともに嘆くべきだと考えたのにちがいありません。

大野千秋はまことに神経の細やかな、悧発な子供でありました。

そうこうするうちに、私たちは柴垣の上にうっすらと雪を積もらせた嘉一郎の家の前まで来ました。

並びの足軽屋敷はどこも灯りがともり、夕餉の煙が上がっております。しかし吉村の家だけは、しんと静まり返って人の気配がなかった。

破れ戸のすきまから闇を窺い、家の周りをぐるりとめぐって、「嘉一郎、嘉一郎」と声をかけました。裏庭の畑は雪をかぶったままで、柿の木の高い枝には、夜鳥が腐った実をついばんでおりました。

よほど戸をはずして中の様子を改めてみようと思いましたが、不吉な予感ばかりが先に立ってしかたがない。私たちは何べんも家を回って、梨のつぶての声をかけておりました。

そうこうするうち、二軒先の家から「どしたどした」と訝しみながら人がやってきた。道を隔てて十五軒ずつ建ち並ぶ片側の、同心小頭が私たちの声に気付いて出てきたのです。すっかり禿げ上がった頭のうしろに、ほんの申しわけのような白い髻を付けている老人でありました。

薄闇の中で目を凝らし、千秋に気付くと、小頭はびっくりして蹲るように体を屈めました。

物盗りであったら成敗してくれようと意気ごんで、しんばり棒など引っさげて出てきたところに、いきなり組頭の若様がいらしたのだからたまったものではない。

「嘉一郎が気にかがって、訪ねてきあんしたども」

と千秋が言うと、小頭は片膝をついたままぼそぼそと答えました。

吉村の一家は数日前に、雫石の母親の実家に帰ったので、お気遣いは無用にござんす、と。

私はほっとしながら、とても物悲しい気持ちになりました。父親が脱藩してしまったのだから、残された家族にはお咎めまではないにせよ、同心屋敷に住み続けることはできません。人目を憚りながら母と二人の子供は、雫石の里に帰ったのでしょう。

「お里さ帰ってしまったんだとさ」

と、私を振り返って呟いた千秋の顔もやはり、安堵と淋しさとがないまぜになっていたような気がいたします。

帰りがけに、小頭は自分の家に一度入って、嘉一郎の書き置いた詫び状とやらを見せてくれました。黄ばんだ巻紙に、たしかこんなことが書いてあった。

此たび　父吉村貫一郎不始末ニ付　皆々様ニ　甚ダ御めいわく御かけ申シ　相済まぬ事ニ　御座候
家族一同　皆々様ニ　相済まぬ事ト思ヒ居候　御殿様　御組頭様御同心ノ皆々様ニ　甚ダ御めいわく　御かけ申シ　相済まぬ事ニ御座候　何卒（なにとぞ）　何卒　御ゆるし下され度御ねがヒ申シ上候
貫一郎嫡男　吉村嘉一郎

小頭がかざした提灯の灯の中で、私たちは嘉一郎の詫び状をくり返し読んだ。ひとりの人間があれほど一所懸命に、せっせと書いた手紙を、私はそれから後にも二度と読んだためしはありません。

それはたどたどしいながらも、十歳の子供の手としてはまことに頭の下がる、立派な筆でありました。

ところで——興の向くままついつい饒舌(じょうぜつ)になっておりますが、あなたはいったいどのようなおつもりで、吉村貫一郎先生のことなどをお調べになっておられるのですか。

よもや面白おかしく脚色して、講談話にでも仕立て上げるわけではありますまいな。

いや、これは失敬。まじめな調査であろうことはわかっております。あなたの面相を拝見すれば、それはわかる。だがしかし、何ゆえ吉村貫一郎先生なのか、とね。少なくとも、たといどれほどの罪であれ五十年もたてば時効でありましょう。まさか、お祖父さまの仇、などということもありますまい。

はい。噂には聞いておりました。

吉村先生が脱藩ののち京に上り、あの新選組に加わって、たいそうなお働きをなさったということは。

さあて、どこでどう聞き知ったものか——そこまでは記憶にない。ただ、幕末のころの京に、新選組という鬼より怖い浪士隊があり、不逞浪人たちをバッタバッタと斬り捨てているという噂は、遠く盛岡の国元にまで聞こえておりました。

当時はむろん、新聞もない、鉄道も電信もない。それでも案外、世の中の事情というものは伝わったのですよ。

まず、南部藩は文久のころに朝廷から内裏守備役を、慶応になってからは幕府より京都勤番を命ぜられ、いずれも南部御家門のどなたかが相当の兵を率いて京に駐屯していた。

また、大坂には古くから蔵屋敷があり、主として特産品である昆布や南部大豆などを、ここで取り扱っていたのです。

町方でも、鍵屋という商人が京の三条室町に大きな出店を持っていた。これなどは主人の茂兵衛が京に居づっぱりであったそうですから、盛岡と京と、どちらが本店だかわからぬほどでした。

つまり、上方には常に大勢の南部衆がいたわけで、天下の情勢もまた刻々と伝わってきたのです。

薩長の藩閥政治家どもは、日本を近代国家にしたのはすべて自分たちの手柄のように吹聴しますがね、なあに、御一新前の世の中だって、さほどの不自由はなかった。文明開化などというものは、馬が鉄道に代わって、ほんの少しばかり人や物が早く動くようになっただけのことです。

しかしそれにしても、あの吉村先生が新選組に加わっているという噂には驚いた。先生はたしかに藩内屈指の剣術の達人ではありましたが、その剣で人を斬るなど、とうてい信じられなかった。それほど先生の印象はおだやかで、武張ったところがなかったのですよ。噂を耳にしても、誰もがまさかと思った。

ですがね、明治元年の十月にはすでに官軍が盛岡に入ってきまして、まず何をしたかと申しますと、土佐兵の一隊が血まなこになって吉村先生の行方を探していたのです。

そのころは私もすでに算え齢の十六になっておりましたので、よく覚えております。

派手な獅子頭を冠り、洋式軍服に陣羽織を着た将校が、帷子小路の武家屋敷を軒並み訊ね歩いて、三戸丁の私の家にもやってきた。鉄砲を構えた黒ずくめの歩兵を、十人ばかりも引きつれましてね。

南部藩は奥羽越列藩同盟に伍して戦い、賊の汚名を蒙った。恭順謝罪し、官軍の進駐を許しはしても、藩士たちの肚の中は収まりがつかなかったのです。何を、官軍の衣をかぶった賊軍ばらめ、という気持ちでした。

居丈高に大声を上げる将校を、父と私は玄関の敷台に座って応対しました。そのときたしか父は、土佐兵をきっかりと睨み上げながらこんなことを言った。

「畏くも錦旗をば奉じ、官軍の獅子頭ばいただく武士が、何たる不調法ばなさるか。戦の勝ち敗けはたまさか武運のなしたるものでござんす。いんや、こたびの戦も南部と土佐の戦であれば、われら南部武士、百戦まじえても貴公らには敗け申さぬ。門口に挨拶もなく大声ば上げ、家名をば呼び捨てるなど言語道断、このうえ狼藉を働ぐのであれば、たちまちこの場にて貴公と刺し違える所存にござりあんす。いまいちど門外に退出し、御家来をば控えなされたのち、桜庭殿お頼み申すと声を出されよ――聞げねのがっ、この腐れ者ッが！」

と、まあこのような口争いは、どこの家でもあったようです。南部人はおしなべて思慮深く温厚な性格ですが、いざとなれば梃でも動かぬ頑固者ばかりですからな。

さて、父の剣幕に気圧されて、土佐の将校はともかく無礼を詫び、それから私たちの耳には外国語のような土佐弁で、いきなり訊ねたのです。

吉村貫一郎という者の所在を知らぬか、と。

この訊問にはひやりとした。父も私も、とっさに捜索の理由がわかったからです。

そのとき初めて、噂は本当だったのだなと思った。吉村先生は新選組の隊士として、その土佐の将校の同輩たちを何人も斬ったにちがいない。彼の険悪な形相は、ただ科人を探しているというのではなく、私怨に満ちておりましたよ。

かくかくしかじかと、父はありのままを答えた。すると土佐の将校は、ならば家族の所在はどこか、と訊く。

「はて、吉村の妻子の行方でござりあんすか。聞くところによれば、脱藩の責をば負ってみごと自害して果てたと——たしかそんなことであったな、弥之助」

はい、たしかに、と私は答えました。

吉村先生の御家族が雫石に宿下りして無事でいるということは、父も知っているはずでした。

おそらく同じような回答をどこでも聞かされたのでしょう。それを信じていたのかいないのか、土佐兵はいかにも悔しげに顔をしかめて、屋敷から出て行きました。

それからしばらく、父と私とは冷たい敷台に並んで、ぼんやりと空を見上げていた。すっかり葉を落とした庭先の柿の枝が、凩の鳴る白い空を、くろぐろと罅割っておりましたっけ。

「弥之助。ここだけの話じゃが——」

と、父は空を見上げたまま言った。

「吉村さんは、亡ぐなられたぞ」

えっ、と私は父の横顔を見つめました。父の吐く息は白く、瞳はうつろでした。

「過日、大野様から聞いた。鳥羽伏見の戦で深手を負い、大坂の御蔵屋敷までたどり着いて、みごと腹ば切って果てたそうじゃ」

「まことでございますか」

力なく肯いて、父は俯いてしまった。

父の胸の痛みが、寒気の中でひしひしと伝わってくるようでありました。

譜代の家に生まれた父は、良くも悪しくも南部武士の典型でした。先年八十四歳の天寿を全うするまで、けっして戊辰の戦のことや、朝敵の汚名を蒙って舐めさせられたその後の労苦を、いっさい口にすることなく、南部の畑を耕し続けたのです。

その年の八月には奥羽越列藩同盟を脱した秋田藩を攻め、大館の戦では獅子奮迅の働きをしたにもかかわらず、武勇伝はひとことも語らなかった。

「あやつらは謀叛人じゃ。年端もいかぬ天皇様ば御輿に担いで、徳川を倒したただの謀叛人ぞ。じゃが、わしは秋田を攻めても、錦の御旗ば立てたあやつらとは戦をせなんだ。そればかりか、弓矢を擱き、城ば開け渡した。武士として、こんたなお恥すいことはねえ」

言いながら肩を落とす父に、そのとき私は何か言葉をかけただろうか。いや、たしか何も思いつかなかった。父が愚痴を言ったのは、後にも先にもその一度きりでしたから。

「吉村さんは偉い。あん人は、まことの南部武士じゃて。ええか、弥之助。吉村さんは義のために脱藩したのじゃぞ。他の理由は、何もねぞ。民百姓から年貢を絞り取るばかりで、義をば忘れた南部の侍に愛想つかして、国ば捨てたのじゃ。そうして、京さ上って、薩長の謀叛人どもを片っぱしから叩っ斬った。紛（まが）いものの錦旗に畏れ入って、戦もせずに城ば開け渡すわしらとは、侍の格がちがう。まことあん人は、南部武士の鑑じゃった」

今にして思えば、父は抗戦派であったのでしょう。だから、戦わずして盛岡の名城を開け渡すことに、あれほどまでの屈辱を感じていたのだと思います。

私は御一新ののち、つてを頼って上京し、学問を修めましたが、事業を起こしてから何度東京へ迎えようとしても、父は自ら開墾し帰農した花巻の畑から動こうとはしなかった。突然の脳卒中で亡くなったのも、丹精こめて作った大豆畑の畔（くろ）でありました。

あのとき父の言ったことは、こうして今も胸に刻みつけられているほど、いちいちもっともでした。だがただひとつだけ、釈然としないものがある。

そう――鳥羽伏見の戦を斬り抜けて、大坂の蔵屋敷にたどり着いた吉村先生が、なぜ腹を切らねばならなかったのか。

たとえ余命の知れるほどの深手であったとしても、できうるかぎりの手当ては受けることができたはずなのですよ。なぜなら、そのときの蔵屋敷差配役は、あの大野次郎右衛門様だったのですから。

それにしても、ご熱心ですな。

手をつけぬまま紅茶が冷めてしまいました。給仕を呼んでさし替えさせましょう。

――私の身のまわりにおる書生も給仕も女中も、みな岩手県の出身です。この給仕は遠野の出で、夜学に通わせております。法律家をめざしておるのですがね。

大野次郎右衛門について、ですか……。

それはあまり語りたくはありませんな。なぜならば、いい人間であったとは思えないから。ましてや、大野千秋という親友の父でもありますし、中傷めいたことは言いたくない。

吉村先生が傷の手当てをしてもらえぬばかりか腹まで切らされたというのはね、すべて大野次郎右衛門という人間の冷酷さのせいだと思うのですよ。そう考えるほかはない。

吉村先生は大野次郎右衛門組の組付足軽です。たがいに何代も前からのそういう関係ですな。

その吉村が脱藩したことについて、組頭の大野はよほど腹立たしく思っていたのでしょう。だから吉村先生が鳥羽伏見から大坂に落ちてきて、ようよう南部藩の蔵屋敷にたどり着いたとき、大野は傷ついた体をいたわるどころか、ここで遭うたが百年目、という気持ちになった。で、この恥知らずめ腹を切れ、というわけです。そのあたりの事情は、のちのち当時大坂詰であった他の藩士たちの語り草になっておりました。主家を頼ってようやくたどり着いた吉村先生をひとめ見るなり、大野は言下に怒鳴りつけたそうです。

「何を今さら、壬生浪めが」、とね。

そして、奥座敷に引き入れるや、切腹を申しつけた。

考えてもごらんなさい。大野は吉村先生の組頭ではありましたが、主人ではないのです。大野家の使用人である中間小者ならばいざ知らず、吉村先生に腹を切らせる権利はないはずです。つまり今の時代でいうなら、部長が勝手に部下を馘にするようなものでしょう。これは越権も甚しい。

大坂詰の藩士たちは驚いて、何もそうまですることはなかろうと宥めたそうですが、大野は頑として聞き入れなかった。大野殿は血も涙もない鬼じゃと、みなが言っておりました。

親友の父親でありますから、子供のころからよく知っております。ともかく謹厳きわまりない、辻を曲がるときも差し金で計って曲がるような人物でしたな。

小柄で色白、武骨な感じはしないがいかにも聡明な顔立ちで、倅の千秋はとてもよく似ておりました。

もっとも、あまりいい人間ではなかったというのは、私の個人的感情であります。子供の時分から、躾に厳しすぎて怖い人という印象を抱いており、あのような父親がいたらたまったものではないと、つねづね考えておりましたからな。千秋は気の毒だと思っていた。

藩内での人望はきわめて厚かったように思います。御高知衆と呼ばれた重臣の家はみな世襲でしたから、名目ばかりの役職の者が多く、実務に長じた者はなかなかいなかった。その点、大野次郎右衛門は、名実ともに藩政を切り盛りする重臣でした。

子供の耳にまでそうした評価が聞こえていたのですから、相当の切れ者であったのでしょう。ことに計数に明るい人物で、武門においては組頭の侍大将であると同時に、勘定方の御役を務めておりました。

幕末のころは長く凶作の年が続いたうえに、蝦夷地の沿岸警備やら、先に申し上げました京都勤番やらと藩の経済的負担も重く、財政は甚しく逼迫しておりました。本来、御役の序列から申しますと勘定奉行はさほど高い格式ではないのですが、大野次郎右衛門はその算術と交渉事の能力を買われて、特命大臣とでも申しますか、別格の勘定差配役を務めていたようであります。

大野様がおらねばわしらの暮らしはどうなるかわからぬと、私の父などもつねづね申しておりました。

蔵屋敷の差配役として大坂に赴任しておりましたのは、つまりそうした御役目上のことでありましたのでしょう。南部大豆は大坂市場を独占しており、うち続く凶作の折から、その市場操作は藩財政の要(かなめ)であったと思われます。

慶応三年の十月に大政が奉還され、京都勤番の南部兵はやがて屋敷を引き払って国に戻る。奥羽越列藩同盟のややこしい話が始まる。そのような折でも、こと財政は別でありますから、大坂蔵屋敷は任務を続行中、というわけですな。

翌(あく)る年の正月に起きた鳥羽伏見の戦が幕府軍の惨敗に終わり、はてさて世の中はどうなることやら見当がつかぬ。錦旗を奉じた薩長に対して、恭順するのか抗戦するのか、藩論もいまだ定まらぬ。いや、何が何やらわけがわからぬご時世のまっただなかに、大坂の蔵屋敷だけがぽつんと離れ小島のように取り残されていたのでしょう。

そんな折も折、新選組の隊士として鳥羽伏見の戦を斬り抜いてきた吉村先生が転がりこんできたのですから、蔵屋敷詰の藩士たちの驚きようといったら、それこそただごとではなかったでしょうな。

それでも――かつては組付同心であり、竹馬の幼なじみでもあり、たがいの嫡男がこれまた仲のよい友達であるという、縁浅からぬ吉村先生に向かって、言下に腹を切れというのはあまりに非情。

どう思われますかね。人間の情というものは、いつの時代でもどのようなご時世にあっても、犬畜生のそれとは違う。脱藩の罪だの恨みだの、御蔵を預かる者の務めだの、そのようなことはさておくのが、人情というものではありますまいか。ですから私は今も、あの大野次郎右衛門という侍を快く思ってはいないのです。あの男は民百姓から情け無用に年貢を取り立て、商人には無理無体の要求をし、すべての物事を算盤勘定で考えた。そして、傷ついた同胞の命さえもね。

そう思えば天罰でありましょう、大野次郎右衛門の末期は。吉村先生に切腹を申しつけた大野は、そのわずか一年ののち、官軍に手向かったかどで処刑された。そう——切腹ではない。武士としては屈辱それにまさるものはない、断首の刑でありました。

「勝てば官軍、敗くれば賊」という言葉の真意を、あなたはご存じですか。

戦というものは必ずしも正義が勝つとはかぎらない。結果のいかんによって、正邪が決定されるものです。

ただし、この「勝てば官軍」という物騒なたとえには、そもそもたいそう深い意味があるのです。

奥州での戦が始まりましたとき、私たち奥羽列藩も、実は錦旗を奉じていたのですよ。

「東武天皇」というお名前で私たちが推戴しておりましたのは輪王寺宮様――先帝明治天皇の父君孝明帝の御皇弟にあらせられます。

このことを口にいたしますと、若いかたは必ずそのようにびっくりなさる。それもそのはず、事実は御一新ののち、たちまち「なかったこと」として抹消されてしまいましたからな。とかく歴史は、都合の悪いことを後世に語り残そうとはしないものです。

お訊ねの吉村貫一郎先生からはちと話題がそれますが、これは南部人としてぜひとも語っておきたいこと、この年寄りに手間賃を払ったつもりで、どうかお聞き下さい。

江戸開城の折、輪王寺宮様は上野寛永寺御本坊におすまいになっておられました。いとやんごとなき御皇族のお一方が、江戸城の鬼門にあたる上野の山にお入りになるのは、大権現家康公以来のならわしであります。

平たく考えれば「人質」でありましょうが、家康公の深慮を察すればこうとも言える。つまり、いつの日にか西方に逆賊が起こって京にあらせられる帝を奪ったとき、この上野東叡山におわす宮門跡を正朝と仰いで乱を鎮める。

家康公は明治維新のこのかた、まるで御遺業の揚げ足を取られる感じですっかり悪者にされておりますが、その政策はいちいちごもっともで、天下の太平を定めるための合理的なものばかりであります。

私ども東北列藩の遺臣からすれば、薩長は逆賊ですよ。その証拠に、御一新以来五十年もたつというのに、いまだ政権は藩閥の持ち回り、天下を私すること明らかではありませんか。

上野彰義隊が輪王寺宮様を奉じて抵抗したのは当然のことであります。宮様もまた親徳川の思い厚く、血気さかんな御齢二十一歳の親王にあらせられました。

しかし、肝心の慶喜公は、鳥羽伏見の戦で敗け、江戸に逃げ帰ったあとすっかり怖気づいて恭順してしまった。あんなもの、何が権現様の再来なものですか。

一方の輪王寺宮様は上野戦争ののち、羽田沖から幕府の船でひそかに常陸にお逃れになり、仙台藩を盟主とする奥羽越列藩に迎えられたのです。

以後、奥州諸藩は「東武天皇」輪王寺宮様の令旨を奉じて結束した。すなわちこちらもまた、官軍であります。

ここまでお話しすれば、おわかりになりますな。

そう。戊辰の戦というのは文字通り、「勝てば官軍、敗くれば賊」であったのです。

　しかし、ここで誤解してほしくはないのですが、私たち奥羽列藩はいたずらに薩長と事を構えようとしたわけではなかった。南部に限らず、東北人はおしなべて思慮深く、好んで戦をする短慮は持ち合わせません。

　今でも思うのですが、幕府の面子（メンツ）がかかった上野の彰義隊まではともかく、その後の会津攻めから箱館五稜郭に至る戊辰の戦は、けっしてするべきではなかった。奥州列藩には常に、薩長と話し合って新しい時代を模索する姿勢があったのですからな。

　むしろ輪王寺宮様には、ことを平和裡に解決するための切り札になっていただいたと考えてもらってもよい。宮様ご自身も、そうしたおつもりであらせられたと思います。

　しかし、新政府は東北諸藩に対し、会津討伐の勅命を下した。私たちに、盟友会津を討てと言うのです。

　どう考えても、会津戦争は必要のない戦でありました。松平容保（かたもり）公はすでに慶喜公の意を体し、ひたすら国元で恭順しておられたのですからな。

　東北の諸藩は、会津の立場が痛いほどわかっていた。天保の大飢饉以来、どの藩も内情は火の車で、とても天下国家どころではなかったのです。にもかかわらず、会津の御殿様は藩祖保科正之公の御家訓を体して、京の治安維持に出動した。不逞浪士どもを鎮圧したその働きは、徳川のためであると同時に、朝廷の御為でありました。当時の諸般の事情を考えれば、まことの勤皇家は会津中将をおいてほかにはありますまい。

そんなことは、薩長の輩もわかっていたはずなのです。それを承知の上で、新政府は会津討伐の勅命を下した。しかも同じ東北の諸藩に対して、です。要するに、会津討伐は薩長の私怨でありました。

これが立場の逆な西国諸藩でありましたなら、たちまち一触即発でしたな。しかし東北人はともかく思慮深い。

仙台の伊達も米沢の上杉も、勅命には抗わずにとりあえず出兵をした。私ども南部藩もこのとき、藩兵一千二百ばかりを出動させております。だがむろん、誰も会津を討つつもりはない。

仙台藩主伊達慶邦公は、奥羽二十五藩の連名による、会津容保助命嘆願書をたずさえておりました。もとより伊達藩は六十二万石の大藩、その総兵力は三万三千八百余といわれ、数の上では押しも押されもせぬ日本一でありました。

つまり伊達公は、その強大な軍事力と奥羽列藩の緊密な同盟を背景にして、薩長に、私怨による愚かな戦の回避を迫ったのです。もしこの提案を退けるのであれば、こちらは輪王寺宮様を奉戴して戦に臨む。「勝てば官軍、敗くれば賊」と相成るが如何、とね。

むろん言葉は肚のうちに収めておられたでしょうが、はてさて騎虎の勢いに乗じた薩長の芋侍どもが、冷静に事態を斟酌していたのかどうか。

聞くところによればこのとき、伊達慶邦公と米沢の上杉斉憲公は、岩沼の奥州鎮撫軍本陣において九条道孝総督と会談し、八時間に及ぶ涙ぐましき説得を続けたそうであります。

まことに頭の下がる逸話ですな。徳川三百年の太平の世を経たとはいえ、さすがは独眼竜政宗と謙信入道の血を引く両公。それを思えば、あの慶喜公など、どこかで神君家康様の血をたがえておるのではありますまいか。

少なくともわれらは、あんな腰抜けに忠義だてをして戦ったのではありませんよ。だから私は、佐幕という言葉は嫌いです。

ここは言葉を改め、声を大にして申し上げましょう。

わしら南部の侍は、徳川幕府や慶喜のために戦ばしたのではねぞ。そんたなものに、武士の命ばかけられるものか。わしらはまげてはならぬ義のために戦ばしたのじゃ！

——私としたことが、ついつい興奮してしまいました。

何ぶん、多感な青春期に身を以て体験いたしましたことゆえ、還暦を過ぎた今日でもまだ、内心は忸怩（じくじ）たるものがある。

このような次第もありまして、何としてでも原さんに政権をとっていただかぬことには、死んでも死にきれん。

ただし、私怨ではありませんよ。原内閣の誕生はすなわち、義の復権でありましょう。

ところで、今ふと話しながら思いついたのですが、伊達公も上杉公も尊いお血筋というよりまず、東北人の典型でありますな。

ことが丸く収まるのならば、いくらでも頭は下げる。粘り強く説得もする。ただしそれだけのことをするからには、すべての準備も心がまえも整っているのです。

だから、よろしいですか。あなたも東北人と何ごとかの折衝をなさる場合には、相手がいくら下手（したで）に出ているからといって、けっして見下してはならない。油断をしてもなりません。

ともあれ、両公の説いた会津助命論は正論でありました。薩長の私怨のために発せられた勅命は、畏れ多いことではありますが誤りであったと言うほかはない。

九条総督は大要を理解せられ、いったんは嘆願書を受理なさったのですが、これはたちまち長州人の参謀である世良修蔵らによって却下されることになった。しかも、何たる露骨なる私怨。会津討伐どころか、会津藩に最も同情的であった庄内藩まで討伐せよとの命令が、諸藩に対して発せられたのです。

こうして奥州での戦が始まった。世良修蔵は血祭りに上げられ、同盟には志を同じうする北越諸藩も合流して、まさに天下を二分した戦の幕が切って落とされたのです。

追って盛岡にもたらされた輪王寺宮様の令旨は、城内にて家臣一同に対し奉読されました。

城から戻った父が、武者ぶるいをしながら口にしたその令旨の一節を、私は今も諳んじておりますよ。

かくかくしかじか、よって天下匡正の任を同盟諸藩に託す。宜しく大義を明らかにし、兇逆の主魁を殄し、幼帝の憂悩を解き、下は百姓の塗炭の苦しみを救うべし。——兇逆の主魁とはすなわち薩摩、長州、ならびに偽りの錦旗にまつろう諸藩であります。

父は膝の上に拳をふるわせ、いかにも忍耐づよい南部武士の声で、唸るようにこう言ったものです。

「ええか、弥之助。いつの世にも、義のために死するが武士ぞ。こたびの戦では、南部の武士こそまことの義士と心得申せ」

さて――話のなりゆきとして、またあの大野次郎右衛門について語らねばならなくなりました。

彼が大坂から国元に帰参しましたのは、そのような混乱の折であったと思います。大野は重臣たちがこぞってその知略識見を頼る逸材、主家の存亡にかかわる危急のときに、藩命により召喚されたのでありましょう。

このころ、奥羽列藩の一翼にあったとはいえ、実のところ藩論は喧々囂々として定まってはいなかったのです。

なにしろ前年から勅命により上洛していた重臣たち――いわば特命全権公使、とでも申しますか、それらの中でもある者は恭順すべしと説き、またある者は断固戦うべしと言い、ついには長州藩邸に身を投じて藩主には二心なしと嘆願する者や、はては進退きわまり、旅宿で腹を切る者も出るという始末でした。

そんな折、主戦論恭順論の入り乱れる盛岡に、藩主南部利剛公の信任ことのほか厚く、多年にわたって藩財政を切り盛りしてきた傑物、大野次郎右衛門が戻ってきた。

当時、藩政の実権を握っていたのは、後世に名高い筆頭家老、楢山佐渡様であります。

　このお方は、今さら私ごときが簡単にそのお名前を口にすることすら憚られるほどの、大人物でありました。惜しむらくは戦の責を負って大野ともども斬罪に処せられましたが、御一新を無事に生き永らえておれば、その器量才覚だけで、藩閥政治の横暴によく抗しえたでありましょう。

　佐渡様は千二百六十石取りの御高知であり、生粋の南部譜代であり、齢のころも四十手前の壮年でした。

　賊軍の汚名を一身に着て刑に服した佐渡様は、いかにも徹頭徹尾の主戦派とされておりますが、実はそうではない。あの方ほど細心で思慮深く、いかなる状況にも対応して藩士領民を救済する力を持った指導者は他にはいなかった。

　冷静沈着な佐渡様を、あの大野次郎右衛門が籠絡したのですよ。齢も下、家格も下の大野が、帰参するなり佐渡様をけしかけるように叱咤するさまを、私の父はまざまざと目撃しているのです。

「佐渡殿、この期に及んで何をためろうておりあんすか。勝てば官軍、敗くれば賊の戦にてござんすぞ。列藩をば裏切って薩長の賊と結んだ佐竹、津軽へ、ただちに兵を挙げて打入られよ」

　その場にいた重臣たちはみな、腰を抜かすほど驚いたそうです。よもや性温厚な大野が、秋田攻めの主戦論を口にするとは思いもつかなかった。

実は、佐渡様はじめ重臣たちが大野を上方から召喚した理由は、彼が最も冷静な判断力を持っていると考えたからなのです。

このころ、南部藩には楢山佐渡様と並び称せられる東次郎様という家老がいた。東様は勤皇論者であり、反同盟論者であったがゆえに蟄居を命ぜられていたのでした。

はたして列藩同盟に反して薩長と手を結んだ隣国秋田を討つべきか、討たざるべきか。これは南部一国の存亡にかかわる決断にちがいないが、反同盟論者の東様がいなければ、いずれ藩論は主戦派に押し切られる。そこで長く蔵屋敷差配役として大坂におり、天下の趨勢に最も明るい大野を召喚して、意見を求めようということであったにちがいありません。

藩公はじめ、藩士たちの心はみな揺らいでいたのです。薩長は憎い。隣国の秋田とも津軽とも、もともと折合いがよいわけではない。だからといって、伊達藩に義理立てする理由もまたないのです。要するに藩士たちが等しく考えていたのは、いかにしてこの動乱の時代に、南部二十万石を生き永らえさせるかということなのでした。

だからむしろ、藩士たちは大野次郎右衛門が自ら見聞した天下の情勢を披瀝し、急進的な主戦派を説得することを期待した。

ところが意に反して、大野こそが主戦派の急先鋒だった。彼の帰参により、混沌として定まらなかった藩論は、一挙に秋田打入りに決したのでした。

藩士たちの前で輪王寺宮様の令旨を奉読し、彼の帰参に最も期待した藩公のご意思をも裏切り、のちのち南部藩士に賊軍の汚名を着せたばかりか、領民に塗炭の苦しみを味わわせたのは、すべて大野次郎右衛門ひとりの罪と言わねばなりますまい。

時をへずして南部は秋田領内に打入りました。

藩兵は果敢に戦い、緒戦こそ優勢ではありましたが、やがて官軍の来援で攻守ところを変え、そうこうするうちに米沢、仙台はあっけなく降伏、会津も落城し、戦の大勢は決してしまった。

藩士と領民にとって、それは最悪の結果でした。黄金七十万両という巨額の償金を申し渡されたうえ、盛岡二十万石を改易されて白石藩十三万石への転封。この処置は南部藩の内高二十五万石から比べれば、実に二分の一の減禄処分であります。私たちは父祖の地を奪われたうえ、見も知らぬ土地で飢えて死ねと命ぜられたのでした。

それから今日に至るまでの藩士ひとりひとりの労苦は、とうてい言葉には尽くせません。

私ども南部の者が、今もあの大野次郎右衛門を憎むわけを、少しはおわかりいただけましたかな。

それにしても、私ども奥羽列藩の拠りどころであった輪王寺宮様は、そののちどうなされたのでしょうか。

聞くところによれば、北白川宮能久親王と御名を変えて陸軍中将まで昇せられ、明治のなかばに台湾で陣没なされたそうな。

今さらお恨みを申し上げる筋合いではありませんが、はてさて、数奇なご生涯にあらせられます。

ところで、子供の時分の記憶として、もうひとつ忘れがたいものがあります。

幕末のあのころ、毎年のように南部領内を襲った、飢饉の記憶でありますよ。これは実に、南部藩と領民にとってはもうひとつの戦でありました。

世は明治大正と移り変わって、ちかごろでは凶作という言葉はあっても、飢饉というものは死語となった感がある。どんな不作の年でも、飢えて死ぬには至らぬようになった。

この点について言うのなら、御一新後の中央集権国家はありがたい。昔はどれほどの飢饉に襲われても、南部一国の困難として受け止めねばならなかったのですから。

　そして、農業技術の進歩もまためざましい。冷害や霜害、大風雨や日照りに強い稲が、品種改良によって次々と登場しました。

　飢饉になるとむろん百姓は飢えるが、武士もまた困窮するのです。年貢が上がらなければ俸禄はいただけない。翌春の手形で支給された御禄を城下の商人に割り引いてもらって、何とか一冬を食いしのぐようなこともしばしばでした。

　下北半島から今の青森県東部には、六月から七月にかけて湿った土色の霧がたちこめます。俗に「やませ」と呼ぶこの濃霧が続く年は、きまって凶作になりました。空は白く濁り、夏だというのに日が照らぬどころか、毎日冷たい霧雨が降る。「やませ」は恐ろしい飢饉の前ぶれでした。

　一般に、平年作の四分の一減を不作と申します。半減が凶作。そして四分の三減の以下となれば、飢饉であります。

　飢饉といえば、東北一帯を襲った天明の大飢饉が有名ですが、こと南部領に限っていうのなら、幕末は天保年間にうち続いた飢饉が最も深刻でした。ちょうど私たちより一世代前に当たりましょうか、私の父も、大野次郎右衛門も、さきにお話しした楢山佐渡（ならやまさど）様などもみな天保生まれであります。もちろん、お訊ねの吉村貫一郎先生もね。

そう思えば、不幸な世代でありますな。大飢饉の中で生まれ育ち、長じては動乱の世を背負わされてあたら若い命をなくす。父たちに比ぶれば、いくどか外国と干戈を交えはしても、おおむね太平と言える明治の時代を生きた私どもは幸福でありましょう。

天保年間の飢饉については、父母から耳にたこができるほど聞かされております。まず天保三年に起こった大飢饉は、損耗高が十五万五千石といわれ、翌る天保四年はさらにひどく、収穫が皆無の状況であったそうです。

飢饉もせめて何年かおきにくるのであれば、多少の備蓄米もありましょうし、藩政の対応というものはできる。しかし天保の飢饉は毎年うち続いたのです。

天保五年は一息ついて、六、七、八年が飢饉。そしてついに、天保九年には実に二十三万八千石を損耗するという大飢饉に見舞われた。

考えてもごらんなさいな。南部盛岡藩は二十万石。むろんこれは表高で、実際には三十六、七万石の内高があったといわれておりますが、それにしても表高をはるかに越える損耗、内高の七割がたが損耗してしまったのです。しかもそのわずかな収穫は比較的「やませ」の影響の少ない南のあたりにちがいないのですから、広大な領内のほとんどの地域は、一粒の米すら穫れぬ惨状でありました。

農民たちは草の根や木の皮を食べ、犬猫はおろか、財産である牛や馬も食い、ついには人肉まで食らって餓鬼道に堕ちるという有様でした。

人肉は一体の分量が多いので、食いつくせぬ分は塩辛にして保存し、餓死者の少ないある村を役人が検分してみると、どこの家にも塩漬けの大瓶があったなどという話も聞き及んでおります。

こうなると、百姓たちは一揆を起こす気力もない。そのうち、悪食による伝染病も蔓延する。家を捨てて他領に逃げるのはまだ歩く力があるうちで、多くの農民は街道をよろぼいつつ、盛岡の城下に流れこんだ。

街道の入口にある寺では粥を施し、小屋を建てて難民の救恤にあたりましたが、それとて数万の数にのぼれば焼け石に水であります。現在も城下の寺にたくさんの供養塔が残りますのは、救おうにも救いきれずに餓死していった農民たちの、まこと浮かばれぬ魂を弔うためのものなのです。

天明三年の大飢饉の折には、餓死者病死者あわせて六万数千人といわれておりますが、天保年間には毎年のように、それを上回るほどの犠牲者を出していたのではありますまいか。

はてさて——酸鼻をきわめる話ではありますが、そうした飢饉が大なり小なり慶応年間まで続いたのですから、藩財政の困窮たるや推して知るべしでしょう。

領民たちにしてみれば、官軍も賊軍もない。目の前に迫る飢えと寒さとがあるばかりで、つまり多くの人々にとっての幕末とは、そういう時代のことであったのです。

どうやらおわかりのようですな。こうした飢饉の話は、あなたがお訊ねの吉村貫一郎先生とあながち無関係ではない。

藩の財政支出は切りつめに切りつめられて、御禄の加増などはもってのほか、たとえ吉村先生のように博学多才の人材でも、その働きに応じた御役料などはとうてい支払えなかった。

先生にしてみれば、さぞかし不本意だったことでありましょう。足軽同心の身分ながら、剣を磨き学問を積んで、いつかはその努力が御禄として報われるものと信じていたにちがいない。だがいつまでたっても、身代(しんだい)は二駄二人扶持のままであります。

能力だけを認められて、藩校の助教や藩道場の指南役を仰せつかり、内職をする暇もない。奥様は労がたたって病に伏し、子供らは飢えるとなれば、いっそ飼い殺しになるよりは脱藩をして、江戸や京からひそかに送金をしようというのは、一家の主としてはむしろ当然の選択であったのではなかろうか。すべては、幕末という暗い時代のもたらした、理不尽のせいであります。

そしてもうひとつ。

藩にとっての大野次郎右衛門という人材の重要さも、この困難な時代ゆえでありましたろう。

大野は勘定方から頭角を現した。天保年間に生まれ育った大野次郎右衛門はいわば飢饉の申し子で、そうした時代の藩財政を調整しうる随一の人物でありました。さきにも申し上げましたように、私の父がつねづね「大野様がおらねばわしらの暮らしはどうなるかわからぬ」と言っておりましたのは、すべての藩士たちの本心であったと思う。大野次郎右衛門とは、そういう人物でありました。

なにゆえ彼が、まるで大学者のごとく知恵を備え、かつ行動することができたか。まず第一に言えるのは、彼が大野家の庶子であり、少年時代には上田組丁（うえだくみちょう）の寺子屋で実学を積んだこと。つまり根っから、町方の子らに混じって算盤をはじいていたのです。藩校で四書五経をつめこまれる藩士の子弟とはそのあたりがまずちがった。

次に、嫡子の早逝によって迎え入れられた大野の家は、地方（じかた）、つまり知行地を持っていた。小さいながらも自分の領地を持った、支配者でありますな。若くして家督を相続した次郎右衛門は、おそらく得意の算盤をはじきながら、地方経営に励んだのでしょう。その貴重な経験が、藩財政に辣腕（らつわん）をふるわせた。むろん城下の商人たちとも、地方の経営を通じた長い付き合いがあったはずです。

藩士としては特異とも言えるこうした技能によって、大野次郎右衛門は逼迫（ひっぱく）した藩財政を切り盛りしていたのです。藩主公も重臣たちも、みな大野を信頼していた。彼の言うことならまちがいはないと、誰もが深く信倚していたのです。

その思いこみが、藩の悲劇を招いたことになりますがね。

軍政の一致が武家社会の基本構造ではありましたが、財政の専門家である大野次郎右衛門が軍事について思いもかけぬ強硬論を主張し、重臣たちがみな彼の才覚を信ずるあまりそれに賛同したところから、あの戊辰の悲劇は始まったのでした。

そうそう——もしあなたが、このさき大野千秋を訪ねる折がありましたら、こうした父親の批判など聞かなかったことにして下さいな。彼もことの経緯はよく承知しておりますし、ために旧藩士たちとは縁を絶ってもおりますが、亡き父の罪過など今さら聞きたくはありますまい。誰だって、父親の悪口を耳にすれば、心穏やかではありませんからな。

ああ、吉村嘉一郎君について思い出したことがあります。

あれは、まことによくできた子供だった。私も事業を成功させて書生の何人かを養い始めたころ、しばしば悔やんだものです。もし嘉一郎が、あの齢のまま書生でいたのなら、よほど育てがいがあったろう、とね。

妙な感慨ではありますが、出来の悪い書生を叱りつけるたびにそんなことを考えました。

吉村嘉一郎君か……その父親のことよりも、同い齢の彼のおもかげを思いうかべるたびに、胸苦しい気分になります。いや、六十を過ぎたこのごろでは、胸苦しいというより、考えただけで涙が出る。

府立一中に行っている惣領の孫がね、ちょうどあの時分の私や千秋や嘉一郎の齢なのですよ。私に似ずに丈が高く、その身丈を恥じるように背を丸めて歩くさまが、どことなく嘉一郎を彷彿とさせるのです。

会うたびに思い出すのが辛くって、早く大人にならんものかと考えたりします。

嘉一郎はたぶん……算えの十六、七のまま、大人にはならなかったと思いますから。

涙ぐましい詫び状を残して雫石の母の実家に身を寄せてから、嘉一郎の消息は杳として知れなかった。

慶応元年にはまたひどい飢饉がきて、雫石街道からも大勢の難民が城下に流れこみ、北上川を渡ったあたりの寺の救け小屋に収容されておりました。

もしやその中に嘉一郎や吉村先生のご家族がいはしないかと、おそるおそる様子を見に行ったこともあります。

天福院という、のちの廃仏毀釈(はいぶつきしやく)の折に壊されてしまった寺ですが、そこの門前まで行くと、襷掛(たすきが)けの役人に押し止められました。疫病がはやっておるので、士分の者はこのさきに立ち入ってはならぬ、というのです。

垣間(かいま)見た境内の惨状は、今も瞼に灼きついている。木組に藁筵(わらむしろ)をかけた救け小屋が建ち、そこに入りきらぬ難民たちがあちこちにごろごろと身を横たえておりました。

小屋からは死体が次々と運び出され、境内に掘った大きな穴に放りこまれて、石灰をかけられる。

役人の話によると、この寺だけでもう四百人も死んでいるので、焼こうにも間に合わぬということでありました。

そのような有様の寺が、それぞれの街道口にいくつもあったのですから、あの年の飢饉もやはり何万人という犠牲者を算えていたにちがいありません。

算えの十二、三歳と申しますと、そのころの子供はよほどしっかりしていたものですが、初めて飢饉の惨状を目のあたりにした衝撃で、しくしく泣きながら家に帰った記憶があります。雫石在の百姓はみな死んでしまったと思った。もちろん嘉一郎も、あの美しい母も愛らしい妹も、生きているはずはない、とね。

ところが、翌年の春のこと。まったく思いもかけずに、嘉一郎とめぐり逢ったのですよ。

大手前の石割桜の蕾が薄赤くふくらみ、東の山裾には杉木立の中に、真白な辛夷の花がちらほらと咲き始めた午下りのことでありました。

うららかな陽気に誘われて道場からの帰り道、大野千秋と二人してぶらぶら上ノ橋のたもとを歩いておりますと、五間ほど前を行く腰切袢纏に頬かむりの百姓が、どうとも嘉一郎に似ている。嘉一郎は父の吉村先生とそっくりの、長身を丸めた歩き方をするのです。

とっさに声を上げて名を呼ぼうとした私の腕を、千秋が押しとどめた。そのあたりは、やはり父親ゆずりの思慮深さでありますな。

後ろ姿はたしかに嘉一郎にはちがいないが、いかに帰農した科人の倅とはいえ、かつて住みなれた御城下を、体面も考えずにそのような身なりで歩くはずはない。つまり、嘉一郎は人目を憚っているのです。往来で声をかけ、かえって恥を晒させるようなことをしてはならないと、千秋は考えたのでした。

「良がったァ……ちゃんと足っこもある」

と、千秋はまこと嬉しそうに呟いたものです。

私たちは、どこか人目につかぬ町はずれに出たら声をかけようと、嘉一郎の後をつけて行った。

上ノ橋を渡って右に折れれば、鍛冶丁の目抜き通りが一丁半も続きます。そこは古くから奥州街道九十三継めの駅所が置かれる、いわば交通の中心でありました。むろん一里塚もあり、領内の脇街道はすべてここが起点なのです。

人通りの多い鍛冶丁の筋を、いっそう俯きかげんにしばらく歩くと、嘉一郎はふいに鍵屋の大間口に飛びこんだ。

鍵屋といえば京の三条室町にも出店を持つ、城下一の商家であります。はてさて、あのような身なりで鍵屋に何の用事であろうと、用水桶の蔭に身をひそめてしばらく待つうち、手代にていねいなお辞儀をして嘉一郎が出てきた。何かうきうきとして、たいそう嬉しそうな顔をしておりました。

藩士の子である私たちは、もとより町方の暮らしはよく知らない。買い物をしたふうはないので、たとえば手内職の紬の手間賃でも受け取ったのか、と考えたように思います。

鍵屋を出ると、嘉一郎は早足で鍛冶丁をさらに下って行った。紺屋丁を過ぎ、たぶんそのさきは下ノ橋を渡って、北上川ぞいに夕顔瀬橋から雫石街道を戻るつもりなのでしょう。来た道を引き返すよりはだいぶ遠回りですが、武家屋敷の建てこむそちらの道筋のほうが、むしろ人目にはつきません。

中ノ橋の手前で、嘉一郎は細い路地に入った。これでようやく、はためを気にせずに声がかけられます。

私と千秋には、旧友の無事を喜ぶほかに、何の他意もなかったのですよ。友として何もしてやれぬけれども、せめて頑張れと励ましてやりたかった。

愛染院の築地塀にもたれて、嘉一郎はどこからか送られてきたらしい書状を開いていた。私たちに気付いたとき、みるみる血の気を失った嘉一郎の顔は、今も瞼に灼きついております。

あわてて書状を隠そうとしたとたん、手元から小判と一朱銀が何枚か、ばらばらとこぼれ落ちた。青ざめたまま、嘉一郎は私と千秋に向かって、蹲るように土下座をしたのです。

「お許しえって下んせ、どうかお見のがして下んせ。大野様、桜庭様」

一瞬にして、私たちにはすべてがわかってしまった。おたがい何を言うこともできずに立ちすくんだまま、耐えきれずにぐずぐずと泣き出したのは、千秋のほうでした。

「お許しえって下んせ、どうかお見のがし下んせ。大野様、桜庭様」

くり返しそう言いながら私たちの足元に蹲る嘉一郎の手には、父からの送金にちがいない小判と一朱銀とが、固く握りしめられていたのです。

大野千秋は立ちすくんだまま、腕を瞼にあてて泣き続けます。いかに前髪のとれぬ元服前とはいえ、藩士の子が、しかも四百石取りの御高知の嫡男ともあろうものが、町なかで声を上げて泣くなど許されることではありません。

私はよほど往生いたしまして、路地から往来を振り返りつつ、「しっかりせえ、千秋。人目があるではねか」と叱咤いたしたものでした。

千秋は泣きながら言うのですよ。

「嘉一郎、後生じゃ。わしに土下座なんかしねで呉ろ。大野様だの、桜庭様だの、そんたな呼び方はやめて呉ろ」

嘉一郎は顔を上げようとはしません。みすぼらしい野良着の肩を震わせて、ひたすら私たちに詫び続けるばかりでした。

すると千秋は、目の前のぬかるみに膝をつき、嘉一郎の体を揺り起こそうとした。

「なあ、嘉一郎。わしらは友達でねえか。昔通りに、千秋だの、弥之助だのと呼んで呉ろ」

嘉一郎は千秋の手に抗いながら、かぶりを振り続けます。たしか、滅相もないというようなことを、あの言葉少なの重い口ぶりで、懸命に言っていたように思います。

そのときの私や千秋の気持ちを正直に申し上げますとね——いきさつはすべてわかってしまった。だが、あの吉村先生のご苦労を思いこそすれ、憤りなど感ずるはずはなかった。また、飢饉のうち続くなか、嘉一郎の無事な姿が嬉しかった。ただそれだけだったのです。

　だから私たちにとっては、嘉一郎がまるで犯罪者のように、許してくれ見のがしてくれと懇願するのが悲しくてならず、また私たちを武門の上司として呼ぶことが、切なくてならなかった。

　私だって泣きたい気持ちでしたよ。侍の子の十三、四歳といえば、とても難しい年頃なのです。如何(いかん)ともしがたい身分の上下というものを、あらかた承知しておりますからな。だからなおさら、大野様、桜庭様と呼ばれて、幼なじみの嘉一郎に土下座をされたことが辛くてならなかった。

　愛染院の庭には、塀を見越して路地を被うほどの大きな辛夷(こぶし)の木がありましてね。真白な花を、空いっぱいに咲かせていた。

　ああ、こうして瞼をとじると、まるできのうの出来事のように思い出されます。

大野千秋はそのさき物も言えずにしゃくり上げながら、ずっと嘉一郎の野良着の肩を揉みしだいていた。

　あれは、いいやつです。とてもあの冷酷無比な大野次郎右衛門の倅とは思えない。御一新ののちは賊将の子として蔑(さげす)まれ、一方では旧南部藩の者たちからも、あらゆる労苦の元凶のように憎まれて、その人生はさぞかし難儀であったことでしょう。

　ちかごろとんと便りもありませんが、元気にしておるのでしょうか。

ます。

その日はたしか、夕顔瀬橋のたもとまで、嘉一郎を送って行ったと記憶しております。

さて——その話が慶応二年の出来事であったとしますと、慶応四年の戊辰の戦はさらに二年ののちということになります。

その間は相も変わらぬ凶作続きでありました。夏の初めに霖雨が襲って、空が濁り、今年もまたかと怖れる間もなく、秋になれば案の定、骨と皮ばかりに痩せ衰えた農民たちが城下に押し寄せる。いやはや、あの時代の困窮ぶりを思い起こせば、先だって里帰りいたしました折の青々とした実りの風景など、まさに夢のようでありましたな。

そのときは原さんのお供をして帰郷いたしたのですがね。汽車の窓を流れ去る風景に目を細めながら、原さんもやはり「夢のようだね」としみじみ呟いておられましたっけ。

岩手県はともかく広い。かつて「三日月の丸くなるまで南部領」と謳われた広い領内のそれこそ遥かな山裾まで豊かな実りの拡がるさまは、まさしく壮観の一語に尽きるものでありました。

戦で死んだ同胞には申しわけないが、今少し暮らしが豊かでさえあれば、あたら血を流さずともすんだのではないかと思わぬでもありません。戦というものにそれなりの大義はありましょうが、その背景には必ずや飢えと貧しさとがある。私はそう思うのですが、ちがいますかね。

私たち南部藩における戊辰の戦とは、いわゆる「秋田打入り」のことであります。会津や長岡のように、盛岡城をめぐっての攻防があったわけではない。私たちはただ、奥羽列藩の盟約を反古（ほご）にした秋田を討ったのであります。

慶応四年、つまり明治元年の夏の初めでありましたか、奥羽鎮撫総督の九条道孝様が一千四百余の官軍を率いて盛岡においでになった。

今にして思えば、このときの九条閣下ならびに大総督府の行動は、まことに勇気あるものでありましたな。なにしろ奥羽越列藩同盟が成立し、事態はすでに戦と決まっているというのに、さらに「太政官布告」を徹底するために敵地まで軍司令部を押し進めるというのですから。

錦旗に手向かうことが私たちの本意ではない。私たちは錦旗をかさに着て私怨を晴らそうとする薩長が許せなかったのです。ですから、この大総督府一行には礼の限りをつくして迎えた。藩主南部利剛（としひさ）公おんみずから、本街道の惣門までお出ましになり、御一行を手厚くお迎えしたほどであります。

九条総督の御本陣は寺町の入口にあります本誓寺、醍醐（だいご）忠敬（ただゆき）参謀の宿営にはその隣の東顕寺を用意いたしました。以下の参謀や藩兵たちは、さらに奥の北山の寺に分宿させることにした。

こうした宿舎の割り当てにも、おそらく意味はあったのでしょう。九条総督や醍醐参謀は薩長に担がれた飾りもののお公家さんです。奥羽越列藩同盟がある以上、南部藩は総督府の布告に従って恭順するわけにはいかないが、朝廷に対し叛意があるのではないということを、お二方にはわかっていただきたかった。藩公は本誓寺に総督をお訪ねになってその意思を伝え、奥羽鎮撫総督府の軍資金として八千両、さらに支藩である八戸藩分として二千両の献金までなさったのです。

南部藩の平和への努力は、まこと涙ぐましいものでありました。

六月といえば、すでに会津白河口では戦が始まっている。北越の長岡では、河井継之助率いる同盟軍が激戦の真最中であります。そうしたさなかにも南部藩は、仇とするは私怨の戦をしかけんとする薩長であり、錦旗に弓を引くつもりはないと、粘り強く主張し続けたのでありました。

藩主利剛公は、さる明治二十九年に没せられるまで、戦の顚末についてはいっさい黙して語ろうとはなされませんでしたが、そのとき九条総督に対しいったいどのようなお話をなさったのか、想像するだに胸の痛む思いがいたします。

今にしてただはっきりと思うのは、利剛公もまた、外見は柔和にして性剛直たる南部武士の典型であられたということであります。

半月以上も盛岡にとどまられたのち、九条総督一行は秋田に向けて出立なされた。おそらくは、南部藩に恭順の意志なしと悟ったのでありましょう。

私たち奥羽列藩は断固として、薩長の政権を認めるわけにはいかなかった。総督府一行に先回りをして、秋田に使者を送ったのは当然です。断じて薩長の発したる「太政官布告」には従うな、ゆめゆめ恭順などしてはならぬぞと、私たちは隣国佐竹藩に釘を刺したのでした。

ところが――秋田はその使者を斬り捨てた。同盟離脱であります。

かくて南部藩は、ついに秋田討伐の兵を挙げたのでした。

出兵に際し、藩士たちに通達せられた宣戦布告状の内容は、おおむね次のようなものであったと記憶しております。

――このたび軍を挙げて国境を越えるのは、隣国の友好をかえりみぬからではない。あくまで佐竹右京大夫殿の御為に、不忠の賊臣を誅し、百姓町人を安堵させるためである。すでに九条総督は盛岡に御滞在中、平和裡に事態を解決すると仰せられた。にもかかわらず、われらの使者を斬り捨て、会津庄内を討伐するために兵を挙げるというのは、佐竹右京大夫殿の御意思とは思えず、いわんや九条総督の思し召しより出でたとはとうてい信じ難く、すべては賊臣の計略によること明らかである。われら南部藩は、百姓町人が戦に巻きこまれて苦しみ、数百年にわたり隣国秋田に連綿と続いた佐竹家の危機を座視するに忍びず、やむなく兵を挙げる次第である。賊臣らは断じて許さぬが、領民の飢えたる者には食を与え、凍えたる者には衣を与え、家を焼かれたる者には居所を与え、けっしてみだりに騒ぎたて、他領をかきみだすようなことはしない――。

お察しの通り、たしかにこの文面は戦の建前ではあります。南部藩としては、隣国の寝返りが許せなかった。しかしながら、戦には常に、こうした大義名分が必要なのですよ。

どうやらあの嘉一郎のことを、またお話ししなければならなくなってしまったようです。

いやはや、年寄りの思い出話は際限のないものだ。できれば口になど出したくはないし、思い出したくもないことなのですがね。

慶応四年八月九日未明、総大将楢山佐渡様率いる南部の軍勢は、秋田領に通ずる五つの街道から一斉に進撃を開始いたしました。

もちろん、佐竹氏の居城である久保田城を陥すつもりの総力戦であります。私の父は古式ゆかしく家伝の甲冑に身をかため、家族と水盃をかわして出陣していった。

大野次郎右衛門もまた、栗毛の南部駒に跨り、家来郎党を引き連れて、鹿角口の陣へと向かいました。

不幸にして私と大野千秋はともに参陣はかなわず、御城の守備隊として盛岡に残されてしまった。すでに十六になっていた私たちにしてみれば、君側をお護りする大任を与えられたとはいえ、たいそう悔しい思いをしたものでした。だが、今にして思えば私も千秋もともに一家の嫡男でありますから、父たちが万一討死と相成ったときのことを考えて城に残されたのでしょう。

嘉一郎が雫石口の橋場の陣に馳せ参じたのは、軍兵がさきの宣戦布告文を掲げて秋田領に打入る、その前夜のことでありました。以下はのちに父が語った話ですが、まあお聞き下さい。

橋場は盛岡の西、雫石から国境の国見峠に至る登り口の、農家三十軒にも足らぬ小さな村であります。

山間とはいえ、風の動かぬ蒸し暑い宵の口に、血相変えた若侍が陣屋を訪ねてきた。番兵たちの制止を振り切って、大声で呼ばわったのです。

「お頼み申す！　御番頭様、御目付役様にお頼み申す。大野次郎右衛門様組付、吉村貫一郎が嫡男嘉一郎にござんす。こたびの戦、是が非とも参陣ばお許しえって下んせ。後生一生のお願いにござんす」

陣屋の外に出て、篝火（かがりび）の下に片膝をついた若侍の顔をよくよく見れば、まさしく成長した嘉一郎にちがいありません。父はわれとわが目を疑ったそうであります。

吉村先生が脱藩したのち、雫石の母の実家に身を寄せていた嘉一郎は、飢饉の犠牲になって死んだか、他領へ逃散（ちょうさん）したかと考えるのが道理でありましょう。ところが目の前の嘉一郎は、おろしたての裁着袴（たっつけばかま）に足軽具足をまとい、鉢金（はちがね）を打った白鉢巻に、研ぎ澄ました手槍を立てた若武者の姿をしていた。

「おぬし、吉村の倅か。はァ、何ともあっぱれな心がけじゃの。したけんど、大野様の組は鹿角口じゃぞ」

「しからば桜庭様、まげてお頼み申す。これより鹿角口に馳せ参じましたなら、先陣に間に合い申さぬゆえ、何とぞ桜庭様より御大将の野々村様にお取りなし下され。どうかこの陣にお加ええって下んせ」

嘉一郎はその武者ぶりもさることながら、顔色は必死の決心に青ざめ、もし父が参陣を拒めば、その場で腹を切るのではないかと思われるほどの覚悟がひしひしと感じられたそうであります。

そのときの父の胸中はいかばかりであったでしょうか。

吉村先生が大坂の蔵屋敷で、大野次郎右衛門の心ない命令によって腹を切らされたのはその年の正月でありました。むろん、父はそのことを知っていた。陣屋に居合わせた藩士たちの多くも、おそらく吉村先生の死を耳にしていたはずであります。はたして嘉一郎は知っていたのかどうか――今となっては確かめるすべもありませんが、いずれにせよ主家の危急にあっぱれな戦仕度をして駆けつけた嘉一郎は、武士の鑑（かがみ）にはちがいありません。

父はとまどいながらも、遠回しに訊ねたそうです。

「おぬし、こたびの参陣は父の身代りか」

すると嘉一郎は、いかにも不本意そうに眉を吊り上げて答えた。

「いんや、桜庭様。父は脱藩の科人ゆえ、倅の拙者を身代りに立つる理由は何もござんせん。わしはただ、父祖代々、南部公の御禄ば頂戴いたした南部の侍として、恩顧に報ゆるために参陣いたしあんした」

「母御は、承知のことか」

「むろんでござんす。わしの母者（ははじゃ）は雫石の百姓の出でありあんすが、父の罪科（つみとが）はべつとして、命をば捨つるは今しかねえぞと申しあんした。この具足も、五尺槍も、科人たる父のものにてござんす。いんや、父祖代々吉村の家に伝わり申したものにてござんす。母者はこの具足ば着て秋田攻めの先駆けばいたし、立派に討死せよと申されました。お頼み申す。参陣ばお許しえって下んせ、桜庭様」

父はそのときとっさに、嫡男たる私を盛岡に残してきたことを恥じ入ったそうであります。

嘉一郎が吉村先生の末期を知っていたかどうかはわからない。しかしいずれにせよ、嘉一郎の参陣に迷いはなかった。

思えば橋場の陣に突然と現れた十六歳の少年は、武士の時代が終わろうとするその最後の一瞬に、ただひとり奇跡のごとく生き残っていたまことの侍だったのではありますまいか。

参陣を許された嘉一郎は、その後の戦を常に先駆け、まさに獅子奮迅の働きぶりであったと、父は申しておりました。

そしてまた、こうも言っていた。

人の世の耐え難きをよく耐えて、すわ剣を執ったそのときに、かくも果敢に戦う者こそ南部武士の誉れじゃと。

貧と賤と富と貴とが、けっして人間の値打ちを決めはしない。人間たるもの、なかんずく武士たる者、男たる者の価値はひとえに、その者の内なる勇気と怯懦とにかかっているのだ、とね。

そろそろ日も昏れますな。

年寄りの昔話も、これくらいで勘弁してはいただけませんか。六十何年も生きておれば、男として生涯口に出すわけにはいかぬ記憶も、多々あります。これ以上話を続けるのは、何だか怖ろしい。

吉村嘉一郎のその後は存じません。いえ、秋田戦争からは無事帰還したはずでありますが、開城そして白石転封と藩士たちの暮らしはあわただしく、みな自分のことだけで精一杯でしたからな。

さて、嘉一郎はあれからどうしたものやら。だがこれだけは言える。彼が生きて明治の泰平を迎えたとは思えない。

なぜかって——そういう男ではなかったからですよ。私は嘉一郎の気性を誰よりもよく知っている。あれは侍です。とにもかくにも新しい時代に、武士の身丈を合わせてしまった私どもとは、そもそも物がちがうのですよ。

白石藩に国替えになっていた私たちは、やがて旧領民の復帰請願運動などもあって、藩公ともども盛岡へ戻ることができた。ただし黄金七十万両という途方もない贖罪(しょくざい)金と引き替えにね。

無体な話ですな。七十万両なんてあなた、見たことも聞いたこともない天文学的な金です。それでも父祖の地にはかえられなかった。

いったいどのようにして支払ったのかは知りませんが、私たち藩士もその負担のために食うや食わずの生活を強いられたのですから、城下の商人や百姓たちの苦労は大変なものであったでしょう。

その苦労を百も承知で、復帰請願の運動をしてくれた領民というものはありがたい。かつて飢饉の折にはしばしば一揆を起こして私たちを悩ませはいたしましたが、いざとなれば南部の御殿様を返してくれと声を揃える。彼らもまた、矜り高い南部衆であります。

貧困、そして自ら願い出ての廃藩置県。すべては中央政府の思惑通りであったのかもしれません。南部藩が消滅したのは明治三年七月のことでありました。

私が国を捨てて上京いたしましたのは、その翌る年の冬でありました。

旧藩士には禄高に応じた公債が支給されましたが、そのようなものはみなたちまち転売して借金の返済に当てられ、あるいは運よく新しい役所に職を得た者でも、政府から差遣された上司と折が合わずにたいていは辞めてしまった。

私の父もさまざまの試行錯誤ののちに結局、すべてを捨てて帰農することになったのです。

もっとも、すべてとは、すべての家財を売りつくしたのちの、武士の矜持というほどの意味であります。

そんなわけですから、私はべつに青雲の志を抱いて上京したのではない。父にしても、好んで嫡男を送り出したわけではありません。

小雪まじりの岩手おろしが、荒れ果てたかつての城下を吹き抜ける寒い日のことでありました。父はただひとり、私を北上川のほとりまで送ってくれましたっけ。そう、そのころにはまるで藩の没落と枕を並べるように私の家も家産が破れ、使用人たちには暇を出し、母も前年に流行りの風邪をこじらせて亡くなっていたのです。

中津川にかかる上ノ橋を渡り、往時の繁栄など嘘のような鍛冶丁の目抜きを歩いた。

途中、見知った人と行き合いましても、時候の挨拶のほかには口にすることもなく、また相手も私の旅装をちらりと見てすべてを察したように、何も訊ねようとはしなかった。

「お寒うござんすなっす。気つけでお出って下んせ」

「早ぐ春になればよがんすなっす。こんたなときにお見送りいただきあんして、おもさげなござんす」

送る側も送られる側も、つらい対話でありましたな。

そのころの私たちは、「おもさげなござんす」という言葉がすっかり口癖のようになっておりました。「申しわけない」という意味であります。

いったい何が申しわけないのか、誰に対して申しわけないのか、ともかく二言目には「おもさげなござんす」、「おもさげながんした」、「おもさげねなはん」と、頭を下げ続けていたような気がいたします。

禄を失い、矜りを失い、死場所を得ずに生き永らえてしまった武士たちに残された言葉は、それだけだったのでしょうか。

かつて奥州本街道の入口として厳戒をきわめた轂丁の惣門も、今は無意味な桝形を晒しているだけでした。

破れ傾いた番小屋の前で父はふと足を止め、まこと突然に思いもかけぬことを言った。

「のう、弥之助。吉村さんが脱藩なされたときのことじゃが――」

十年も前の出来事を、父はまるできのうのことのように思い出したのでした。いや、もしかしたらその十年間、父は吉村先生のことをかたときも忘れてはいなかったのかもしれない。

「たしか吉村さんはあんとき、道中奉行のような立派な身なりばなされていらしたと、松衛が言うておったな」

松衛とは、吉村先生が脱藩なさった折に惣門の取調役人をしていた従兄のことであります。

「はい。公用の通行手形も持っておられた、とか」

「そのことじゃがのう――」

父は身慄いをして着物の襟をかき合わせ、ひとけのない本街道を眺め渡しました。

「つまり、誰かが脱藩の手引きばしたのではねかと、わしはかねがね思うておったのじゃが」

「誰か、とは」

「そんたなこと、考えるまでもあるまい。立派な道中羽織ば渡し、通行手形まで与えたとすれば、あのお方のほかに誰がおる」

大野次郎右衛門の名は口にすることすら憚られた。

「吉村先生の、御組頭様でありあんすか」

父は答えずに、ひとつ肯きました。

「それは得心がいきませぬ。ならば、なして大野様は、大坂の御蔵屋敷において吉村先生に腹ば切らしたのでござんすか」

「はて……そのあたりがわしも、今ひとつわからぬ。御蔵屋敷に詰めておった者の話では、大野様はまこと鬼のごとく吉村さんを罵倒し、腹ば切れ、そのなまくら刀で切れぬのなら、この刀ば呉でやると、家伝の安定を渡したそうじゃ」

「安定を――」

それは初耳だった。大野次郎右衛門の差料は当節大人気の名刀、大和守安定でありました。

「したば、父上。大野様は差料の安定にて、首ば打たれ申したのではながんすか」

「お気の毒じゃが、そういうことになり申すな」

武士の情けとして、本人の差料で介錯をするのはならわしであります。

「ここだけの話じゃが、わしは監察役として御最期を見届けた折にの、この目でしかと確かめた。介錯人はたしかに大野様の差料をば使うたが、あれは安定ではながった」

「大野様は、吉村先生に安定をば貸し与えたのではなぐ、呉でやった、と」

「さよう。んだからわしは、いよいよわからなぐなった。脱藩に際しては、道中装束を与え、通行手形ば渡したに違えね。切腹の折に安定ば呉でやったのも、怒りにかられたからではなぐ、何か格別のお考えがあったのではながったか、とな」

惣門を歩き出しながら、父は数年の間にめっきりと老けこんでしまった顔を、雪もよいの空に向けて呟きました。

「もっとも、あの大野様と吉村さんのなすったことに、わしのごとき凡夫があれこれと思いめぐらせてもしゃねな。すぐれた者は死に、何もできぬ者ばかりが生き残ってしもうた。こんたなことで、新しい世の中などできるわけはねえな。のう弥之助、わしはお前に何もしてはやれぬが、何とか自分の力で、世のお役に立ち申せ。もは、勤皇も佐幕もね。うしろば振り返らずに、新しい世を作るのじゃぞ」

惣門を抜けると街道は右に折れ、やがて川のほとりに出ます。

土手に登ると、一面の雪景色の中に南部の母なる北上川が、ゆったりと流れていた。二十数艘もの小舟を鎖で繋げた舟橋を渡れば、もう振り返ってはならないと私は思った。

御城に向かって頭を下げ、暇乞いをしたとき、私はふいに思いついて心打たれたのですよ。

ああ、十年前に吉村先生も、こうして暇乞いをしたのだ、と。

人目を忍んで生まれ故郷を捨てる気持ちは、おそらく同じでしたろう。

城下の甍の先には、不来方の名城と謳われた御城があり、その向こうには真白に雪を冠った岩手山がそびえておりました。

盛岡は、そんな私にすらやさしかった。この町に生まれ、この町に育ち、そのやさしさに何ひとつ報いることなく背を向ける私に、盛岡の山河はそれでもやさしく微笑みかけてくれているようでありました。

心おきなく行かれよ、とね。盛岡のことなど忘れて、お国のために尽くせよ、とね。

新しい国家は私の故郷を滅ぼしてしまったのに、その故郷が私に言うのですよ。

国家のお役に立て、と。

あのころ盛岡を出た若者たちのひとりひとりが、舟橋の堤に立ってみな同じ声を聞いたと思います。私も、従兄の松衛も、大野千秋も、もちろん、原敬さんもね。

誰にわかってほしいとも思わない。だが、私たちはみな、やさしい南部の声を聞いた。盛岡とは、そういう町なのですよ。

だから私は、口さがない人々の噂にあったように、あの吉村貫一郎先生が貧しさに耐えきれず脱藩したのだとは思いたくない。

舟橋に下りて、土手の上の父を見上げ、私は言った。

「父上、わしは武士でござんすが、軍人にはなりたくはなござんす。そればかりはお許しえって下んせ」

どうしても口に出せずに、心にしまっておいた言葉でした。軍人になれと言われたわけではなかったが、父はまこと一介の武弁というふうな、武骨者でありましたから。

ところが、父はそのとたんまるでわが意を得たりとでもいうように、にっこりと笑い返してくれたのです。

「わしは軍人になどならず、できうれば学校さ通って、西洋の文明ば学ぼうと思うておりあんすが」

「それでよい。思うた通りにせい」

「そうだれば、これにてお暇申すあんす」

「体に、気つけてな」

私は北上川の流れに架け渡された舟橋を渡り始めました。足元の揺らぐほどに心が揺れて、その心から溢れ出るように涙が出た。

「弥之助――」

ふいに父が呼び止めたのです。言い残したことがある、というふうにね。

私は振り返ることができずに、横なぐりの雪に晒されて立ち止まった。

「大野様の、安定じゃが」

いったい何を言い出すのだろうと、私は耳ばかりをそばだてた。

父は咽のつかえを吐き出すように、涙声を震わせて言った。

「あの大和守安定はな、嘉一郎が持っておったぞ。吉村嘉一郎君は、あの安定ばひっさげて、秋田の戦場ば先駆けたぞ」

嘉一郎のおもかげが瞼をよぎり、私は声を絞って泣きました。

「嘉一郎は、まことの南部武士にごあんすなっす。情けない話じゃが父上、わしは七回生まれ変わっても、嘉一郎の真似はでき申さぬ。足元にも及び申さぬ」

何かに追われるように、舟橋の上を走りました。

振り返ってはならなかった。振り返るなと父は言い、盛岡の町もまた、私にそう言ってくれていた。しかし本当は——振り返る勇気がなかったのですよ、私には。捨ててきたものが、あまりに多すぎましたからね。

上京してからの苦労は、とうてい言葉には尽くし難い。食を求めて、浮浪者のように徘徊したこともあれば、遊俠の徒と交わって警察の厄介になったこともあります。今となっては、みな笑い話ではありますが。

だがとにもかくにも、旧藩士のつてをたどって、さる篤志家の書生となった。幸い藩校での教育の成果で、読み書きは人並み以上に達者でしたから、専門学校に通って西洋建築を学ぶことができました。大学での専攻はそれを一歩進めて、都市構造学というたいそうな学問であります。

英国に留学いたしましたのは西郷征伐の翌(あく)る年でありましたから、専門分野においては嚆矢(こうし)と言えるでありましょう。

帰国してからはしばらく役所づとめをいたし、相応のお役には立ったと自負してはおりますがね、どうしても上司との折り合いがつかぬ。南部の負けじ魂が災いして、誤ったことにはイエスと言えぬのですよ。そういう性格で官員様は務まらない。で、そのころになれば私なりに人脈はでき、支援者もおりましたのでね、事業を起こそうと思い立った。

わが社はすでに、三十数棟ものビルディングを手がけておりますが、矜りとすべきところは、かつての同僚下司を頼っての官の御用はただのひとつも受けていない、ということであります。

南部の鼻曲がり鮭と蔭口を叩かれているのは、どうやら原さんばかりではないようですな。

私のお話しできることは、これですべてです。

それにしても――いやはや酔狂なお人だ。いったい何を好きこのんで、五十年前の名もない侍のことなどお調べになっておられるのやら。少なくとも、それは後世のお役に立つような歴史ではありますまい。

すっかり日が昏れてしまいました。長話でお引き止めしておきながら勝手のようですが、そろそろこの妙な史談会もお開きにさせていただきましょう。

新選組、か……。

彼らも今では講談話の英雄になっておるようですが、どうまちがっても、そんなものではあるはずがない。あの時代を生きた人間は、みなほくそ笑んでおりますよ。つまらぬ話をお聞かせして、おもさげなござんした。まんずまんず、お静かにお出んせや。んだば、これにて。

じゃじゃじゃ……まんだ生ぎでるのすか。

うつらうつらと盛岡の夢ば見ておるうちに、三途（さんず）の川ば渡って阿弥陀様のもとに行がさると思ったっけが、なんもはァ、人間はなかなか死なねもんだ。

いっそ長州のやつらが押しこんできて、ばっさりとやってくれねがな。

ほれほれ、ここさおりあんす。お前（め）さんがたのお仲間を、二十人がとこも叩き斬った吉村貫一郎は、ほれここさ。

今なればさしもの人斬り貫一も、据え物ばぶった斬るようなものでござんすぞ。腹など切らさずに、みごと首ば上げてお手柄になされ。千両首とはいわぬまでも、新選組の吉村の首だれば、五十や百の御褒美は付き申（も）うそ。

こんたな首、最早（もうはい）要らねかな。

強（つ）えはずだな、お前さんがたは。鳥羽伏見の戦でも、わしら幕府や会津桑名の侍は、みな腰のまわりに討ち取った首ばいくつもぶら下げで、そんたな格好のままお終えにはおのれが討たれ申した。

じゃが、お前さんがたは首などにァ見向きもせず、一心不乱に戦うていた。そのうえに、百人力の大砲じゃ。どうあがいたところでそんたな戦、かなうはずはねえな。

大砲ばぶっ放し、さんざんに鉄砲ば撃ちかけて、お前さんがたが真黒な塊になって押し寄せてきたとき、土方先生はきんぎら声で叫んでた。

――一歩もォひくなァ。ひく者はァ、斬るゥ。

なして土方先生は、そんたなこと言うんだべかと思うた。わしらは侍じゃ。ましてや新選組は幕府の御直参じゃろ。逃げる者などいるはずはねえべ。

したども、たまげるでねえか。気が付けァ、わしのまわりにゃ誰もおらねがった。仲間たぢは旗も幟もはっ散らがして、とっとと逃げ去っていた。それからのちは、いってえ何がどうなったんだが、覚てもいねえ。

んだからわしは、ようやく戦を斬り抜けて大坂までたどり着いたとき、仲間たぢがあんがい生き残っていると知って、馬鹿らしぐなった。

大坂城に立て籠って、もうひと戦がい。みなはどうか知らねが、わしは御免こうむりやんす。戦は死ぬためにするのではねのす。殺さねば殺されるから、戦ばするのす。死にたぐはねえから、人を斬るのす。んだば、公方様が軍勢ば立て直す間のときを稼ぐ捨て石など、わしは御免こうむりやんす。偉え人たぢがみな、足軽に死ね死ねとせっつぐのは、おのれが死にたぐねがらではねのすか。戦にて死ぬことこそがあっぱれ武士の誉れじゃなどと、いってえどこの誰がそんな馬鹿なことを言い始めたのでござんすか。

わしはわしなりに、四書五経ば修めてしみじみ思うた。孔子様はそんたなこと、ひとっこともおっしゃられてはおられね。君に忠、親に孝とは申されても、忠孝のために死せよとは申されてね。

したばわしは、藩校の子弟らに何と教えてやればええんだべ。生きることこそが武士じゃと、生きて忠孝のかぎりば尽くし、畳の上に死するが武士の誉れじゃと、わしはあの子供らのひとりひとりに、教えてやりたがった。

子供らには、御高知も足軽もねのす。朝の早うから声はり上げて論語の素読ばいたし、皸た手に筆ば握って手習いする子供らは、どれもこれもめんこい。

そんたなめんこい子供らが、いつか戦場にて討死すればよいなどと、思う親がどこさおる。

孔子様は生きよと申される。仏様は生きとし生くる命の尊さを諭される。なればなして、戦に死するが武士の誉れだと言えるのすか。

できることならば今いちど、南部の子供らに言うてやりてえもんだ。

こたびの戦では、官軍でも賊軍でもそんたなことかまわね。戦にて死ぬるではねぞ。

徳川の世でも、薩摩長州の世でもいい。生きて生き抜いて、民草のために尽くすことこそが、あっぱれ南部武士の誉れじゃぞ。

盛岡まで、聞こえあんすか。

この思い、届きあんすか。

吉村先生はお前(め)さんがたを捨てて脱藩ばしたが、もしこの思い、盛岡まで届くのだれば、どうか恥という恥ば忍んで、ひとりひとり、新しき世をば生きて呉(け)ろ。

お前さんがたにはわがって欲しい。

吉村先生はゆめゆめ尊皇攘夷の志ば果たすために脱藩したのではねのす。

ただ生きんがために、国ば捨て申した。

ありゃ、馬の嘶(いなな)きが――

国元への早馬じゃろうか。蹄(ひづめ)ばうち鳴らし、気合いば入れて門から出はって行った。こんたな雪の中、ご苦労なことであんす。まんずお気をつけて、行って下んせ。

のう、次郎衛(じろえ)殿。

お前(め)さんはあの早馬に、どんたな報(しら)せば持たせたかは知らぬが、薩長ば敵に回すような戦は、くれぐれもしてはなんねぞ。

こればっかりはわしの口から言うてやりたかったのじゃが、あの剣幕ではとりつく島もながった。もっとも、子供の時分から諍いごとの嫌えなお前さんのことじゃ、わしが心配するまでもねえべな。

それにしても、「何を今さら、壬生浪めが」か。あの一言は、ずしりと身に応え申した。胸倉を槍で突き通されたみてえな気がしあんした。

思えば、わしは最早、南部藩の者ではね。どこの侍じゃと問わるれば、「会津肥後守様御預り、新選組」と答えるほかはねのす。

さよう。京の町衆がみなしてそう言うたとおり、わしは壬生浪にござんす。

壬生に屯所があった浪士隊じゃから、壬生浪でござんすか。いんや、そうではね。いつであったか、西本願寺の塀の落書に、「壬生の狼」と書いてありあんした。血に飢えた、壬生狼でござんす。

わしらはみな、だんだら染めの羽織ば着て、赤穂浪士を気取っておったが、京の町衆はそんたなわしらを、よもや義をば貫く赤穂浪士のごとく思うていたわけではねのす。「壬生狼」の落書を見たとき、わしにははっきりとわかり申した。

わしらは血に飢えた、狂い狼の群でござんした。んだから士道士道と叫びつつ、共食いまでした。士道はわしらの吠え声でござんした。

近藤先生はわかっておられたんだべか。

幕府の旗本は八万騎もおるのじゃろう。ならばなして、食いつめ浪人と百姓町人の俄(にわか)侍ばかり寄せ集めて、浪士隊などこしらえたのすか。守護職を仰せつかった会津のお侍衆も、所司代桑名公のご家来も、京には大勢おりあんしたのに、なしてその人たぢは手を汚さずに、わしらばかりがこき使われたのすか。

狼には狼、というわけでござんすな。

近藤先生。お前さん、そんたなことわかっておられたのすか。

毎晩おそくまで、まるで子供のごとく手習いばなさっておられましたな。朝は暗(くれ)えうちから、ぼそぼそと書経の素読をばなさっておられたのを、わしは知っている。そんたな近藤先生が、幕府の偉え侍どもの謀(はか)り事を、気付かなかったわけはねえ。

いんや、そんたなお前(め)さんなればこそ、よもや謀り事などあるまじとお考えになっていらしたのかも知らねえが。

いずれにせよ、謀り事を知ってか知らいでか、お前さんは幕府のために大坂城を枕にして討死すると言うた。

わしは、お前さんの意気に感ずることはできながった。いかにお前さんが、誠一字の隊旗のごとく真正直なお人でも、馬鹿を承知の侍でも、わしは御免こうむりやんす。

幕府はいずれ終えになる。わしらを見捨てて江戸に逃げ帰った公方様が、二度と戦をするとは思えね。あのお人は水戸の出だから、勤皇の教えをば叩きこまれておられる。討薩長を掲げて兵ば挙げたったども、その薩摩が錦旗ば上げたとたんに縮み上がってしもうた。

わしの主家たる南部藩も、藩公の奥方様は水戸のご出身にござんす。代々水戸藩とはつながりが深く、勤皇思想の強え国であることは、よおく存じており申す。

いまだ本物だか贋物だかはわがらねども、薩摩が錦の御旗ば鳥羽伏見に掲げ上げたるは、幕府の御大将をば縮み上がらせる肚づもりじゃったと、わしは思う。ちがうというのなら、お答えなさって下んせ、近藤先生。

なして公方様は、薩長に数倍する軍兵ば率いておられながら、大坂城をお出って戦の采配ば振らなかったのでござんすか。戦の成否をも決せぬうちに、なして開陽丸ば乗って、さっさと江戸に逃げ帰られたのでありあんすか。

新選組は大坂城を枕に討死せよとの御下知は、再起の時を稼ぐためのものではねのす。死して罪ば引っかぶれということではねのすか。文久から元治、慶応に至る京の巷で、勤皇の志士が大勢殺されたのは、すべて近藤勇なる不逞浪士とその手下どもが勝手になしたることゆえ、徳川は与り知らぬと言うおつもりでござんすぞ。近藤先生。もしお前さんがすべて承知で死場所ば探しておられるのなら、あまりに切ねえことにござんす。

どう考えても、わしはお前さんのお指図どおりになることはできね。汚名を着て死するはやぶさかではねえが、その汚名に釣り合うことなど何もねがらね。これは、犬死以外の何物でもね。

局を脱する者を許さぬのならば、どうぞ追手ば差し向けて、ぶった斬って下んせ。吉村貫一郎、健常であればお前さんにも負げはせぬが、最早この体となっては、沖田先生にも永倉先生にも、かなう力はあり申さぬ。

西本願寺の塀に「壬生狼」の落書を見たときから、わしは大いなる謀り事について考えるようになったのす。

浪士には浪士を。狼には狼を。

そんたな謀り事に確信ば持ったのは、近江屋での騒動の折じゃった。さよう――土佐の坂本龍馬と中岡慎太郎をば、何者かが斬った。

新選組の仕業とされたのは、刺客の立ち去ったあとに蠟色鞘が落ちており、瓢亭の下駄が残されておったからじゃ。鞘は原田先生の差料といわれ、先斗町の瓢亭にはたしかに、新選組の隊士がしばしば出入りしておった。

よおくお考え下され。十番隊長原田左之助ともあろう百戦錬磨の剣客が、鞘ば落として去るものか。下駄ばはっ散らがして逃げるほどあわてるものか。

龍馬は初太刀にて額ば横一文字に割られ、二の太刀にて肩から背をば斬られておった。新選組の仕業であるのなら、初太刀はまんず突きでござんすべ。刺客は龍馬の向こう前に座り、やおら居合の早技にて抜き打ちに額ば払い、逃がれんとする龍馬の肩口をば、返す刀で斬り下ろしたに違えね。

原田先生は種田流の槍の遣い手なれど、居合は心得申さぬ。ましてやたがいに見知ったる龍馬の向こう前に座るなど、あるはずもねえことじゃ。

下手人が誰であるかはいまだにわがらねども、新選組の仕業でねえことだけァ、たしかにござんす。ならばなして、原田先生の鞘と瓢亭の下駄が残されておったのか。

誰かが新選組の仕業に見せかけたのす。坂本龍馬ばぶった斬ったのは、新選組の原田左之助じゃと、誰かが仕組んだに違えねのす。

原田先生が身に覚えのねえことと申されたのは、まことでござんす。誰か腹黒え者が、短気者の原田先生をば龍馬殺しの下手人に仕立て上げ申した。

のう、次郎衛殿。この世にはやはり、努力精進ではいかんともしがたい、生まれついての上下があるのでござんすか。

あたりの木っこばかたっぱしから突っ枯らすぐれえ稽古ばして、北辰一刀流の免許ばいただいても、夜な夜な井戸の水ばかぶって学問に励み、藩校の助教にまでなっても、わしは御役料さえいただけぬ二駄二人扶持の足軽でござんした。

旗本の名に恥じぬよう、毎夜ひっそりと子供のごとく手習いばして、誠いちずに尽忠報国の志ば貫いても、近藤勇は壬生浪の頭目であんした。

原田左之助が龍馬殺しの下手人に仕立てられたるは、伊予松山の奴(やっこ)の出であるからじゃ。よしんば世の中がひっくり返(けえ)って罪ば問われても、伊予松山十五万石は奴(やっこ)中間(ちゅうげん)ならば文句はつけ申さぬ。

わしらはみな、こんたなひんでえ時代の、捨て石であんす。

次郎衛殿——いんや、次郎衛。

与力小路の母方の長屋から、お前(め)さんが大野の屋敷に迎えられた日のことを、わしは今もありありと覚(おべ)ている。

お前さんは上田組丁(うえだくみちょう)の赤沢の塾まで来て、共に学んだわしらに頭ば下げてくれた。あのときわしらに何と言うたか、お前さんは覚ておろうか。

みなみなさま、次郎衛はゆえあって御高知の家に迎えられ申すが、この赤沢の塾で共に学んだことは、生涯(しょうげえ)にかけて忘れ申さん。どうかきょうまでと変わらぬ誼(よし)みをば、このさきもお続けえって下んせ。本心ば言うと、わしは御高知になどなりたくはねのす。かのうことなれば母御とともに与力小路に住もうて、お前さんがたと共におりてえのす。したけんど、大野の家じゃ兄さんに不幸があり申して、わしが家名ば継がねば、このさき家門が立ち申さぬ。こんたなわしを、どうか裏切り者じゃなんぞと思わねえで下んせ。お頼み申しあんす。――あれはわしらが、十三の春のことだったっけな。

お頼み申しあんすとお前さんは言うたが、明日からは四百石取りの若様じゃと思えば、わしらはみな、お前さんの身の上ばうらやんだ。何たる果報者よと思うた。とにもかくにも、次郎衛はこのさき毎日、白い米の飯をば食えるのじゃから。

赤沢の先生はこう言うたった。

まぁず金輪際、次郎衛などと呼び捨ててはならぬぞ。とりわけ大野様の組付の者は、間違うてもなれなれしく口ばきいてはならねぞ。貫一、ええな。

先生がわしを名指しで言うたのは、わしとお前さんとがとりわけ仲が良かったたからじゃった。

たまらなぐ切ねえ気分になった。次郎衛、貫一と、物心ついたときより呼び合うたお前さんが、手の届かね、遠いところさ行ってしまうのだから。

そんたなこと、みな忘れてしもうたのじゃろう、次郎衛。

白い米ば腹いっぺえ食ろうて、綿入れの蒲団でぬくぬくと寝るうちに、わしらと共に暮らしたことなど、みな忘れてしもうたのじゃろうな。

せめてお前さんらしく、嚙んで含めて言うて呉れば、満足に切り方を知らぬ腹も、無理っくりに切り申す。したどもわしは、「何を今さら、壬生浪めが」と、頭ごなしに罵ったお前が憎い。

四百石取りの御高知と、二駄二人扶持の足軽とは天地乾坤の違えがあるとはいえども、おのれの身を保たんがため同胞に死ね死ねとせっつぐのが、人たるものの道にてござんすか。士道たるものでごあんすか。

お答えめされよ、次郎衛殿。

木戸はお閉め下さいましよ。

ここいらは場末でございますから、空巣狙いだの物騒な物売りなどは来やしませんが、このごろ野犬が多くってねえ。

それも涎を流してうろつき回る厄介な狂犬です。嚙まれた日にゃあなた、大の人間様がとたんにくるくると回り始めて四つん這いになっちまう。犬とおんなじにわんわん吠えて、その場にひっくり返ったと思や、たちまち目を剝いてあの世行きだ。

よいお日和ですなあ。

兵隊さんも精が出るとみえて、きょうは朝っぱらから、ぽんぽんどんどん。

この富ヶ谷ってところは、代々木の練兵場からは西下りになっておりますからね、大砲や鉄砲の音がよく聴こえるんです。

日清日露の勝ち戦に続いて、とうとうドイツと一戦まじえようってんだ。豪気な話じゃありませんか。

お座蒲(ざぶ)、お使いなさいまし。

お話なら暗い座敷より、縁側の日向のほうがようござんしょう。通いの女中がひとりいるきりの隠居所でございますからね、何のお気遣いもなく。

それにしても、ここんとこの長雨が嘘みたいな、ほんにいいお日和だ。若い人に昔話をあることないことお聞かせするにゃ、もってこいの陽気だね。

あたしの名は、稗田利八(ひえだりはち)。新選組の生き残りの方々は、何べんも名前を変えて仕返しから身をかわしていらしたようですが、あたしには幸いその必要がありません。なぜかって、もともとの苗字が稗田で、新選組におりました時分には、池田七三郎と名乗っておりましたから。つまり、御一新後にもとの姓に戻ったというわけです。まことに都合のよい話ですな。

ただし、生家は武士ではございません。千葉の東金(とうがね)――昔でいうなら上総(かずさ)の国は山武郡というところの、苗字帯刀を許された商家でした。

いや、許されたという言い方はちとちがうかな。幕末のあのころにはどこの殿様も台所が苦しくて、お金さえ払えばそういう身分を買うことができたのです。たしか苗字帯刀御免というのは、一代が十五両、永代が二十五両でしたかな。もっと出せば御徒士(おかち)だの御与力だの、れっきとしたお侍の株を買うことだってできたのですが、そこまでするといろいろ面倒な御役などもありますから、商人や豪農はたいがい、二十五両で苗字と二本差しの身なりだけを買ったものでした。

こういう金上げ侍の制度はうんと昔からあったのですが、世の中の景気が悪くなるにつれて、御代がどんどん下がっていった。立派な御与力様の株にしたって、文化文政のころには百五十両の大金であったものが、天保から後はたったの五十両で買えたのです。侍の大安売ですな。

東金は福島城主板倉内膳正様の三千石の飛地で、本領のご城下ではそうそう表立って乱売のできぬ金上げ侍の株も、飛地ならばよかろうというわけでしょうか、なかばは陣屋の侍が押し売りをしたようなものでした。

そんなお家の事情を考えてみれば、戦なんぞしなくたって侍の世も末だったのでしょうな。

何不自由なく育ったお坊ちゃんでございますよ、あたしは。苗字帯刀を許された商人か庄屋の倅ってのは、あの時分には一等幸せなご身分だったんじゃあないですかね。

だから、親は止めましたですよ。江戸に上って本物の侍になるなんて言い出したあたしをね。そりゃそうだ。慶応元年のことでございますから、武士なんてこのさきどうなるかわからん。商才に長けた父親は、ちゃんとお見通しだったというわけです。

家出同然に江戸へ上って、それから足かけ六年、ですか。満身創痍で、ようよう明治の三年になってから、日本橋材木町にあった父の出店に戻りましてね。いやはや、とんだ放蕩息子もあったものです。

で、その六年の出来事はすべて、なかったってことにしちまったわけ。悪い夢でも見てたんだろう、ってことに。

あとはまじめに家業を継いで、ごらんの通り今では楽隠居の身でございます。

ただね……このみっともない面は、ごまかしようがなかった。

右の顔半分は、勝沼の戦で薩長の砲弾に持ってかれちまったんです。死なずにいるのがふしぎなくらいですわ。それに、鳥羽伏見でも右の脇腹に一発くらってましてね、弾なんか入ったまんまで傷をふさいじまったものだから、冷えると痛んで仕様がない。

女子医専の懇意にしている先生が、手術して取ってやるとおっしゃるんですけど、今さら鳥羽伏見の鉄砲玉なんて見たくもないし、それに、五十年も腹の中にしまっていると、何だか親しみもありますしねえ。ま、いずれお骨になったとき、話の種にしていただきましょう。

親の反対を押し切って江戸に出たのが算えの十七。牛込飯田町にあった天野静一郎先生の道場に住みこみましてね。食客というやつです。あの時分には、どこの道場にも住みこみの弟子が大勢いたのですよ。また、多くの弟子をそのようにして養っているのが、道場の格でもあり、道場主の器量でもあったのです。

あたしは、国にいた時分にも村の道場にはずいぶん通いまして、腕には覚えがあったものですから、天野先生にも可愛がられました。で、しばらくすると道場の近くの二合半坂というところにあった永見貞之丞様という御直参のお屋敷に、召し抱えられることとなったんです。

名実ともに晴れてお侍の仲間入りをした、というわけですな。

ところが、いざ直参の家来になってみると、これが退屈だ。仕事といえば主人が出かけるとき、威張ってお供をすることだけで、給金だってほんの雀の涙なのです。あとは毎日道場に通って、撃剣の稽古に励むだけ。侍らしく銀杏髷に結った月代を剃りながらね、あたしァこんな髷のために、若旦那の暮らしを捨てたんだと思うと、ばかばかしくなったものでございますよ。

そんなある日、ちょいと面白い噂を耳にしたんです。

あたしと入れちがいに永見様からお暇をいただいた毛内有之助という侍がね、京に上ってあの新選組にいる、というのですよ。

そのころ新選組の評判は江戸でも高かった。ましてや近藤勇の試衛館は、天野道場からも永見様のお屋敷からも目と鼻の先で、いわばご近所、お隣の道場ですからね。

そうこうするうちに、慶応三年の旧暦十月でしたか、新選組副長の土方歳三が牛込二十騎町の近藤勇邸に戻って、新入隊士を募っているというじゃないですか。

まずは天野先生に打ちあけましたんですよ。京に上って腕試しをしたいって。褒められると思ったんですけど、そうじゃなかった。

天野先生はあたしの申し出を聞くやいなや、からからと笑いましてね。近藤さんの天然理心流なんておまえ、ただの人殺しの田舎剣法だ。そんなところで働いたって武者修行のうちにも入らん、よせよせ、とこうです。

ちょいと言い方がまずかったかなと思いまして、主人の永見様にはこんなふうに申し上げた。

天下危急の折、徳川様の御為に京に上って一働きいたしたい――また、笑われちまった。

徳川様の御為はなるほどけっこうな心がけだが、新選組というのだけはやめておけ。なぜかと聞かれても困る。ともかくやめておけ、悪いことは言わん、とこうです。

お二方のおっしゃったわけは、のちのちよおっくわかりましたがね。

しかし、そうは言われたって、こっちは血気さかんなお齢ごろだ。やめろと言われりゃなお意固地になって、さっさと二十騎町のお屋敷に土方歳三を訪ねた。その日はいくらか話を聞いただけで土方先生とは会えず、二、三日してからまた来いと帰されちまった。まあ、そんなふうにして入隊の意欲を確かめていたんでしょうかね。

次に行ったときには、もう入隊が決まっているようなものでした。黒紋付に仙台平の袴をはいた土方先生が出てきて、こまごまとした話をして下すった。応募した者は二十人以上もいたでしょうか、みな奮い立ちましたですよ。

土方先生はあの男っぷりの上に、万石取りの大名旗本にも見える貫禄です。それに、江戸の侍がみなそうであったような、ぼんやりとしたところがどこにもなかった。永見様や天野先生が何とおっしゃられようが、本物の侍はこっちだと思ったものでした。

その日は、それぞれが身上に応じた仕度金を受け取って帰りました。あたしは独り者で年も若く、始末をつける面倒なんて何もなかったから、仕度金は一両です。

出発の前の晩に、永見様と天野先生には改まって暇乞いをいたしましたが、お二人ともちょっと憮然とした感じで、勝手にしろとでも言いたげでしたな。

旧暦の十月二十一日の朝早くに、二十騎町の近藤邸に集合いたしましてね。今の暦でいうなら十一月のなかば過ぎですから、お屋敷の欅(けやき)の木もすっかり葉を落としておりまして、その欅や銀杏の朽葉(くちば)を、留守宅を守る近藤先生の奥様が、ていねいに掃いていらしたのを覚えております。私たちが挨拶をしても、何となく不愉快そうにちょこんと会釈を返すだけの、無口な奥様でしたよ。

いざ出発というときに土方先生が、

「では行って参ります。老先生のこと、くれぐれもよろしく」

と言えば、奥様は顔も上げずに箒(ほうき)を使いながら、

「歳さんに頼まれる筋合じゃあございますまい」

などと、剣呑(けんのん)な感じで言い返しておられましたな。「老先生」とは天然理心流先代の近藤周斎先生のことです。

いえ、べつに何年もほっぽらかしにされている恨みごとをおっしゃっていたわけじゃないと思います。江戸の人々は誰彼なく、もうそれぐらい醒めきっていた、ということでしょう。奥様の表情はどことなく、天野先生や永見様のそれと似ていた。文句をつけるでもなく、心配をするでもなく、もううんざり、という感じです。

そういえば、そのとき集まった二十何人かの同志は、年が若くて徒(いたず)らに血気に逸(はや)っているか、金に困って身の置き場がなくなっているか、さもなくばよっぽど退屈

しているかのどれかであったような気がしますな。

あたし、ですか。ハハ、その三つ揃いですよ。早い話が、やぶれかぶれってやつ。近ごろの新聞の見出しみたいなきれいごとに言いかえれば、「膠着(こうちゃく)せる現局の打破」とでも申しましょうか。

ともかくあたしはそのときから、生まれ変わってやり直すぐらいの気持ちで、稗田利八改め池田七三郎となったわけです。むろん思いつきの名前でございますよ。池田は大名家から勝手に拝借。数字を二つ組み合わせていたら、七三郎ってのが語呂がよかっただけです。

もっとも、その思いつきをひどく後悔しましたのはね、のちの甲州勝沼の戦の折に、多摩の府中から馳せ参じた侍で同姓同名のやつがいた。そいつもまったくの思いつきで池田七三郎と名乗ったのでしょうけれど、片方は斬死しちまうわ、もう片方のあたしは顔半分を吹き飛ばされて正体がないわで、どっちがどっちだかわけがわからなくなった。

戸板に乗せられて生きるか死ぬかってときに、妙な声が聞こえるんですよ。おい、池田七三郎って、どっちの池田七三郎だ。ええい、どっちでもいいや、どうせ死ぬんだろう、なんてね。

ねえあんた、易断なんかで名前のよしあしを言いますでしょう。あんなものいかにいいかげんか、あたしとそいつとが身を以て証明して見せたようなものです。

あっちの池田七三郎は初陣に馳せ参じたとたん死んじまった。一方のあたしはこの通り、鉄砲玉を呑みこんでも顔を吹き飛ばされても、どっこい大正の世の中までこうして生きている。

武士は名を惜しむなんてのは嘘っぱち。名前なんてどうだっていいのが侍ってやつです。

吉村貫一郎先生ねえ……

はいはい、よおっく存じておりますですよ。ほんのわずかの間ですけれど、とても可愛がっていただきました。

あたしが京に到着したのが十一月の初め。正月明けには鳥羽伏見の戦ですからね。

ということは——そうか。たったの二月しかお付き合いがなかったんだ。

ちょいと待って下さいましよ……

うん。まちがいないねえ。たしかにたったの二月です。一年と二カ月じゃない。

どうしてだろう。あの人とだけは、うんと長い間暮らしたような気がする。それくらい、いつもぴったりとお側にいたということですか。

そうそう、思い出しました。あたしども新入りのうち若い隊士は、局長付ということになって、組頭のもとに配属はされなかったのです。その新兵さんの教育係が、吉村先生だった。

何しろ最年少は十二、三歳。十九のあたしは年長でしたからね。二十人ばかりの局長付見習隊士は寺子屋か町道場の仲間みたいなものでした。吉村先生はそんなあたしたちに剣術の稽古をつけ、調練を施し、一日のうち何時間かは読み書きも教えたのです。

あたしらの仕事といえば、近藤先生が二条城や守護職邸に行くときのお供をすることぐらいでしたが、そのときにも吉村先生は必ず一緒だった。

諸士調役兼監察という幹部でしたが、ほとんど居室には戻らず、あたしらと同じ大部屋で起居していらしたのですから、ちょうど軍隊の内務班の、班長さんみたいなものでしたな。だから京都時代の生えぬきの新選組隊士といえば、あたしらは吉村先生しか知らぬと言ってもいいくらいです。

のちに江戸に戻ってからは、生き残りの隊士のみなさんともずいぶん親しくなりましたが、京にいた二月の間はほかの方々とはろくに口もきいたことがなかった。

新兵の教育係としてはまことに適役の、とてもおやさしい、しかも物を教える要領というものを心得た、立派な方でございましたよ。

吉村貫一郎さん、か……

それにしても、昔話にはころあいの、いいお日和ですなあ。練兵場の砲声も、鳥羽伏見の戦を思い出させてくれます。

よもやこんなみっともない顔を縁側の日向に晒して、五十年前のあの人の記憶を喚（よ）び醒まそうなどとは、夢にも思いませなんだ。

それにしても、何ともまあ間の抜けた話でございますねえ。

あたしが新選組に入隊したのは慶応三年の十月。京に入ったのは十一月の初めで、つまり徳川三百年のどん詰まり。平清盛から七百年続いたお侍の天下も、いよいよこれでおしまいってときです。それも召集令状がきて戦地に持ってかれるなんていうのならまだしも、てめえで志願したってんですから、若気の至りというか先が見えないってのか、熨斗（のし）つきの馬鹿ですな。

そのころにはね、実は誰にだってわかっていたんですよ。このさきどうなるかってことぐらいは。だからあたしと一緒に入隊したのは、下は十二、三歳から上はせいぜい二十歳（はたち）前の若造ばかりだった。世の中のことなんぞ何もわかっちゃいない。死ぬのも怖くない。金が欲しい。いい格好がしたい。ただそんな気持ちでね、土方歳三にくっついて京に上ったというわけ。

考えてもごらんなさいまし。十月のなかばには大政奉還。将軍職も返上。十二月の初めにはあなた、王政復古の大号令ってやつです。

さきゆきどうなるかじゃなくって、もう終わっちまってたんですよ。

知らなかったんじゃないね。どうでもよかったんです。それに、もうちょいときれいごとを言わせてもらうと、沈みきっていた江戸の空気ってのがたまらなくいやだった。どいつもこいつも愚痴ばっかりで、てんでお話にならなかったんです。そんな雰囲気の中じゃ、剣術の稽古にも奉公にも身が入らない。江戸中がまるで傾いたお店みたいで、もうどうにでもなれっていうふうでしたよ。

そりゃあたしは、武士とは名ばかりの金上げ侍の倅でしたがね、将軍様やお旗本と一緒にくすぶっちまうのはいやだった。いいじゃあないですか、新選組っての。男らしいじゃあないですか。

京の屯所に着いた晩、近藤先生から訓示がありましてね。あの話はいまだに忘れられません。

よいか、諸君。われら新選組こそ誠の勤皇の志士である。われらの務めは、聖明を被う君側の奸賊どもを除き、武門の棟梁たる徳川家とともに、天皇様を守護し奉ることである。徳川の御為に尽くすはすなわち、天皇様に尽くすことと心得もうせ。

近藤勇という人はね、案外きちんとそういうふうに考えていたんですよ。つまり、薩長に錦の御旗を上げさせるようなことがあってはならん、とね。

目から鱗が落ちたような気がしたものです。なるほど、そういうことだったのか、と。

道化かもしれませんやね。でもあたしは、あの人の真正直な道化ぶりを、笑うことはできません。あたしたちはみな、あの変てこな時代の道化役だったんですから。何もかも、間の抜けた話でございましたよ。

去年の夏でしたか、九段の招魂祭に出かけましてね、孫と一緒にサーカス見物をしたんです。

奇術とか猛獣使いなんかはたいそう面白かった。だが、道化役の曲芸を見ているうちに、おしろいを塗りたくった顔が近藤先生に見えちまって、往生しました。顎の張った輪郭とか、がっしりと肩幅のある体つきとかがどことなく似ていてね。なんだ局長、首を刎ねられたんじゃなくって、こんなところにいたのか、なんぞと思っちまった。

夢見ごこちで見物しているうちに、その道化が舞台から下りて客席にやってきた。近くで顔を見たら、おしろいを塗りたくった顔に、墨で涙が描いてあるじゃないですか。それを見たとたんもういけませんや。胸が詰まっちまった。

孫に肩を揺すられても、顔を上げることができなかった。

「おじいちゃん、どうして泣いてるの」

「泣いてるんじゃあないよ。おじいちゃんは目が片方しかないから、何だってじっと見ているとくたびれて涙が出ちまうんだ」

「おかしいね。道化を見てみんな笑ってるのに、おじいちゃんだけが泣いてる」

仕様のない話ですな。

薩長のやつらが残していってくれたこの片方の目はね、見てきたことの一部始終を、今もそっくり覚えているんですよ。

道化はブランコから落っこちたり、綱渡りの綱をわざと踏みはずしたりしてお客の笑いを取る。

「へたくそォ」

と言って笑い転げる孫を、ついつい叱っちまいました。

「道化はな、曲芸師たちよりずっと芸が上手なんだよ。誰よりも上手だから道化ができるんだ。あんなこと、誰ができるものか」

まったく、仕様のない説教ですな。

さて、話がそれちまいましたけど、ごめんなさいよ。

土方歳三に連れられてあたしたちが草鞋(わらじ)を脱いだのは、醒ヶ井(さめがい)七条下ル三筋目というところに、その年の春新築されたばかりの立派な屯所でした。

そりゃあもうあなた、大名屋敷みたいな豪勢な造作でございましたよ。何でも新選組が結成されたばかりのころは壬生の郷士の家を借りており、やがて西本願寺に移り、ついにはその西本願寺が大枚一万両を出して、新しい屯所を建ててくれたとのことでした。

一万両というのはまた途方もない大金ですが、三千六百坪の地所の上にデンと構えた屯所を眺めれば、さもありなんという気がしたものです。もっとも、その一万両というのは西本願寺が進んで出したわけではなく、新選組が寺の内外であんまり狼藉を働くものだから、どうぞ新しい屯所を建てて出て行っておくんなさい、という次第だったらしい。

醒ヶ井七条下ル、なんて今でも住所まではっきりと覚えていますのはね、京の右も左もわからぬあたしたちが迷子にならぬよう、何よりもまっさきに教えられたからなのです。

お訊ねの吉村貫一郎先生がとても上手に教えてくれたのですよ。あの人は礼儀作法や隊規よりもまずさきに、それを教えてくれた。

「いいかね、諸君。京の町はこんなふうに碁盤の目になっている――」

言葉には強い東北訛(なまり)があって、あたしたちの失笑を買いました。だが吉村先生は怒りもせずに、壁に貼りつけた手製の地図を指さして、一生懸命に教えてくれたものです。

まず、東西の通り——丸竹夷二押御池、姉三六角蛸錦、四綾仏高松万五条、雪駄ちゃらちゃら魚の棚、六条三哲通り過ぎ、七条越えれば八九条、十条東寺でとどめさす。

ほらね、今でもちゃあんと諳んじている。

南北の通りは——寺御幸、麩屋に富、柳堺高間の東に……ええと、何だったっけか。間の東に……小川油醒め……浄福千本、はては西陣……。

京の町衆はね、子供らが迷子にならないように、物心ついたとたんにこの戯れ歌を教えるんです。東西と南北に走る通りの名を、順番どおりに覚えていれば、歌を唄いながら家に帰れますでしょう。

吉村先生は丸二日間、あたしらに付きっきりでこの歌を暗唱させましてね、おかげさんでのちのちどれほど役に立ったかしれやしません。

そんなふうだから、あたしらはみな吉村先生を、学問の教授方だとばかり思っていたんです。沖田総司や永倉新八や斎藤一といった錚々たる撃剣の先生たちは、みないかにも強そうな姿形をしているんですけど、あの人はひょろりとしたやさ男で、表情にも険がなかった。いつもにこにこ笑っているんです。着物なんかもたいそう粗末ですし、刀だって柄巻がすり切れているのを、麻紐でぐるぐる巻きに止めてあるといった具合で、とても剣術使いには見えなかった。

屯所に入ってから何日かたったころ、沖田先生のお供をして外出したことがあり・ましして、その道みち、剣術の稽古をつけて下さいと頼んだのです。沖田総司といえば何と言っても泣く子も黙る剣客ですからね。

下駄をがらがらと引いて歩きながら、沖田先生はあたしを横目で睨んで、ふっと笑った。

「稽古ならあすからでも、吉村さんがつけてくれるさ」

ちょっと馬鹿にされたような気がしましてね。あたしだって齢は若いが、天野静一郎道場に三年も通って目録までいただいてるんですから。

「何だい池田君。吉村さんじゃ相手不足ってわけかい」

はい、おっしゃるとおり、とあたしは答えましたですよ。そしたら沖田先生は、往来の人がみんな振り返るぐらいの高笑いをしましてね、こう言うんです。

「あのな、池田君。人間をみてくれで判断しちゃいけないよ。京雀たちはあの人のことを、人斬り貫一とか、鬼貫とか呼んでるんだ」

正直のところ、からかわれているんだと思いました。沖田先生はとても朗らかな人で、いつも冗談ばかり言って人を笑わせていましたから。

「本気で立ち合ったら、僕だってやられちゃうかもしれないよ」

「まさか」

「ま、君も多少は腕に覚えがあるのなら、あすになりゃわかるさ」

　そのまさかがね、翌る日にわかっちゃったんです。

　北辰一刀流は神田お玉ヶ池の玄武館、八間四面の大道場に門弟三千人を算えるっていう、押しも押されもせぬ日本一です。そこの大目録皆伝の免許だというんだからあなた、強いわけですよ。

　着たきりの麻の着物に木綿の稽古袴をつけて、白襷をかけた吉村先生が庭に現れたとき、初めはみんな笑ったんです。むろんあたしも。

　だが、刃引きをした真剣を抜いて正眼に構えたとたん、あたりはしんと静まった。猫背の背中をすっと伸ばすと、何だか別人なんです。すり足で素振りを始めたら、樋も打っていない洋金の直刀がね、まるで居合みたいに、びゅんびゅんと鳴るんです。つまり、それだけ剣の振りが速くって、腰が据わってるってこと。

　稽古も物凄かった。みんなが血まみれになって、へどを吐いてぶっ倒れちまうぐらい。

　すっかり息が上がって正体のなくなっちまっているあたしたちに、井戸水をざぶざぶとぶっかけて、吉村先生は叱りつけた。

「倒れても剣は下ろすな。無茶でもいいから振り回せ。息が上がったら相手の腰に組みつけ。剣術が殺し合いだということを忘れるな」

あたしがこんな顔と体になっても生き残ることができたのはね、吉村先生のその怒鳴り声が、おまじないになっていたからだと思います。鳥羽伏見でも、甲州勝沼の戦でも、あたしはずっとその通りに戦って、九死に一生を得てきたんですよ。

どうして人を斬るのか。斬らなければ自分が斬られるからだ。斬られて死にたくなかったら、先に相手を斬れ。

口癖でしたよ、あの人の。


屯所はその春にでき上がったばかりで、まだ白木の匂いがしており、畳も真青でした。

唐破風(からはふ)の立派な玄関を入るとまん中が大広間で、いっぺんに何百人も参集できるくらいの寺の本堂のようでした。

その両側には二間(にけん)幅の広い廊下が通っておりまして、襖で隔てた小部屋が並んでいる。玄関から見て右側が平隊士の雑居部屋、左側が副長助勤(じょきん)の部屋です。近藤先生や土方先生の部屋は、廊下のずっと奥でした。

風呂なんか三十人もいっぺんに入れるほど広いし、台所だってお寺みたいでね。どこからどう見たって、ぴかぴかの大名屋敷ですわ。

文久の年に結成された当初は壬生の郷士の家に分宿していた新選組も、所帯が大きくなるにつれて西本願寺に屯所を移し、とうとう大名並みのお屋敷を建てちまったってわけ。

でもね、よく考えてみりゃ妙な話です。徳川幕府はもうおしまいだってときに、新選組ばかりが贅沢三昧だっての。お屋敷に住んで、三度三度おかしら付きのご飯をいただいて、使いきれないぐらいの給金を貰ってね。つまり何です、一緒にサーカスをやっていた曲芸師も猛獣つかいも、先が見えたとたんにあたしら道化を舞台に残して楽屋に籠っちまったってことですよ。

古い隊士たちが非番のたんびに壬生の郷士の家に帰ってごろごろしてましたのはね、どうせもう引っこみはつかないけど、休みの日ぐらいは田圃の中の平和な家で、肩の力を抜きたかったからなんでしょう。

吉村先生はお足を使って遊ぶことを知らない人だったから、休みというと朝から壬生の八木さんというおうちに行くんです。あたしはいつも金魚のうんこみたいにくっついて行った。

好きだったんですねえ、あの人のことが。だって強いんだもの。強いのにちっとも強そうに見えないってのがまたいい。威張ることもないし、にこにこしてるし、あたしらにだって必ずていねいな敬語で話しかけてくれた。

ほかの先輩方は怖い人ばかりで気が抜けなかったけれど、あの人だけは若いわたしらをほっとさせてくれたんです。吉村先生と一緒にいれば大丈夫だっていう気がした。だから同期の若い連中は、みんな金魚のうんこ。

かといって、親分かたぎの人じゃないんですよ。やっぱし軍隊の班長さんとも、ちょっとちがう。

お足を使わないし、身なりも悪いし、言葉もひどく訛っているから、古い隊士の人たちからは小馬鹿にされているみたいでしたけれど、あたしらはみんなあの人のことを若い父親か面倒見のいい学校の先生だと思っていた。助勤以上の幹部や教授方を呼ぶときは必ず「先生」という習慣があったんですけど、「吉村先生」にはそういうおしきせのきまりごとではない自然さを感じたものです。そう、あの人はあたしら少年隊士にとっては、まったく「先生」だったんです。

ちょっとした粗相をして、あたしらが荒くれた先輩方にどやしつけられていますとね、飛んできてくれるんです。それがどんなまちがいでも、けっして先輩方と一緒になってあたしらを叱ったりはしない。仲をとりなしてくれるんでもない。どんなときだってあたしらの側に立って、頭を下げてくれるんです。

まだ耳に残っておりますですよ。そんなときのあの人のせりふが。

おもさげなござんす。お許しえって下んせ。口癖みたいなものでしたから、覚えちまいました。吉村先生はそう言ってたとえ目下の隊士にでも教え子たちのために頭を下げてくれたんです。

そんなふうだから、どんなに剣術の腕が達者でも馬鹿にされる。

あの人は、道化の中の道化でした。でもねあなた、道化は誰よりも芸が達者だから道化が務まるんです。道化者ばかりがとり残されちまった舞台の上には、道化の中の道化がいなければならなかった。

ああ、日なたぼっこの縁側でお茶を啜っているうちに、いろんなことを思い出してまいりましたですよ。ひとつひとつ、あの人のことをお話しいたしましょうかねえ。

ところで、あたしが入隊したそもそものきっかけは何かというと、奉公先の先輩が新選組でたいそうな活躍をしているという噂を耳にしていたからなのです。

そう、ちょうどあたしと入れちがいに永見貞之丞様のお屋敷から出て行った、毛内有之助という侍のことです。

もともと面識があったわけじゃないんですから、頼みにしていたというほどじゃありません。ただ、何となく心強いじゃないですか、同じ御旗本に奉公していた先輩がいるっての。

それに、その毛内有之助という人は、主家にお暇をいただいたずっと後まで、永見様や奥方様や、古い御家来衆の間で語りぐさになっているほどの、たいそう出来のいい人物だったのです。

何でも、奥州は津軽藩の三百石取りの次男坊ということで、武芸のほうはさほど達者というわけではなかったが、ともかく学問がよくできた。永見様の御家来というより、若様方の家庭教師のようなことをしていたらしいのです。

元治（げんじ）の年の秋に、深川佐賀町の道場主だった伊東甲子太郎（かしたろう）が、参謀として新選組に迎えられることになり、毛内さんは伊東とどういう関わりがあったのかは知りませんけれど、その一行に加わった。

北辰一刀流の伊東道場といったらあなた、名門中の名門でございますよ。その道場主が商売を畳んで、門弟や同志たちを引き連れて京に上ったというんですから、そのころの新選組の威勢といったら大変なものだったのでしょうな。

応募いたしましたとき、そのことはまっさきに土方さんにはお話ししたんです。すると土方さんは、たしかこう言った。

「ほう。毛内君の知り合いかね」

「いえ、知り合いというほどのものではありません。奉公先が同じだったというだけで、顔も知りはしないのですけど。元気でやっておられるのでしょうか」

「――ああ、元気だよ」

と、少し間を置いて土方さんは答えたような気がします。今にして思えば、何だかこう、奥歯に物の挟まったような感じ、ですか。

ところが、京に向かう道中で、同行していた大幹部の井上源三郎さんに毛内さんの消息を訊ねたら、返答がどうともおかしかった。

「毛内などという者は知らん。そんな者は新選組にはおらぬ」

と、こうです。

いったいに井上先生という人は試衛館以来の最古参で、いかにも好々爺というふうな穏やかな人物でした。その人が毛内の名を聞いたとたんに、ぷいと気色ばんだのですから、あたしもうちょいと物を考えればよかったんですがね。何かあるんだな、って。

いやはや、なにせこちとらお店の若旦那の俄侍ですから、根が軽薄なんです。

「しかし、井上先生。たしか毛内さんは元気でやっていると……」

「誰がァ！」

と、井上さんは立ち止まった。東海道は静岡あたりのどこかだったのでしょうか、松並木の間に海が間近でした。

「誰がって……土方先生が、たしかそう……」

行列の先頭を馬に乗って進む土方さんの後ろ姿を見て、井上さんはチッと舌を鳴らした。

「そんなやつは知らん。いいか、金輪際そういうわけのわからんことは言うな」

「ええッ、なぜですか」

「誰それと知り合いだとか、誰を知っているなどということを口にすれば、あらぬ誤解を招く。今の京はな、きょうは勤皇、あすは佐幕というふうな、正体のない浪士がうろうろしている。いいな、二度とその名前は口に出すなよ」

そのことは、京の屯所に入ってからじきにわかりました。

何でも参謀の伊東甲子太郎が、半年ほど前に同志を引き連れて出て行ってしまったというんです。つまり、その中に毛内有之助もいた。

ああ、あたしはこの通りの能天気でございますからね、難しいことは存じませんですよ。そのころだって、世の中のことは何も知らなかった。

でも、新選組の威勢のいいときにやってきて、ちょいと幕府の旗色が悪くなったらとっとと出て行くってのの、調子がよすぎやしませんか。そりゃあ、伊東や毛内は生まれ育ちもいいし、上品な学問肌の人たちですから、近藤や土方の切った張ったにはうんざりしたのかもしれない。だと言ったたって、いきなり新選組を脱けて、孝明天皇のお墓を守る御陵衛士(ごりょうえじ)っての、何です、それ。

つまり、世の中どう転んでもいいようにって、蝙蝠(こうもり)みたいなやつらじゃないですかね。

今ではあんまり大きな声で言えることじゃありませんけど。

そんなわけで、あたしは屯所に入ってからも毛内さんのことはいっさい口にしなかった。

でも気になりますわね。それに、新選組と御陵衛士の関係ってのは、よく知らなかった。東山の高台寺に、新選組の分所があると思っていたくらいです。参謀の伊東甲子太郎と何人かの隊士が、祇園にほど近い高台寺に分屯して、不逞浪士たちを取り締っているんだ、とね。

実際、表向きはそういうことになっていたのです。だって、局中法度(はっと)によれば「局を脱する者は死罪」なのですから、そうとでもしておかなければ隊士たちに示しがつかんでしょう。

毛内さんのことが気にかかっていたというよりね、せっかくあたしも後を追うようにして京までやってきたのだから、挨拶ぐらいしとかなきゃいけないって思ったんです。永見様からも宜しく伝えるように言伝(ことづて)がありましたし、奥方様からは山王(さんのう)

様のお守りと手拭とを、毛内さんへのみやげにと托されておりましたから。で、非番の日にひとりでのこのこ東山の高台寺まで出かけたってわけ。

まったく思い出しても冷や汗が出ますな。京に上ってからまだ何日もたっていないころで、吉村先生に教わったわらべ歌を口ずさみながらね、「まるたけえべすに、おしおいけェ、あねさんろっかく、たこにしきィ」なんて。

醒ヶ井七条下ルの新選組屯所というのは、今の京都駅のすぐ近くです。ステンショの改札を出ると左ッ方になりますけど、もちろんあのころには田圃や畑のある場末でした。

上京したばかりで、何しろ見るもの聞くもの珍しくてならない。それに、新選組の隊士が高台寺を訪ねるってのがどういうことかちっともわかっていないから、昼日なかの醒ヶ井の通りを堂々と歩いて行ったものです。

西本願寺を通り過ぎて、本圀寺の前から五条の大通りに折れ、ときどき人に道を訊ねたりしながら、いくらか浮かれ気分でしたな。五条橋のたもとでは物売りから飴細工なんぞ買いましてね、そいつをしゃぶりながら、高下駄をガラガラと曳いて歩いた。

七十六間もある五条大橋を渡りきりますと、道は広いまんまゆるやかな登りにかかります。東山のあちこちはちょうど紅葉のさかりでして、お日和もよし、物見遊山の気分でした。

ついつい清水まで登っちまいまして、舞台からみごとな紅葉を見物し、音羽の滝で咽をうるおしてから、ようよう三年坂を下って高台寺に向かいました。

途中、道を訊ねた茶屋のばばあがね、あたしの足元を見てこんなことを言ったもんです。

「お侍さま、この坂は高下駄を脱いで歩きはったほうがよろしおすえ」

「へえ、どうして」

「ここで転げはったお方は、三年たったら死なはります。せやから三年坂、いいますのんや」

そのとき何と答えたか、今でも覚えてます。

「なあに、どのみちあと三年は生きちゃいないよ」

冗談ではなく、三年生きれば上等だと思っていた。

言うそばから、歩き出してじきに足を滑らせましてね、尻餅をついちまった。なるほど、あと三年の命か、なんて思ったもんです。

鳥羽伏見でも、勝沼の戦でも、ふっとばばあの言ったことを思い出したものですよ。転び方が半端だったのかねえ。どういうわけか五十年も生きちまった。

新選組から分かれた禁裏御陵衛士――伊東甲子太郎の率いる一隊が屯所としていたのは高台寺の塔頭で、月真院という寺でした。

高台寺は慶長の昔に北政所が建てたという名刹です。寺領は五百石というから大したものですな。月真院の門には菊桐紋を染めた幔幕が張りめぐらされておりましてね、やはり紋の入った高張提灯が掲げてありました。

そこまで来ても、まだ気がつかないっていうんですからおめでたい話だ。近藤局長の演説によれば新選組こそ真の勤皇なのだから、なるほどこっちの屯所には菊紋が掲げてあるのか、なんてね。おのぼりの新入隊士には少々敷居が高い感じはしましたけど。

で、いちおう袴の筋なんかを指ですうっと延ばしましてね、羽織の袖を握ってぽんと突き、掌に唾を吐いて鬢をなでつけたりしまして、いそいそと門をくぐった。

「お頼み申す。新選組局長付、池田七三郎と申します」

大声でそう人を呼びますと、奥のほうで何だか色めき立つような声がし、刀の柄を握った二、三人の侍がどたどたと駆け出してきた。

「何だ、おぬしは！」

と、ひとりが刀の鯉口を切りながら怒鳴った。

まあ、御陵衛士にしてみれば、いつ何どき新選組が討入ってきてもふしぎじゃない。夜も刀を抱いて寝ているぐらいだったでしょうから、気色ばむのも当たり前です。

それでもあたしはまだ気が付かない。さすが油断のない人たちだなあ、なんて思ったものです。

「ですから、新選組局長付、池田七三郎——」

「その局長付が、何をしに参ったか」

「何をしに、って……」

入隊してからまだ何日もたっていないころのことです。見かけぬ顔なので疑われているのだと思った。

「これはご無礼をいたしました。拙者は毛内有之助様の縁故の者でございます」

「縁故の者、だと」

いっそう疑惑の目を向けられましたな。あたしはそのころ算(かぞ)えの十九にもなっておりましたけれど、なにせ蝶よ花よと育てられた若旦那ですからちょいと若く見える。しかも生まれついて物を考えることの嫌いな能天気です。可愛らしい顔をしておりましたんですよ、昔はこれでも。

そうこうするうちに、廊下の奥から「何だ、やかましい」と、荒くれた声が響きまして、丈の高い、眼光の鋭い侍がのそりと現れた。あたしの前にいた侍たちはたちまち道をあけました。

あの貫禄は、忘れられません。剣客の凄みってやつです。

「斎藤先生、実はこやつが……」

かくかくしかじかと説明を受ける間、斎藤というその侍はじっとあたしの顔を見つめていた。見られているだけで、自分がどんどんちぢかまって行くような気がしたものです。

斎藤一といえば、沖田総司、永倉新八と並ぶ新選組の剣客ですな。

一言も口をきかなかったような気がする。ただじっと、品定めでもするみたいにあたしの顔を見つめていましたっけ。

懸命に言いわけをしましたですよ。何だか敷台の上から拝み打ちに叩っ斬られちまいそうな気がしたもんでね。斎藤一という人はいつもそんなふうに、良く言えば隙がなく、悪く言えば殺気立っていた。

あたしが毛内有之助を訪ねた理由をひとっ通り話しますと、斎藤一は唇の端をひしゃげて、にたりと笑いました。ちょいと小馬鹿にした感じで。

そりゃ馬鹿でございますよ。事の顚末なんか何も知らずに、「毛内さん、いますかァ」って感じでのこのこやって来たっていうんですから。

斎藤の指示でひとりが奥に戻り、やがて小柄な、いかにも学者然とした総髪の侍が出てきた。毛内有之助とは初対面でしたが、何だか地獄に仏みたいな気がして、ほっと胸を撫で下ろしたものです。

毛内さんという人は、とても物腰の柔らかい、まったく仏さんみたいな感じの人でした。もっとも、それからじきにとんでもないごたごたがあって、親しく話ができたのは後にも先にもその一日きりだったのですが。

「ほう。永見様の御家来でしたか。それはお懐かしい。ま、ここでは何です。ちょっと出ましょう」

あたしがその場で、永見様の奥方から預かってきた山王様のお守りと手拭とを、そうと言って手渡しましたのは、侍たちからまだ疑わしい目を向けられていたからでした。

それでも月真院の門を出ると、用心棒みたいな屈強な侍がひとり、後ろからついてきた。

「篠原君。大丈夫ですよ、まだ日も高いし」

と、毛内さんは振り返って言った。

「いえ。伊東先生から申しつかりましたので」

その侍は、新選組ではかつて吉村先生と同じ監察方に任じ、のちには赤報隊に参じてずいぶん手柄を立てた、篠原泰之進という柔術の先生です。齢が行っていたせいもあるのでしょうが、剛直で礼儀正しい人という印象がありました。

高台寺からまっすぐに坂を下ると安井の金比羅様、そこから建仁寺の塀ぞいに少し歩けば祇園の花街です。

毛内さんはあたしと篠原を連れて、なじみらしいお茶屋に上がりました。

一杯やりながら、長いこと話がはずみましたが——そのうちさすがのあたしも、ちょいと妙だな、と思い始めたんです。

初めは江戸の消息を訊かれた。永見様の暮らしぶりとか、お務めのこととか。ところがそのうち、いやに新選組の屯所の中のことを訊ねてくるんです。そのあたりでやっと、新選組と御陵衛士の間には、何かのっぴきならぬいきさつがあるんだなと気付いた。

ひやりとしましたですよ。だって、知らぬこととはいいながら、あたしは間諜みたいな真似をしてるんですから。

茶屋を出たのは、ぼちぼち提灯に灯りのともる時刻でした。また会おうと毛内さんは言ったが、あたしは何だか怖ろしくって、生返事をしました。

ともかく一刻も早く帰ろうと、挨拶もそこそこにその場を立ち去りまして、花見小路の入口の一力の角まで来たとき、ふいに後ろから肩を鷲摑みにされたのです。

「池田君。いったいどういうことだ」

振り返ると、吉村先生が怖い顔をして立っていました。

しまった、と思ったってもう遅いや。たまたま見っかったんだか、それとも後をつけられていたんだかは知りませんけど、ともかくあたしは高台寺党の毛内有之助と一緒にいたところを見られちまったんです。

そりゃあなた、すうっと血の気が引きましたですよ。その場で卒倒しちまったっておかしくないぐらいに。

「池田君、どういうことですか、これは」

吉村先生から二度訊かれたって、あたしはもうしどろもどろで、申し開きの言葉も思いつかない。

「あの……ええと……これにはいろいろと深いわけが……」

「深いわけがあるのはわかっています。悪いようにはしないから、そのわけとやらを聞かせて下さい」

あのときばかりは、吉村先生の礼儀正しさっていうのが、かえってぞっとするほど怖ろしかったですねえ。まちがいなく殺されると思ったもの。「悪いようにはしない」と言われたって、ちっとも安心できるものか。正直にわけを言えば、断首じゃなくって武士らしく切腹させてやる、っていうぐらいにしか聞こえなかったものです。

「河原におりましょうか」

と、吉村さんはあたしの背中を押した。もういけませんや、四条河原でバッサリやられるんだと思った。

花見小路から鴨川まで、吉村先生はあたしの後ろにぴったりと張りついていました。早く歩けとばかりに、柄頭が腰のあたりをごつごつと押すのですから、怖ろしくってもう声も出せません。いくら人通りの多い四条の宵闇だって、まさか助けを呼ぶわけにもいきませんし、逃げ出そうものならまちがいなく、袈裟がけにバッサリやられると思った。

情けないもので、そのときあたしが何を考えたか。今でもはっきりと覚えておりますですよ。

――ああ、こんなことになるんだったら、侍なんぞになるんじゃなかった。おとっつぁんが言った通り、江戸に出店でも出してもらって、呑気な商いでもすりゃよかった。あたしゃ何の因果で、四条河原におろくを晒さにゃならないんだろう、なんてね。

火鉢の向こう前に座って、煙管でぽんぽんと膝を叩きながら、「いいかい、利八。お侍なんてものは、おまえ――」と説教をたれるおとっつぁんの顔ばかりが、懐かしく思い出されましてねえ。

ところが、四条河原に降りますと、吉村先生は急に別人みたいな顔になったのです。

「そうびくびくしなさんな。何も君を斬って捨てようというわけではありません。ともかく、いきさつを話しなさい。あの人たちに脅されたのですか。それとも、お金でも貰ったのですか」

言いながら吉村先生は、河原の石に腰を下ろしまして、懐から何やら紙包を取り出しました。

「石段下の団子、いかがですか。きょうはこれから、壬生の八木さんにお呼ばれしてましてね。この団子はご主人の好物だから手みやげにと、行きがけに足を延ばした次第です。そしたらたまたま、君が妙な人たちとお茶屋から出てくるところを見てしまって」

あたしは勧められるままに団子をかじりながら、ことの次第をありていに語りました。もともと隠しだてすることなんて、何もありゃしません。なあんにも知らなかったってだけなんですから。

たぶん、団子を買いにきてたまたまあたしを見っけたっていうのは、嘘だったと思いますよ。いくら何でも、壬生への行きがけに祇園まで足を延ばすってのは、見当が違いすぎまさあね。土方さんか井上さんから、あたしと毛内有之助の関係というのを聞かされていて、初めての非番の日に後をつけたんじゃあないかって思うんですがね。吉村先生はあたしら新入隊士の指導役だったのと同時に、調役兼監察だったんですから、いずれにせよお役目です。

「実は僕も、伊東先生が新選組から分かれるとき、誘われたのですけれどね」

と、吉村先生は団子を食べながら言った。あたしはそのときふと思ったのですよ。伊東甲子太郎という人は噂にしか知らないけれど、あの毛内有之助の親分なのだから何となく想像はつく。吉村先生は近藤や土方の差配する新選組よりも、伊東や毛内の高台寺党のほうがおさまりがいいんじゃないか、ってね。

誘いを断わった理由を、たしか訊ねたと思います。そしたら吉村先生はちょっと驚いた顔をしてから、答えをためらうように星空を見上げた。

「僕はね、池田君。いちど主君を裏切った者なのです。それはとても恥ずかしいことです。だから二度とはできません」

脱藩のことを言っているのだなと、すぐにわかりました。むろん吉村先生の身の上を知っていたわけではありませんけれど、新選組には脱藩浪士が大勢いるという噂は聞いていましたからね。

あたしは商人の子ですから、脱藩というものがお侍にとってどういう意味のあることなのかはよくわからなかった。

「大義のためにお捨てになったのは、裏切りではないと思いますけど」

ふんふん、と吉村先生は肯いた。それからまた、かんと冴え返った夜空を見上げて、白い息を吐きました。

「大義、ですか……大義、大義……大義ねえ……ところで池田君。君は、義というものが何だか、知っていますか」

「ええと、人の踏むべき正しい道、ですか」

と、あたしは寺子屋で習ったようなことを答えました。

「うん、そうですね。そうです、その通りです。少なくとも、武士の踏むべき正しい道のことではない。人の踏むべき、人として歩まねばならぬ正しい道のことです。だから義を貫くのであれば、たとえ武士道をたがえても人の道を踏み誤ってはならない。これからは僕も、大義とは人の道であると信じることにしましょう」

きれいな目をした人でした。みながみな、他人を上目づかいに見たり、あるいは見下げたり、ときには横目をつかったりして、けっして物を正面から見ようとしない世の中で、あの人はいつも、誰に対しても、あのきれいな目をまっすぐに向けていましたよ。

だからあたしは、あの人が好きだった。見映えはしないし、お金はないし、口下手で、上の人たちからは小馬鹿にされていたけれども、あたしたち若い隊士はね、みんなあの人のことが大好きだった。

だって、みてくれとかお金のあるなしとか、弁がたつとか、そういうのって人間の見栄じゃないですか。中味とはちがう。

あの人、誰よりも強かったもの。それに、誰よりもやさしかったですよ。強くてやさしいのって、男の値打ちじゃあないですか。ほかに何があるってんです。

あの人はね、まちがいだらけの世の中に向かって、いつもきっかりと正眼に構えていたんです。その構えだけが、正しい姿勢だと信じてね。

曲がっていたのは世の中のほうです。むろん、あたしも含めて。

その晩、吉村先生はあたしにくどくどと念を押しました。

ともかくこの一件は見なかったことにするから、今後いっさい毛内有之助とは関わり合うな。きょうの出来事も、けっして口にしてはならない。

言われなくたって二度と御免です。新選組と高台寺党がどういう関係なのかは、よくわかりましたから。つるかめつるかめってところです。

さて、それからしばらくたったころのこと。頭の中がこんがらがっちまって、わけのわからなくなるようなものを、あたしはこの目で見ちまったんです。

鈍色の空に朝からちらちらと小雪の舞う、寒い日のことでした。

あたしは他の新入りたちと一緒に、屯所の廊下を雑巾がけしていたんです。広い廊下を端から端まで這い回って、ぴかぴかに磨き上げる。廊下が終われば、三十畳もある裏の板敷です。

土間の竈(かまど)には火が焚かれて、大釜の湯が煮え立っておりましてね。水は冷たいものだから、その湯を盥(たらい)に移し、五、六人の当番で板敷から戸棚から、せっせと拭いていた。

ふいに裏の引戸が開いて、粉雪がサアッと吹きこんだかと思うと、菅笠を目深(まぶか)に冠った丈の高い侍がのそりと入ってきたんです。手甲脚絆(てっこうきゃはん)に草鞋(わらじ)ばきで、旅から帰ってきたふうでした。

侍は羽織の肩から雪を払い落とし、菅笠も取らずにしばらく竈の前に蹲(うずくま)って、かじかんだ掌を焙(あぶ)っていました。

「茶!」

と、侍はひどくぶっきらぼうに、あたしらの誰に言うともなく命じた。

そこで、その侍が客人ではなく、公用から戻った隊士だとわかりましたので、あたしらはびっくりしてすぐに茶を淹(い)れたり、盥に洗湯を張ったりしました。何しろあたしらのほかはみな先輩なのですから、粗相があってはならない。ましてや公用の旅から帰ってきた隊士ならば、あたしらとは初対面です。

竈の前まで湯呑を持って行ったとき、炎に照らし出されたその横顔を見て、ぎくりとしたんです。湯呑を手渡したとたん、思わず後ずさっちまいました。

高台寺の月真院であたしを睨みつけたあの鋭い目――そう、その侍はまちがいなく、新選組を離れて御陵衛士の一党に加わっていたはずの、斎藤一だったのです。

斎藤はあたしに気付くと、あの日と同じ目付きでぎろりと睨んだ。だが、表情は少しも変わらないのです。いったい何がどうなっているんだかわからなくなった。

そう、刀を右の腰に差しておりましてね、妙な格好だなあと思ったものです。斎藤一という人は左利きなんですけれど、ふつう武士のたしなみとして、刀を右に差している者はいない。ところが斎藤は大小を右の腰に差していたのです。

そのときも、竈の前で茶を啜ってからやっと菅笠を脱ぎ、右の腰から刀を抜いて板敷に座った。むろん、はずした刀は右の脇に置きました。たしなみや礼儀よりも、実戦のために斎藤一はいつも刀を右にして、左の利き手を使えるようにしていたのです。

新入隊士たちには、それが誰であるかはわからなかった。わからなくたって、ひとめで大幹部という貫禄が備わっていますから、たちまち左右の足元に駆け寄って、草鞋を脱がせ、脚絆を解いた。

あたしはぼんやりとつっ立っておりましたですよ。何が何だかわからなくなって。

もしや、いやてっきり、ひとりで討入ってきたのにちがいない、などと思った。で、これは大変なことになったと思いましてね、間抜けな話なんだけど、怖る怖る訊ねたんです。たぶん、腰は引けていました。

「あのう……あのう……斎藤先生でらっしゃいますね」

「だからどうした」

と、斎藤はあたしをぐいと睨んだ。

「あのう……拙者、先日――」

「おまえなど知らん」

その言い方の怖いの何のって。余分なことを言ったら叩っ斬るぞとでもいうようで。もちろん、あたしはそれきり黙っちまいました。

腰が抜けたみたいな格好で、壁伝いにそろそろと板敷に上がって、あとは土方先生の部屋に一目散です。

廊下から声もかけずにやおら障子を開け、大変だ大変だと十回も言った。

「ばかやろう。何が大変なんだ」

斎藤が、と言ったとたんに、土方さんはすっくと立ち上がって、あたしの月代(さかやき)を拳固でぽかりと叩いた。

「助勤を呼び捨てにするやつがあるか。うろたえるな」

と、そのまま刀も持たずに廊下へと出て、裏に向かって歩いて行くじゃないですか。あたしはもう、何が何やら頭の中がごちゃごちゃになっちまいました。

裏の板敷に戻ってみると、古株の隊士たちが何人も迎えに出て、何やかやと斎藤の世話をやいていました。

ところで――この出来事は、いったいあの油小路の惨劇の前だったのでしょうか。それとも後だったのでしょうか。

斎藤一は新選組が高台寺に送りこんだ間者だったのですから、すべてが終わった後に戻ってきたのかもしれない。だが、あたしが討入りだと勘違いしたのですから、まだ高台寺党が健在であったころだとも思える。

ま、そんなことはどっちだっていいんですがね。ともかくあの雪の朝、斎藤一は「公用」から帰ってきたのです。

その晩、こんな掲示が廊下に張り出されましたっけ。

「副長助勤斎藤一氏公用を以て旅行中の処、本日帰隊、従前通り勤務の事」

翌(あく)る日から斎藤は、何ごともなかったふうに新選組三番隊長の勤務に戻っておりました。

旧暦の十一月十八日の晩に、油小路で起こりました事件については、話のなりゆき上、語らぬわけにはまいりますまい。

思い出したくはないですよ。なぜって、あれは戦じゃないから。仲間どうしの殺し合いですからね。あたしもあの夜、生まれて初めて人を斬りました。

思えば、あれから鳥羽伏見や甲州での戦を斬り抜けて、あたしもいったい何人の命を手にかけたのか算えてもおりませんが、ひとごろしはあの晩が初めてだった。

今でも縁日の見世物なんかで、二百三高地の手柄話を吹いて居合なんぞやってる豪傑がおりますでしょう。あれ、みんな贋いですよ。

なぜかって、本当にひとごろしをしてきたやつはね、口が裂けたって武勇伝などしないから。それぐらい、いやな思い出だからね。

ましてや油小路での相手は、薩摩長州じゃあない。正々堂々の戦でもない。かつての仲間をいっぺんに四人も、多勢に無勢の欺し討ちにしちまったってんです。

四の五の言わずにお話はいたしますがね、こいつは五十年間、あたしが胸のここに、深くしまっていたってことはわかってやって下さいまし。けっしてすき好んでする武勇伝なんかじゃありませんや。

だってあたしァ――山王様のお守りを渡した同じこの手で、毛内有之助さんを叩っ斬っちまったんですからね。

あの一日のことは、朝から晩までふしぎなぐらいよく覚えておりますですよ。なぜかって、そりゃああなた、あたしにとっちゃひとごろしの記念日ですからねえ。今でもその一日の出来事を、まるで活動写真の場面か何かみたいに、はっきりと思い出すことができるんです。

もっとも――こんなふうにおちゃらけて口にできるのは五十年もの月日がたったからでしてね、本当はその間ずっと、消すに消せないその日の記憶にさいなまれ続けてきたってこと。寝ては夢、起きてはまぼろし。数限りなく思い返しておりますうちにね、何だか贔屓の活動みたいになっちまったってわけです。夢まぼろしだから芝居じゃないよ。真暗な闇ん中に光の帯がさあっと解かれて、何べんだって同じ場面がくり返されるんだから、活動写真さ。

ちっとも物事をまじめに考えないたちのあたしがこんなふうなんだから、あの晩一緒だったほかの若いやつらはずいぶん思い悩んだだろうねえ。憑り殺されちまったやつだっているかもしれません。どっちかっていうと、そっちのほうがふつうだけど。

こんな顔になったって、お腹の中に鉛の玉を後生大事にしまっていたって、知らあん顔して商いに精を出す。一人前にかかあをもらって子供をこさえて、今じゃ日なたぼっこの楽隠居だ。何だってなかったことにしちまえるって、こういう呑気者に産んでくれたおっかさんには、感謝しておりますですよ、ハイ。

新選組には起き抜けの朝稽古ってのがありましてね。そのころは町道場にもみんな同じならわしがあったんですけど、いわゆる間稽古ってやつです。ともかく朝起きると、蒲団だけさっさと畳んで屯所の庭に駆け出し、えいさっ、ほいさっと声を上げて天突き体操。それから素振りを五百本。助教を相手に打ちこみをやって、乱取り。朝飯を食うころにはもうくたくたで、背中から湯気が立ってました。新選組の稽古ってのは半端じゃなかったからねえ。あれなら誰だって強くなるわけだ。

入隊してまだいくらもたっていないころのことですから、あたしらの助教は毎朝吉村貫一郎先生と決まっていたんですけど、その朝に限って様子がちがった。袴をつけ、木刀を持って庭に飛び出しますとね、永倉新八と原田左之助があたしらを待ち構えていたんです。

永倉新八は言わずと知れた新選組二番隊長です。神道無念流二代目の岡田十松道場で免許皆伝を授かり、あちこちの名門道場を渡り歩いて武者修行をしていたという筋金入りの剣客でした。齢は二十七、八ぐらいでしたろうか、どっしりと腰の据わった剣士の風格がありました。

一方の原田左之助はやはり十番隊長の大幹部で、齢は永倉と同じほど、ちょっと西洋の彫刻みたいな美男子でしたが、何かというと二言目には「斬れ、斬れ」とわめき散らす癇癪持ちでした。

この二人は日ごろから馬が合ったとみえて、よく一緒にいるところを見かけたものです。あたしら若い者からすると、遠くにいたって思わず背筋が伸びて気を付けをしちまうほどの、怖い組合せでした。片っぽは生真面目な剣客、もう片方は気まぐれな短気者で、どっちも算え切れないぐらい人を斬ってきているんですから。

間稽古で汗を流しますと、裏の井戸端に行って体の手入れをいたします。あたしはお店の坊ちゃん育ちできれい好きなものですから、みんなが汗を拭いて朝飯を食いに行ってからも、ひとりでいつまでも水を使っていました。

そうこうしているうちに、怖い助教のお二人が庭のほうから引きあげてきた。急いで身づくろいをして立ち去ろうとしますとね、原田が通せんぼするみたいにあたしの前に立ったんです。

「おい、チビ。おまえなかなか使えるじゃないか」

原田左之助は真上から覗きこむような感じであたしを見おろしました。あたしはこの通りのチビですけど、新選組の強い人たちってのは、みんな判で捺したように背が高かった。永倉も原田も斎藤一も沖田総司も、吉村先生もね。つまり剣術はあんがい身丈が物を言うってことです。

「だが、間合いを取りすぎる。おまえみたいなチビは身を捨てて懐に飛びこまなければいかん。先につっかけられたらひとたまりもあるまい。おい、聞いてるのか」

あたしは何だか叱られているみたいで、じっと目の前の原田の厚い胸板を見ていたんです。だって、おっかないんだもの。

それに、あたしの胸の中には御陵衛士の毛内有之助と会っちまったっていう秘密がありましたしね。まっすぐに顔を見られなかった。

「名前は何という」

「は、はい。池田七三郎と申します。以後お見知りおきを」

そのとたん、「ほお」と剣呑な声がいたしましてね、井戸端で体を拭いていた永倉新八が、立派な上半身をむき出しのまま、のそりとあたしのうしろに立ったんです。チビのあたしは、前とうしろから分厚い鋼みたいな胸板の挟みうちですわ。その体のまあ、でかいの何の。挟みうちどころか雪隠(せっちん)づめって感じです。

丈の高いやつって、ほら、声も低いじゃあないですか。べべんっ、て、二人とも低くて太い琵琶(びわ)みたいな声。チビのあたしの声は、この通り清元の三味線です。

「おまえか、毛内監物(けんもつ)の知り合いというのは」

永倉の一声で、あたしはもうすうっと気が遠くなりましたですよ。

「い、いえ、知り合いというほどでは……」

「よもやとは思うが、京に上ってから会ってなどおるまいな」

実は、そのよもやなんです。言いわけをする間もなく、癇癪持ちの原田に怒鳴りつけられた。

「会うどころか、道で行き遭って挨拶のひとつでもしたらおまえ、叩っ斬るぞ！」

「はい。はい、はい。わかっております、よおくわかっております」

原田左之助はいったいに豪放磊落（らいらく）な気性で、短気な割には陰湿なところのない人でした。そのときも頭ごなしに怒鳴りつけたあとで、青ざめるあたしの顔を平手でぴたぴたと叩きながら苦笑した。

「たとえば、の話だ。何も知り合いだということを咎めだてしているわけではない」

ほっと胸を撫でおろして原田の脇をすり抜けようとしたら、「待て、池田君」と、永倉が呼び止めたのです。そして背中から、身のすくむような怖いことを言った。

「今晩、君には一働きしてもらう。ほんの知り合いというほかの何者でもないことを、みんなに思い知らせてやれ」

まさかとは思いましたけど、ほかに考えようはありますまい。つまり今晩、何か騒動が起こって、あたしは毛内さんを斬るはめになるってことじゃあないですか。

とても問い質(ただ)す気にはなれませんでしたねえ。もし高台寺党と事を構えるようなことになったら、そりゃああたしは立場上、毛内さんにかかって行かにゃなりませんやね。誰よりも先に。

何だかお客に品物を値切られて、「勘弁して下さいまし、ご無体でございますよお客さま」とでも言いたいような気分でした。

無体でございますよ。勘弁していただきたいですよ。知り合い以上の何者でもなくたって、その知り合いを斬るのはいやなもんです。

いったい今晩、何が起こるってんです。朝っぱらから妙なことを聞かされて、こっちはもう足が宙に浮いちまってるみたいな気分ですわ。ろくすっぽ咽(のど)を通らぬ朝飯を、おこうことぶぶ漬けでざぶざぶかっこみましてね、足のない幽霊みたいに、ぽうっと部屋に戻った。

吉村先生の姿を見たときは、地獄でお釈迦様に出会ったような気がしたもんです。

そのとき、お釈迦様は変てこなことをしていらした。縁先に大八車がつけられていて、薦(こも)を被せた荷の中から、何やら重そうなものをひきずり出して縁側に並べていたんです。

「何ですか、これは」

「着込(きごみ)ですよ。守護職屋敷から拝借してきたのです」

ほかの若い連中も、物珍しげにその鎖帷子をつまみ上げたり、腕に通してみたりしていました。でも、それを見て青ざめていたのはあたしだけ。

「あの、吉村先生。ちょっとお話が……」

縁側の端に先生を連れ出しましてね、かくかくしかじかと、井戸端でのことを話した。

「池田君、今晩たしかに一騒動あるかもしれないけれど、まだ口にしてはなりませんよ。それから、祇園のお茶屋でのことは誰も知らないからご安心。びくびくすることはありません。永倉先生や原田先生は、君の腕前を見込んで働いてもらおうというだけのことです」

「でも……できればあの人と立ち合うのは……」

吉村先生はあたしを力付けるように、肩を摑みました。

「ひとつだけ訊ねます。君は毛内先生に命をくれてやるほどの義理がありますか」

「いえ。そんなものは何も」

「だったら君が斬りなさい。臆すれば必ずその義理を疑われて、のちのち君が命を取られるようなことにもなりかねません。少なくとも原田先生は、そのくらいのけじめをつける人です」

「へえ……」

けじめって、わかりますかねえ。きちっとした分別をつけること。筋を通して、物事の是非をはっきりさせることですな。ともかく昔の侍というのは、そのけじめってやつを徹底したものです。侍の徳目はそれだけだと言ってもいいぐらい。

つまり、毛内とのしがらみにけじめをつけられなかったら、誰かしらがそんなあたしにけじめをつけなけりゃならないってことです。

そう思えば、その晩の油小路での出来事も、新選組としてはけじめをつけただけのことなのかもしれない。

「けじめをおつけなさい。きっとみんなが加勢してくれます」

それから吉村先生は、若い新入隊士たちに鎖の着込のつけかたを教えました。

分厚い藍木綿の上に、小さな鉄の輪をぎっしりとかがりつけた胴衣で、両肩を被うものと、小手までつながって端っこを指に結びつけるものとがありました。あたしは体が小さいので、両肩に被せて胸前に紐でくくりつけるやつを割り当てられた。

着込んでみると、たいそう重たくて身動きには不自由でしたけれど、相手の剣を肩口で止められるというのは、ずいぶん得な気がしたものです。どう考えたって、面をかわせば刀は肩に入りますものね。

「この着込は重宝なものです。いざというときには面倒くさがらずに、必ず身につけなさい」

はい。その教え、あたしはずっと守りましたですよ。お蔭様でこの通り、いくたびもの戦を切り抜けて、大正の時代に日なたぼっこをしております。

その日は隊士全員に、屯所からの外出止めが申し渡されました。一日じゅう何とはなしに不穏な雰囲気が感じられまして、新入隊士たちはなかば胸をときめかせ、なかば兢々としていたものです。

夕刻から、近藤、土方以下幹部の人たちの姿が見えなくなった。のちに聞いた話ですが、幹部が打ち揃って醒ヶ井にあった近藤勇の休息所——つまり妾宅ですな。そこに行って酒宴を設け、高台寺党の伊東甲子太郎を招いたのでした。

どうしてそんな宴席に、伊東が供の者も連れずにひとりでやってきたのかは知りません。新選組側はもっともらしい甘言を弄して誘ったのでしょうし、罠に嵌まった伊東も甘かったというほかはありますまい。

今でいう晩の九時を回ったころだったでしょうか、何人かの幹部があわただしく屯所に戻ってきた。永倉、原田、吉村先生も一緒です。吉村先生はあたしら新入りの居室に入るなり、すみやかに鎖帷子を着用して戦仕度を整えるよう命じました。どこに行くのか、何をしに行くのかは伝えられなかった。屯所の庭に整列したのは、あたしら新入りが総出で二十人、古い隊士が二十人ほどの錚々たるものでした。風はなかったけれど、満月が夜空に切り貼られたような、冷たい晩でした。

そのうち、頭から真赤に血をかぶった隊士が三人ばかり戻ってきて、あたしらは度肝を抜かれたものです。これものちに聞いたことですが、伊東甲子太郎の宴席からの帰途をその人たちが闇討ちし、死体を七条油小路に置き捨てて戻ってきたのでした。

七条油小路の辻は、屯所からはほんの目と鼻の先です。つまり、伊東の災難を知って駆けつけるにちがいない高台寺党の一味を大勢で待ち伏せて、みなごろしにしちまおうという筋書きだったのです。

三人のあとから少し遅れて、町人とお百姓が戸板を担いできた。あたしらも見知っていた勝蔵という人が、唐竹割りに頭をバッサリと斬られて乗せられていたんです。

横倉甚五郎という古い隊士がまず伊東に槍をつけた。不意のことなのでさすがの伊東も肩から首までを深々と刺し貫かれたのですが、血を噴きながらも、正面からかかってきた勝蔵を抜き打ちに斬って捨てたそうです。

いやな気分になりましたのはね、実はその勝蔵というのは、もともと伊東甲子太郎の馬丁だったのです。それがどういうわけか伊東とともに高台寺党へは行かず、新選組に居残って小者から士分へと取り立てられた。ということは――わかりますでしょう。けじめですよ、けじめ。

勝蔵はかつての主人であった伊東とのけじめをつけるために、刺客に加えられたのです。で、刺しちがえちまったというわけ。

刺客は横倉と勝蔵のほかに、調役監察の大石鍬次郎という手練(てだれ)と、近藤勇の甥にあたる宮川信吉。何食わぬ顔で宴席に出ていた幹部を別にすれば、最精鋭といえる顔ぶれでした。その何日かのちに宮川は天満屋(てんまや)の騒動で死に、大石と横倉は明治になってから、この油小路の一件を詮議されて処刑されたということです。

戸板の上で息絶えている勝蔵は、他人のような気がしなかったですよ。だって、あたしはこれから同じけじめをつけに行くってんですから。

寒さも寒い晩だったけれど、体ががたがた慄(ふる)えて仕様がなかった。

屯所を出て、ほんの少し北に歩けば七条油小路の辻です。

そう、どのくらい寒い晩だったかというとね、辻に捨てられた伊東の死体が早くも凍りついていて、血に染まった仙台平の袴が、お寺の屋根みたいにとんがっていましたですよ。

あたしらはその脇を通って、あちこちの路地に身を隠した。抜き放った刀の柄を握りしめた指先が、かちかちに凍えついちまうほどの長い間、じっと息を詰めていたものです。

どのくらいの時がたったのでしょうか。

大の字に転がった伊東甲子太郎の骸の上を、満月に切り落とされた軒端の影が、こう、血まみれの脛から腿へ、腰から腹へ胸へと退いて行き、青ざめた死顔がありありと月光に晒されたころのことであったと思います。

足音や人影より先に、「来たぞ、ぬかるな」という囁きが、路地に蹲る前のほうから伝わって参りましてね。同時にみな先輩たちの仕草を真似て、抜身の刀を背中に隠した。刀ってのは、ふしぎなくらい月の光をはね返すんです。夜釣りの針にかかった魚の鱗みたいにね、ぎらっ、ぎらっと光るんですよ。

伊東甲子太郎の死体をめぐって、狭い油小路の辻のあちこちに、四十人もの刺客が隠れていたってんですから、息をつめるってのはああいうことを言うんですわ。ほんの何秒かにはちがいないんだけど、小半刻もそうしていたような気がします。

先輩たちの肩ごしに覗き見たそのときの光景は、忘れようにも忘れられません。だって、これから死んじまう人間がね、そうとも知らずに提灯をさげてやってきて、伊東の死体を片付け始めたんだもの。

七人、でしたかね。あと、駕籠かきが二人いましたけど、それは数のうちには入りません。よっぽど怖かったんでしょうか、二人とも轅を担いだまま、中腰の格好をしていたのがおかしかった。

後に聞いた話ですが、新選組は伊東の死体を油小路に晒したまま、町役人を使って高台寺に通報させたのだそうです。「こちらの伊東先生が、さきほど七条油小路の辻で土佐藩士と口論のうえ刃傷に及び、敵はみな逃げ去ったが、先生はいささか足に傷を負われたので、駕籠にてお迎えにこられよ」とね。

罠だと気付かなかったはずはないですよ。だって、元を糺せばみな新選組の隊士で、やり口はよく知っている。「魁先生」の異名をとった藤堂平助なんて人は、試衛館以来の古株ですからねえ。土方歳三の考えることなんざ、千万お見通しだったと思います。

じゃあ、なぜのこのこと死体を引き取りにきたかっていうと——そこが侍というやつのおかしなところです。

第一に、御大将の首は、たとえ命と引き替えてでも持ち返らにゃならない。第二に、罠だと気付いても尻ごみはできない。

侍ってのは、そういうつまらん面子にこだわって、知れきった往生を遂げるものなんです。土方歳三って人はね、自分がお百姓の出だから、侍を犬か猫でも見るみたいに、冷静に観察することができたんだと思います。伊東を宴席に誘い出すにしろ、その死体を餌にして高台寺党の連中をごっそりおびき出すにしろ、罠であることは相手も承知の上。だがそうと気付いても拒むことはできない。侍が時として知れきった往生を遂げる生き物だってことを、土方さんはよく知っていたんです。

頭のいい人だよね、あれは。あたしも七十年ちかく生きて、御一新のこのかたは商いに精を出してきたけど、あれだけ頭の切れる人には会ったためしがない。日露戦争の旅順攻略のときだって、あたしゃまじめに考えたもの。もし総大将が乃木将軍じゃなくって、土方大将だったら、二百三高地も一晩で陥ちるんじゃないかってね。

油小路の現場に、土方歳三はいなかった。近藤局長はもちろんいなかったし、沖田総司は胸の病が悪くなって、寝こんでいました。ということは、指揮官は永倉新八だね。

ともかく、あたしはこの目で、知れ切った往生を遂げる侍の姿を見ちまったんです。あたしゃ根が侍じゃないからね。今でもその記憶は、ふしぎな動物の生態でも垣間見たように、瞼に残っておりますですよ。

七人のうち三人が伊東の死骸を駕籠に入れる。四人は物見です。抜身をひっさげて四人が物見をしていたってのはあなた、はなから罠を承知だったたってことです。

むろん、じきにめっかりました。いかに息をひそめていたとはいえ、こっちは四十人ですからね。

いや、待てよ。めっかるより先にあたしらが路地から飛び出したのかもしれません。ともかく原田左之助が空に向けてパンと鉄砲を撃ち上げましてね、それが合図だった。

あたしらはみな襷がけで袴の股立ち(ももだち)をとり、目印に白鉢巻を巻いておりましたから、敵味方の区別は明らかです。とっさに毛内有之助の姿を探しましたですよ。どうあっても毛内さんはあたしの手で、けじめをつけなきゃならないって思ってましたから。

ところがいざ路地から飛び出してみますと、あとはもう入り乱れての斬り合いだ、誰がどこにいるなんてわかったものじゃない。

はじめは手近にいた物見役の侍につっかけたんですがね、一太刀うちこんでそいつが毛内じゃないってことはわかった。篠原泰之進という、先だって高台寺から祇園の茶屋まで一緒だった年配の侍です。篠原はその場を斬り抜けて逃げたが、追いかけるのはほかのやつらに任せて、あたしは駕籠のほうに引き返した。あたしにとっちゃ、的は毛内ひとりですから。

その一瞬の七条油小路の辻は、まったく活動写真の一齣(ひとこま)だった。

まん中に駕籠が置かれてまして、伊東甲子太郎の死体の下半身はまだ外に出てました。その駕籠を背にして、三人の侍がそれぞれの正面に向かって刀を抜いている。

二十人ばかりがぐるりと遠巻きに抜き合わせていた。

敵味方がそんな格好でいたのは、それこそほんの一瞬なんでしょうけど、どういうわけかその光景をよく覚えているんです。駕籠かきの二人は一目散に逃げたらしく、その場にはもういませんでした。

これも後になってわかったことですけど、物見役の四人は手傷を蒙りながらもその場を逃げ切ったんです。だが、伊東の死体を駕籠に入れようとしていた三人は、たちまち取り囲まれちまった。

その三人とは、魁先生と綽名（あだな）された元副長助勤で八番隊長の藤堂平助。高台寺党では随一の遣い手だと噂されていた服部武雄という人。それに、毛内有之助です。あたしが篠原泰之進につっかけたあと辻に引き返したら、たまたま真正面に毛内がいたんです。月明りに浮かび上がった顔は、今も忘れられません。紙みたいに、真白だった。

そのとき、「池田ッ！」と、誰かがあたしの名を叫んだんです。

いえ、毛内有之助の声じゃない。どうかわからないけどたぶん――吉村先生の声じゃなかったかと思うんです。たしかにそのとき、あたしは自分の名を呼ばれた。とたんに、道が開いたような気がする。あたしはがむしゃらに、毛内めがけてつっかかっていったんです。

捨て身で打ちかかるときって、自然と上段になるんですよ。体ごとぶつかろうとするから、腕が上がっちまうんです。

で、間合いに入ったとたんに、力いっぱい刀を振りおろした。がつん、と手応えがありまして、刀の物打ちが毛内の頭に入った。みごとにお面一本ですわ。

そのときは無我夢中で何もわからなかったんですけど、あたしの刀を受けたはずみで、毛内の刀は折れたんですね。刀を叩き折った勢いで、総髪の鬢を削ぎ落としたんです。かなりの深手だったと思います。

そのまま体ごと毛内に抱きついて、民家の塀まで押しこんでいった。揉み合いながらもう一太刀、右手で刀の棟を押さえて、首筋から胸にかけて魚でもへし切るみたいに斬り下げました。

そのときは毛内も脇差を抜いていて、同じようにあたしの首筋をへし切ろうとしていたんですがね。つまり抱き合うようにして胸を合わせたまんま、たがいの刀が首にかかっていた。

ところが、そこで鎖の着込が物を言ったんです。相討ちになるはずが、毛内の脇差は着込にはじき返され、あたしの刀はふかぶかと毛内の首から胸までをへし切ったというわけ。

ふいに両目が見えなくなって、あたしはあおのけにひっくり返っちまった。やられた、と思いましたですよ。だが、そうじゃなかった。噴き出した毛内の返り血が、あたしの両目をふさいじまったんです。

我に返って、目をこすりながら身を起こしますとね、毛内は何人もの隊士に斬り立てられながら、それでも塀づたいに油小路を北に向かって遁(のが)れようとしていました。とても逃げきれるはずはありませんやね。

気を取り直して立ち上がりますと、辻の反対側の角が大騒動になっている。身の丈六尺に近い大兵の服部武雄が、十人ばかりを向こうにまわして大暴れをしていたんです。

もっとも、服部なんて名前は後から聞いたんですがね、誰だか知らんけどすごいやつだと思った。

物干竿みたいな長い刀——そうだねえ、三尺五寸もありましたでしょうか。そいつを右手で振り回し、左の受け手には脇差を握っているという二刀流でね、腰には馬乗り提灯を差したままの大立ち回りですわ。

板塀を背にして、三方からかかってくる刀を右に払い左に払い、むろん傷だらけの赤不動です。血と汗と息とが、体じゅうからもくもくと湯気になって立ち昇っていましたっけ。

かかっていってはじき返されたやつが、尻餅をついたまま叫んだ。こやつ、何か着ているぞ、って。

服部だけはあたしたちと同じように、鎖の着込をつけてたってわけです。それでも服部は怪力無双の大男なので、動きが鈍らない。

「どうした、奸賊ばら。かかってこい」

などと、血を噴きながら大声で呼ばわる始末です。その勢いにはこっちのほうがすっかり気圧(けお)されちまって、遠巻きのままみんながすくみ上がっていた。

と、そのとき――

誰かが「どけ」と言って、あたしの肩を押した。

振り返ると、着物の片肌を脱いで鎖帷子を露わにした吉村先生が立っていたんです。あたりは急に、しんと静まった。

服部は声高に何かを言いました。口汚く罵ったような気がします。たぶん、出稼ぎ浪人とか、南部の田舎侍とか、そんなことを口にしたと思う。

抜身を正眼に構える前に、吉村先生も何ごとかを言い返しました。物静かではありましたが、意味のわからぬほど訛(なま)っていたところをみると、やはり興奮していたのでしょう。

さて、何と言ったのか――それはたぶん、「君にうらみはないが、かくなるうえは致し方ない」というような意味だったと思います。

は？……オモサゲナガンス……はあ、言われてみればそんな言葉だったかな。オユルシエッテクナンセ……許してくれ、ということですか。なるほど、そうかもしれない。ともかく南部訛で、そんなことを言いましたですよ。

ほんの一瞬でした。正眼に構えたと思ったら、剣先の誘いも、気合いすらもなく、もう次の瞬間には二人の体がひとかたまりの影になっていたんです。

あたし、火花を見たんです。服部の豪刀が吉村先生の肩に入って、バチンと火花が爆ぜた。目がくらみましたですよ。

吉村先生に抱き止められた格好の服部の顔から、命が脱けるのがわかりました。すうっ、とね。すうっと、体じゅうの力が脱けて、先生の肩に顎を乗せたまんま、服部の死ぬさまが見えたんです。

吉村先生は服部の刀を着込の肩で受けて、まっすぐに心臓を突いた。刀は着込を貫き、板塀の向こう側まで突き通していたんです。つまり、即死ですな。

とたんにあたしは、沖田総司の言葉を思い出しましたですよ。

(京雀たちはあの人のことを、人斬り貫一とか、鬼貫とか呼んでいるんだ)

「鬼」というのは譬えじゃあない。人間以外の得体の知れぬ何かが、吉村先生の体に宿って服部を殺した。あたしにはそうとしか思えませんでした。

吉村先生が服部から体を離して、刀を引き抜こうとしますとね、板塀がずっと向こうのほうまで、ぐうっとたわみかかってきましたっけ。その場に滑り落ちた服部の、腰に提げた馬乗り提灯が、まるで消え残った命の炎(ほむら)のように燃えていました。

どうです。いやァな話でございましょう。

武勇伝なんてものは、まともに語りゃこんな具合になるんです。だからね、二百三高地の手柄話なんぞを、平気のへいざでするやつらは、みんな偽物。少なくとも自慢できることじゃあない。五十年もたって、日なたぼっこの縁側でね、こうやってぽつぽつ話すのがせいぜいってもんです。

ああ、そうそう。ちょいと思い出したんですがね、魁先生の藤堂平助って人は、永倉新八が逃がそうとしたんですって。そりゃあ、永倉にしてみりゃ試衛館の道場で同じ釜の飯を食った長い付き合いの仲間だし、近藤勇の愛弟子(まなでし)のひとりですからね。で、永倉は逃げろとばかりに道を開けたんだけど、事情を知らぬ若い隊士が追っかけて行って、背中から一太刀あびせちまった。背中を斬られるというのは武士の恥だし、また斬りかかるのも作法にはずれている。そこで藤堂は、踵(きびす)を返してまた向かってきちまったそうなんです。結局はずたずたに斬られて、東側のどぶの中で死んじまった。

御大将の伊東が死に、毛内、藤堂、服部と三人もやられちまえば、御陵衛士もおしまいです。逃げた四人のうち三人は薩摩屋敷に匿われたということでしたけど、大将がいないんだからもうどうしようもありませんや。

こうして新選組は、けじめをつけたんです。あたしもまた、けじめをつけることができた。

それから後に、この手で斬った大勢の人たちのことはね、ひとつっつも覚えちゃいません。でも、毛内有之助は忘れられない。不謹慎な話だけどね、筆おろしをしてもらった初めての女郎の顔と、毛内の顔だけは忘れられないんです。

屯所に戻ってから、氷の張った井戸端で水を汲み、頭からざぶざぶとかぶりました。血を洗い流したかったんじゃないね。

でも、夢じゃあなかった。呆けたような何日かが過ぎて、はっきりと夢じゃないことがわかったとたん、あたしは心に決めたんです。

殺されてたまるもんか、ってね。もう後戻りはできない。殺されないための手てはただひとつ、殺される前に殺すことです。もうそれしかないと思った。

あたしはね、毛内有之助を斬ったことで、てめえの能天気な人生にも、きっぱりとけじめをつけちまったんですよ。

翌る日、油小路での働きを認められた隊士たちはご褒美をいただき、近藤局長じきじきにゆっくり休めとのご沙汰がありました。

四人の死体はそのまま何日も、七条油小路の辻にうっちゃらかしてあったんです。御陵衛士の残党が引き取りにきたら、またやっちまおうってわけで、屯所からは物見役が交代で出ていました。まさか二度と来るはずはありませんやね。

夜にはかちかちに凍った死体が、昼間にゃずぶずぶに溶ける。それを何日かくり返していれば、腐って臭いもしてくるし、町方から苦情も言われます。で、やっとこさあきらめて、壬生の光縁寺に運んで埋けちまったんです。

考えてみりゃ、光縁寺も賑やかなお寺だね。斬死した隊士も、断首も切腹も、しまいにはてめえらで斬り殺した御陵衛士の連中まで、枕を並べて埋めちまうってんだから。

あたしら、壬生の八木さんちや前川さんちに遊びに行きますときもね、光縁寺のある綾小路は通らずに、ひとつ手前の仏光寺通から入ってったものです。やなもんですよ、自分が斬ったやつが埋けられてる寺っての。

その日、吉村先生とあたしは休みをいただいて、壬生に行ったんです。毛内有之助につっかけたのはあたし、服部武雄にとどめを刺したのは吉村先生。殊勲にはちがいないですよ、どちらも。

仏光寺通から坊城通を北へ折れると、じきに左手が八木さんの屋敷、右の綾小路の角が前川さんのお屋敷です。その手前の左ッかしが、壬生寺の広い境内でした。

「お蔭様で、鎖の着込が役に立ちました」

と、みちみちあたしは言った。あれを着ていなかったら、あたしと毛内は相討ちでしたから。

「服部君も着込をつけていましたね。あれは、お突きでなければだめです」

先生はさりげなく言ったけれど、あたしはたちまち前の晩のことを思い出して、ぞっとしちまった。

「あれは、天然理心流の突きでしょうか。それとも——」

「北辰一刀流にだって、突きはありますよ。でも、理心流のお突きはあんなものじゃありません。沖田先生がいたなら、もっと造作もなく仕留めていたはずです。あの人の三段突きって、すごいですよ。目に見えないですからね。仕掛けの色を見せずに、正眼からまっすぐ敵の水月に入ります」

吉村先生は服部武雄の剣を着込の肩で受け、隙のあいた水月に突きを入れた。だが沖田総司ならば、何の仕掛けもなく相手の心臓を貫く、ということでしょうか。

あいにくあたしは、世に名高い「沖田の三段突き」というのは見たことがない。沖田さんは、そのころにはすっかり胸の病が悪くなっていて、稽古に出てくることもありませんでしたから。

ちょうど壬生寺の門前のあたりだったと思います。話しながら、吉村先生はふと足を止めた。

「ねえ、池田君。皮肉なことを教えましょうか――服部君に鎖の着込の効用を伝授したのは、僕なのです」

吉村先生は睫毛（まつげ）が長くって、ちょいと俯きかげんになると、まるで目をつむって嘆いているような顔になるんです。もっともそのときばかりは、本当に悲しかったんだと思いますがね。

「先生と服部は、仲がよろしかったんですか」

と、あたしは聞かでもがなのことを訊ねた。なにせ若いもんだから、聞いていいことと悪いことの区別がつかない。

「ええ。新選組を脱けて高台寺党に加わらないかと、一番熱心に誘ってくれたのは服部君でした。それはもう、毎晩のように。稽古でもよく立ち合ったし、気心も知れていた。僕の勧めた鎖帷子（くさりかたびら）を、服部君はゆうべもちゃんと着ていました」

吉村先生もやはり、服部とのけじめをつけたのかもしれない。

いや――ちがうな、やっぱり。吉村先生は服部を斬りたくはなかったんだけど、他の連中じゃとうてい手に負えなかったから、だね。たぶん、そうだと思いますよ。

そう思うことにしましょう。

「でも、服部は突いてこなかったじゃないですか。面を打ちこんだところを肩でかわされて――」

ううん、と吉村先生は冬空を見上げて少し考えるふうをした。それから、たしかこんなことを言いましたっけ。

「僕の片肌の着込を見て、突かなければならないとは思ったでしょう。でも、それができなかった。お突きは死太刀(しにだち)ですからね」

　つまり、こういうことです。お突きってのは、一本入っちまったら相手の体に居ついちまうでしょう。深く刺さった刀を抜くのは苦労ですから、敵が二人三人といりゃあ、その間にやられちまう。一本をかわされれば、構えが崩れるから二の太刀が使えない。どっちにしろお突きは、身を捨てて打ちこむ死太刀ってわけ。

　吉村先生は、服部との立ち合いが尋常の勝負ではなかったってことを言いたかったんじゃあないですかね。多勢に無勢だったから、服部は突き技を使うことができなかった。

　あの晩、服部はたしかに三尺五寸もある刀と脇差とを、風車みたいにぶんぶん振り回していた。あたしらがみな着込をつけているのがわかっても、あの人数じゃ突くわけにはいかない。そうするより方法がなかったんでしょう。

服部の無念さをわかっていたのは、吉村先生だけ。わかっていながらも服部の剣を肩ではずし、水月に突きを入れた。しょせん命のやりとりなんだから、仕様がないですけどね。

あの人、言葉が足らないんですよ。誰だって手柄話はとくとくとしゃべるものなのに、服部との立ち合いのそういう細かな事情にしたって、何ひとつ語らない。吉村先生が強いことぐらいみんな知っていましたけど、本当の強さは誰も知らなかったんじゃないでしょうか。

そういうあたしだってよくは知りゃしませんよ。腕がちがいすぎるもの。沖田総司や永倉新八や斎藤一みたいな剣客なら、たぶんわかっていたろうけど。

壬生寺の境内を、「吉村せんせ」と口々に言葉尻を切った京訛で呼ばわりながら、大勢の子供らが走ってきた。

とたんに、先生の顔は殻でも割ったようにぱっと明るみましてね、「おお」と叫んで両手を挙げた。その腕や背中に、駆け寄った子供らがたちまち鈴生（すずな）りになるんです。

棒きれを持った餓鬼大将のような子が先生の尻を叩いて、

「エイッ、ヤアッ、トッ——なあ、吉村せんせ、剣術おせえてんか」

と、せがむ。吉村先生はまとわりつく子供らをひきずりながら、境内へと歩みこみます。

「剣術なら沖田先生に教わりなさい」

「せやけど、沖田せんせはこのごろ来はらへんもの」

「僕は剣術が苦手だからね。手習いならいつでも教えるが」

「うそや」と、何人かの子供が声を揃えました。

「おとうちゃんが言うてはった。吉村せんせは新選組の剣術のせんせやて。なあ、せんせ。剣術おせえて」

吉村先生は楽しげに高笑いをいたしましてね、「はい、では先日の続き」と、子供らを本堂に向かう敷石の上に整列させます。で、棒きれで土の上に、いろはにほへと、と書き始めるのです。

「いいかね。これからの世の中は、剣術などいくら達者になっても、何の役にも立たない。しっかり学問を積んで、偉い人になりなさい」

はい、と子供らが声を揃えるのですよ。あれにはふしぎな感じがしたものです。ほら、子供って、きまって子供好きの大人になつくでしょう。それはわかるんですけれど、餓鬼大将も弱虫も男の子も女の子も、みんな兵隊みたいに吉村先生の言うことを聞くんです。先生が土の上に大きく書いた字を手本にしながら、子供らはてんでにしゃがみこんで、指先を筆にして字を書き始めた。

変な人だなあと思ったものです。

え？……

国元では藩校の助教をなすってらした。本当ですか。いや、本当もなにも、言われてみればもっともだね。なるほどねえ。そうだったのですか……。

そんなことが、何度もあったような気がします。壬生の子供らは、毎日境内で遊びながら、沖田先生や吉村先生がやってくるのを待っていたんでしょう。

国に残してきた子供のことは、よく聞かされました。細かな話は忘れちまったけど、子供自慢をするときの先生の脂下(やにさ)がった顔はよく覚えています。

給金もご褒美も、びた一文残さず国元に送っちまってるってのは、有名な話でした。もっともそういう噂は、誰も褒めているわけじゃなくってね、むしろ変わり者ってこと。

そりゃあ今の世の中で言やあ、見上げたもんですけどね。侍ってのはともかく威張(えば)ってるから、金が入りゃあ見栄を張った。だけど吉村先生は、冬の袷(あわせ)の一枚だって買わないんです。変わり者っていやァ、まあそうですわね。

あたしが吉村先生に何度か連れて行ってもらった八木さんという家は、壬生住人(みぶじゅうにん)

士と呼ばれる郷士のうちの一軒でした。屋敷は文化何年に建ったといいますから、当時としても古い家だったように思います。

幹部の人たちは「休息所」と称して屯所の外に女を囲っていたり、中には原田左之助のようにちゃんとした所帯を持っていて、屯所に毎朝通ってくる人もいましたけれど、吉村先生にとっちゃ、そんなことはとんでもない。だから非番の日には昔屯所を置いていたという八木さんの家に行って、何だか里帰りしたみたいに羽根を伸ばしていたんです。

そのころの壬生は京の町はずれというより、洛西ののどかな村でした。縁側の先は広い庭で、見渡す限りの田圃の向こうに二条城が見えたもんです。それでも八木さんちの界隈は壬生寺の門前筋なので、何軒かの商家もあった。北隣は両替屋。今でいうなら、場末の銀行ってとこでしょうか。

何でもその両替屋は、間口は小さいけれど京都勤番の諸国の侍にもずいぶんお金を貸しているということで、会津や桑名の立派な藩士が、よく出入りしていたものです。

その店に、みよという名の奉公女がおりましてね。齢のころなら十七、八ぐらいでしたでしょうか、丸顔で色白の、笑うと口元に八重歯のこぼれる、たいそう愛らしい娘でした。

みよは両替屋の主人の遠縁にあたるとかで、山科（やましな）の名主の家から奉公に来ていたんです。奉公といったって、親類なんだからまあ、嫁入り前の行儀見習いみたいなものでしょうか。下働きの女たちとはちょっとちがっていた。

その日、あたしと吉村先生が八木さんちの座敷で将棋をさしておりますとね、どうしたわけか隣の家のみよがやってきて、茶を淹（い）れてくれたんです。

ちょいと見惚（みと）れましたですよ。いや、ひとめ惚れかな。なにせ別嬪（べっぴん）でしたから。

先生は茶を啜りながら、あたしをみよに紹介してくれた。

「池田七三郎君です。今は近藤局長付の仮隊士ですが、ほどなく組付の平隊士に取り立てられます。どうです、なかなかの男ぶりでしょう」

あたしはもう、胸がどきどきしちまいましてね、満足に顔も上げられなかった。同じ齢ごろの素人（しろうと）娘なんて、あんまり知り合う機会がなかったんですよ、昔は。

「以後、お見知りおきを」とか、あたしは妙に堅苦しい挨拶をしたように思います。

みよはしばらく吉村先生と親しげに話しこんでおりました。その間あたしはずっと、どきどきわくわく、目は将棋盤を睨んだままです。

庭ごしに呼ばれてみよが行ってしまうと、吉村先生は声をひそめて言った。

「いい娘でしょう。別嬪だし、気だてはいいし。八木さんからどこか嫁入り先はないものかと頼まれているのですがね。いかがです、池田君」

「……いかが、とは」

「君の奥方に」

冗談にせよ、思わず手駒を取り落としました。

「ご実家は苗字帯刀を許された身分ですが、できうることなら京詰の藩士にでも添わせたいとお望みのようです。四人姉妹の末娘ということなのでね。どうです、池田君」

こうなると冗談には聞こえない。新選組の隊士なら、京詰の藩士ほど品はよくないが、ともかく幕臣にはちがいない。所帯を持つなんて考えたこともなかったけれど、そのころは十九にもなればちっとも早くはなかったんです。

冗談だったんでしょうかねえ。いや、そうじゃあないな。吉村先生はあんがいまじめに考えていたんじゃないかと思います。

何だかうきうきしちまいますね、こんなふうに話していても。

隣の家の娘がわざわざ茶を淹れにくるってのも、おかしいじゃないですか。ともかく新選組は羽振りがよかったし、そりゃあ世の中どう転ぶかはわからないけれども、うまく目を持てばあたしらの出世は約束されたようなもんです。千石取りの旗本だって夢じゃあない。

徳川が政を返上したって侍の世が終わったわけじゃないし、ましてや薩長の天下がくるなんて誰も考えちゃいませんからね。御直参の格式をいただいている新選組の若い隊士ってのは、目のつけどころとしてはよかったと思いますよ。もっとも——結局は見当ちがいってことになりましたけど。

　その日はすっかりご馳走になり、酒の肴にと、八木さんのご主人から家伝の名刀など見せていただきました。で、夜になって屯所に帰る段になりますと、またどういうわけか隣の家からみよがやってきた。

　あたしはもうすっかり話が仕上がっちまったような気になりまして、はてさて国のおとっつぁんにはどう言って伝えたものかなんて、まじめに考えたものです。家出した倅がどこで何をしてるかも知らないんですけど、嫁取りを勝手にするのはまずいやね。勘当されてるわけじゃあないんだし。

　みよは真白な仔猫を抱いてやってきた。まだ乳ばなれしていないくらいの、掌にのっかるほどの猫です。

「見とおみやす、吉村せんせ。可愛らしい猫ですやろ。五匹も生まれたんやけど、白い猫は鼠をよう捕まへんさけ、放ってこい言われてますのんや」

　吉村先生はみよの手から仔猫を抱き取ると、舐めるように頬ずりをして、ひょいと懐に入れてしまった。

「そういうことでしたら、いただいておきましょうか」

その晩、吉村先生はいつになく上機嫌でした。壬生寺の門前まで八木さんのご主人とみよに送られ、懐から顔だけ出して鳴く猫を宥めながら屯所に帰りましたっけ。

みちみち先生は真白な仔猫に、「みよ」と名前を付けました。

お店を倅と娘婿とに譲って、あたしがこの富ヶ谷の隠居所に引き籠りましたのは、五十のときでございます。

年寄りがいつまでも頑張ってたんじゃ、若い衆は物を覚えませんしね。それに、あたしは二十歳からこっちの人生はおまけだって思ってましたから。そう思ったればこそ精を出すことができたのかもしれませんけど、ともかく五十になったら商いなんぞよしにして、念仏でも唱えながら静かにお迎えを待ちたかった。

ところがどっこい、どこが静かなもんか。あたしが新選組の生き残りだって噂を聞きつけて、訪ねてくるやつがあとを絶たない。

いえ、あんたみたいにまじめな心掛けの方ばかりならいいんです。あたしだって、きちんと話しておかなきゃならないことはありますし。でもねえ、たいがいは講談話をせがむみたいな気持ちでやってきますから。先だってなんざ、そこの練兵場からね、将校に引率された一個小隊ぐらいがぞろぞろ行進してきて、庭先に整列して精神訓話をしてくれと、こうです。

白兵戦の心構え、ってんですか。往生いたしましたねえ。だってあたしは、戦がお国のためだなんて、考えたこともなかったし。いつだっててめえが死にたくないから、人を殺してきた。ただそれだけなんです。

だから、こう言ってやりました。死ぬことを怖がれって。名誉の戦死だなんて、これっぽっちも考えちゃいけない。戦場で死なずにすむ方法は、殺される前に殺すことだってね。

吉村貫一郎先生の受け売りですけど、白兵戦の心構えなんて、それしかないから。あたしはね、勝沼の戦で顔の半分を大砲の弾に持ってかれたときでも、立ち上がって官軍に向かってってったもの。倒れたらとどめを刺されるって思ったから。

あの戦場には、もう吉村先生はいなかった。でもあたしは、顔にがつんと一発くらって何間も吹っ飛ばされたとき、耳元ではっきりとあの人の声を聴いたんです。

「立て、池田！　死にたいのか。じっとしていたら殺されるぞ。立ち上がって進め、一歩でも前に出て戦え。立て、池田！」

立ち上がりましたですよ。立ち上がって前に進んで、ちくしょう、ちくしょうって叫びながら、刀を振り回した。

何も戦に限らず、人生なんてそんなものかもしれません。倒れていたらとどめを刺されるんです。死にたくなかったら、立ち上がって前に出るしかない。

ずっとその心掛けで戦ってきたからこそ、倅や婿たちにたいそうな身代を譲り渡すこともできたんでしょうか。

そう思えば、二十歳からこっちの人生がおまけだったなんて――言っちゃあいけませんね。

吉村貫一郎先生はたった二カ月の間に、人生のすべてを教えてくれました。今さら有難くって、涙が出ちまいます。

そんなわけで、隠居してからこのかた、昔のことをずいぶんと思い出しました。他人様にお話をするたんびに、忘れていたことを思い出すばかりか、その当座は考えてもいなかったことまで、ハッと思いついたりするんです。

なあるほど、ほんとはこういうわけだったのか、とか、もしかしたら実はこんなことだったんじゃないか、ってね。

たとえば油小路の一件にしても、新選組があそこまで徹底的にやるからには、それなりの理由があったんじゃないかって思った。みなごろしにしなければ気がすまないくらいの、許しがたい恨みがね。

坂本龍馬が河原町蛸薬師下ルの近江屋で暗殺されたのは、油小路の事件のわずか三日前。その二つの騒動はもしかしたら、何か関係があるんじゃないかね。

龍馬が斬られたってのは、京の町がひっくり返るぐらいの大事件だったんですよ。今ならさしずめ号外が撒かれるくらいの。屯所の中だって大騒ぎでしたもの。

坂本龍馬という人は薩長を連合させた大立者ですから、むろん新選組にとっちゃ天敵でした。でもそれはいっときのことで、少なくとも慶応三年十一月のあのときには、新選組が龍馬を狙う理由はなかったんです。なぜかっていうと、龍馬には倒幕という考えがなかったから。ともかく大政を幕府から朝廷に奉還させ、徳川をはじめとする合議によって新しい国を作ろうと考えていた。だから龍馬は、徹頭徹尾武力による倒幕には反対していたんです。

つまり龍馬は、徳川とその御家人たちを存命させるためには、なくてはならぬ人物だった。近藤先生は頑なようでいて、あんがい世の中の見える人でしたから、そんなことは先刻承知していたと思います。だから、龍馬殺しの下手人は新選組じゃない。

京都見廻組——それもちがう。だって立場は新選組とまったく同じだもの。今さら薩長連合の恨みで、自分たちの未来を握る龍馬を斬っちまうほど、どちらも馬鹿じゃありません。そりゃあどう考えたって、てめえでてめえの首を絞めるようなものです。

あの事件が一年前に起こっていたとしたら、犯人は新選組か見廻組に決まってます。でも、ちがう。慶応三年の十一月十五日に龍馬が死んで、一番得をするのは誰かっていうと、どうあっても武力倒幕を望む、薩摩と長州じゃあないですか。

そこで伊東甲子太郎の出番です。

伊東は薩摩とのつながりが深かった。油小路の事件のあとで、残党たちが逃げこんだのも薩摩屋敷です。匿ってくれないのなら門前で腹を切ると騒ぎ立てたので、やむなく屋敷の中に入れたということですが、話としてはちょいとできすぎてやしませんか。

あたしは、龍馬殺しの犯人は伊東だと思ってます。薩摩がやらせた。西郷さんが知っていたのかどうかはともかく、大久保が絵図を描いた。

どうです。そういうことならば、なんだって説明がついちまうとは思いませんか。

伊東は近江屋での騒動の何日か前にわざわざ龍馬を訪ねて、新選組が命を狙っているから気をつけろ、などと忠告していたらしい。まちがったってそんなはずはありません。

近江屋に残されていた刀の鞘が原田左之助のものだと証言したのも伊東です。

近藤先生はピンときたと思いますよ。伊東は自分たちで龍馬を殺しておいて、罪を新選組におっかぶせようとしている、って。

龍馬殺しの犯人にされちまったらあなた、そのさき志士たちの恨みを一身に買いますわね。世の中がどういう形に定まったって、新しい国生みの大立者である龍馬を斬った罪は問われる。実のところ、龍馬本人だって自分が新選組に狙われるはずはないと知っているから、伊東の忠告を聞き流し、あの晩だってまったく無防備だったんです。思いもかけぬところから刺客がやってきたってこと。

ことを丸く収めようとする龍馬が死に、その犯人が新選組だということになれば、いっそう武力倒幕の気運も高まる。薩長はどうあっても、自分らだけの天下を作りたかったんです。

それじゃあ、あの晩実際に龍馬を斬ったのは誰かというと、これがまた難しい。どう思いますね。新選組のことはたいがいお詳しいんでしょう。

坂本龍馬は京橋の千葉定吉道場から、長刀(なぎなた)の目録を授かっているひとかどの武芸者です。むろん剣術も使えるし、いつも短銃(たんづつ)を持っていた。凶行に及んだときには中岡慎太郎もおり、角力(すもう)取りの従者もいたんです。いかに達人の誉れ高いとはいえ、伊東の道場剣では無理ですな。伊東はその三日後、大石鍬次郎ら四人に、造作もなく斬り倒されちまっているんですから、さほど実戦に役立つ剣術ではなかったはず。

刺客はあの斎藤一をおいて他にはいないとあたしは思う。

そう妙な顔はしなさんな。龍馬を斬ると決めた伊東は、その仕事を手下の誰に命じるかといったらあなた、腕が一等たしかで、場数も踏んでいる斎藤一をおいて他にはおりますまい。刺客はまず斎藤、そして藤堂平助、服部武雄、篠原泰之進。腕前からいえばたいがいそんなところでしょう。

斎藤はとても無口で、どんよりと暗い、表情のない男でしたから人となりは知らない。でも戦場での働きぶりはこの目で見ています。永倉新八の豪刀とはちょうど正反対の感じがする、すぱっと切れる剣でした。

剣術の流派は何だったんでしょう。なにせ本人が無口なものですから、そういうことすら伝わらない。明治もずっと後になってから永倉新八に訊ねたら、やはり知らぬと言っておりました。長いこと一緒に働いた永倉さえ知らなかったのですから、他人と口をきくことがそもそもなかったのでしょうな。

斎藤の剣術は試衛館じこみのものじゃない。かと言って、伊東の北辰一刀流ともちがう。狭い近江屋の二階で、抜き打ちにすぱっと龍馬の額を払うというのは、いかにも斎藤らしい気がするんです。殺気を察知されることもなく、表情ひとつ変えずに、いきなりの抜き打ちってやつです。そんな器用なことは他の誰にできるものじゃない。

もうひとつ、せんにもお話しした通り、斎藤は左利きだった。しかもはなから刀を右の腰に差しているっていうほどの、ひどい左利きなんです。箸を持つのも左、字を書くのも左だった。

近江屋の二階に上がったとき、刀を右手に提げていれば、それはつまり危害を加える何の他意もないと言っているようなものですから、龍馬も中岡慎太郎も安心したと思います。

たぶん、斎藤はひとりで二階に上がった。他の連中は梯子段の下にでも潜んでいたんじゃあないでしょうか。ほの暗い行灯(あんどん)の下で、龍馬と中岡は火鉢を囲んでいる。何と名乗ったのかは知りません。だがともかく、初太刀で横薙(な)ぎに額を割ったということは、いったん座敷に座ったはずです。同じ目の高さにね。刀は右の脇に置いた。

刺客は十津川の郷士を名乗ったとも、松代藩士だと言って面会を乞うたとも伝えられます。あたしはたぶん、御陵衛士の斎藤一だと、偽りもなく言ったと思う。

──先日わが隊長伊東甲子太郎より忠告をいたしたと存ずるが、新選賊に不穏の動きあるにつき、当分の間坂本先生をお護りせよと薩藩より申しつかった。さしあたって今夜は、階下に控えおりますゆえ、ご安心めされよ。

それはご苦労なことです、と龍馬は言い、盃を勧める。

刀を右に置いたまま、斎藤は顔色ひとつ変えずに盃を乾す。

──名にし負う斎藤一氏が護衛について下さるとは百人力だが、今さら拙者の命を狙うほど新選組も馬鹿ではありますまい。

――いいや。近藤、土方は馬鹿ではござらぬが、隊士の中には世の趨勢の見えぬ馬鹿がおりますゆえ。

――そのようなうつけが、おりますのか。

――それが、おるのですよ。ここに。

斎藤は盃を投げた手で右の刀を摑み、抜き打ちに龍馬の額を払う。実は一撃で首を飛ばすつもりだったのかもしれない。龍馬がとっさに身をひいた分、間合いが切れて刀は額に入った。それでも頭蓋を割り、脳漿の噴きこぼれるほどの深手だった。間髪を入れずに、斎藤は返す刀で中岡慎太郎を斬り倒した――。

しばらく息のあった中岡が、新選組の仕業だと言い遺したのも、こういういきさつならば得心がいきます。近藤勇が、断じて自分たちではないと言い張ったこともね。

斎藤一は新選組が伊東のもとに送りこんだ間者だった。むろん、伊東以下の誰もが疑いを持ってはいない。斎藤という男はよほど肚の据わった、しかも頭のよい侍だったのでしょう。

伊東から龍馬暗殺の密命を受けたときは、内心困惑したと思いますよ。間者だと悟られぬためには、やらねばならない。しかし龍馬殺しの罪は新選組が蒙る。新選組機密に属することですから、命ぜられたのは実行のまぎわにちがいない。新選組に報せる余裕もなく、斎藤は御陵衛士としての務めを果たすほかはなかった。

そして、本意ならずも坂本龍馬と中岡慎太郎という二人の偉材を殺し、日本の歴史を変えてしまった。

あの人が明治十年の西郷征伐に出征して、薩人を斬りまくったというのは、わかるような気がします。自分の運命を弄(もてあそ)んだ連中が許せなかった。

むろん、近藤や土方のことも許し難かったんだろうと思います。会津で土方とついに袂を分かったとき、斎藤は初めて顔色を変え、声をあらげて言い返したんじゃないでしょうか。

もう金輪際、貴公の指図は受けぬ、とね。


吉村貫一郎先生と斎藤一の付き合い、ですか――。

さあて、それはまったくと言っていいほどなかったと思いますよ。だって、どう考えても水と油だもの。

ただし、幹部の人たちの中ではその二人だけが、いつも浮いているという感じはありました。悪く言うなら、嫌われ者でしょうか。

吉村先生と斎藤だけが、輪の中に入らずに土方歳三と直接つながっているみたいな。

齢がちがったせいもあるでしょう。吉村先生は近藤、土方と同じくらいか、せいぜい一つ二つ上です。斎藤は沖田総司と同じほどですからずっと若い。算えの二十三、四ぐらいですよ。いくら齢なんかどうでもいい時代だって、十もちがえば話は合いません。

性格もまるきりちがう。吉村先生はいつもにこにこ笑っていて、身なりなんかもつつましいのを通り越してみじめなぐらいのもんです。だから、考えようによっちゃお金のことにかけては信用のできる人で、たとえば武具を買ったり褒美を出したりするときに、土方が大金を預けるのは決まって吉村先生でした。

その点、斎藤一はいけない。羽二重の羽織に、当節流行の唐桟の袴なんぞをはいて、月代も髭も毎朝ていねいに当たらねば気がすまぬという洒落者です。そのうえ大酒飲みで女遊びだって半端じゃなかった。

吉村先生は誰からも小馬鹿にされていましたけれど、あからさまに虚仮にしていたのは斎藤かもしれません。わかりますでしょう、年かさの地味なやつは、とかく威勢のいい若い者には虚仮にされるものです。お店の番頭どうしだって、そんなもんなんだから。

斎藤が高台寺を脱出して屯所に戻ってきたあの雪の日、勝手口から入るなり竈の前にしゃがみこんで、炎に手をかざしていた横顔は忘れられない。どこにもぶつけようのない怒りが、端正な表情のうちに燃えたぎっているようでした。いつも睡たげに見えるほどの二重瞼が、そのときばかりはくわっと見開かれていたような気がします。

斬っても斬っても、斎藤一の使命は尽きることがなかった。

その晩、吉村先生は廊下で行き合った斎藤にていねいな労いの挨拶を言いかけて、ぷいと横を向かれちまったんです。不機嫌そうに去って行く後ろ姿を目で追いながら、吉村先生はしみじみと呟きましたっけ。

「斎藤先生は嫌な役目ばかりを申しつけられて、お気の毒ですね」

たぶん吉村先生のそういうやさしさが、斎藤にはたまらなかったのでしょう。

血腥い話はたいがいにしておきましょう。

そりゃあ、おっかないことも多かったけれど、なにせ十八、九の若い時分ですからねえ。怖いもの見たさ半分の、それなりに楽しい毎日ではありましたですよ。

――ほんにいいお日和だ。

お天道様ってえのは、たいしたもんだねえ。練兵場の大砲だって何だか間の抜けたように聴こえる平和なきょうびでも、五十年前の血みどろのあのころでも、お天道様のあったかさはおんなじです。

こうしていると、壬生の八木さんちの南向きの縁側で、ぽかぽかと日なたぼっこをしていたころを思い出します。

あたしゃ若い時分から、からっきしの下戸なもんでね、仲間たちと島原や祇園にくり出すのは苦手でした。吉村先生は飲むには飲めたと思うんですけど、お足がないからすすんで飲みに行くことはない。で、非番の日や暇な晩には、決まって壬生に里帰りしたものです。初めのころは金魚のうんこだったあたしも、そのうちひとりでお邪魔するようになった。商家の出で、ごらんの通り根が剽軽者だからね、壬生の人たちからは「七三さん」なんて呼ばれて、短い間だったけれどずいぶん可愛がっていただいたものです。

八木家のご当主は源之丞さんといって、穏やかな人柄の方でした。いかにも洛西壬生の郷士という感じでしてね、風流のたしなみもあり、今ふうにいうのならひとかどの教養人です。

文久の年に江戸から大勢の浪士たちがやってきて、いきなり屋敷を占領しちまったんだから気の毒なものです。三度の飯は食わせにゃならない、酒も出さなけりゃならない、そのうえ切腹だ内輪もめだで、家の中に血の雨を降らす始末だ。西本願寺に屯所が移ったときにはさぞほっとしたことでしょうが、それでも毎日誰かしらがやってきては、日がなごろごろしている。八木家はご当主はじめみなさんがあんまり好い人なもので、居心地がよかったんです。ともかく、ばんたび里帰りするみたいに訪ねても、嫌な顔ひとつされたことがなかった。いつだって、「七三さん、ようお越し」です。

だが、源之丞さんはただの好い人じゃあなかったね。壬生浪(みぶろ)と呼ばれたあたしらにそれだけよくするからには、相応の覚悟が必要だったはずです。よほど肚が据わっていなけりゃ、できることじゃあない。

あたし、いっぺんだけ源之丞さんに叱られたことがあるんです。

ひとりでぶらりと壬生に出かけて、うっかり刀を腰に差したまま家に上がっちまった。「七三さん、ようお越し」と、奥から迎えに出た源之丞さんの顔色がとたんに変わった。

コラッ、と怒鳴られたんです。あたしゃびっくりしちまって、とっさには叱られたわけがわからなかった。

あたしら隊士がどんなに勝手なふるまいをしても、源之丞さんはけっして怒ることがなかったんですけど、ひとつだけ定(き)めごとがあった。それは、屋敷を訪れたときには玄関の壁の刀掛に必ず刀を置き、脇差だけを持って上がる、ってこと。

たったひとつだけの定めごとです。ついうっかりと刀を差したまま座敷に上がっちまったあたしを、源之丞さんはまるでおやじみたいにね、真青になって怒鳴りつけた。常日ごろが穏やかな人だから、おっかなかったですよ。ぶるっとちぢみ上がっちまうくらい。

すっかり子供みたいになってうなだれるあたしを座敷に座らせて、それから源之丞さんはわかりやすい説教をしてくれた。

「ようお聞きなはれ、七三さん。うちとこに上がらはるとき、お腰のものをお預かりするいうのんはな、わしと近藤先生との間の定めごとや。文久の年に、芹沢先生らがこのお座敷でずだずだに斬られて死なはったとき、お約束させていただいた。うちとこの子ォまで怪我をいたしましたしな。真夜中に寝込みを襲うたのが誰か、そないなことはどうでもよろし。ともかく金輪際うちとこに上がらはるときは、島原のお茶屋と同じように、刀を預からせていただきますとお約束いたしましたんや。せやから、わしは近藤さんになりかわって、七三さんを叱りました」

思わず頭を垂れて、手までつきましたですよ。この人はただの好い人じゃあないと思った。仏様みたいに懐が深くって、斬った張ったのあたしらなんぞおよびもつかない器量人ですわ。何だか八木さんのお屋敷が仏様の掌（たなごころ）そのもので、あたしらはその上で遊んでいるような気持ちになった。

「もひとつ。屯所を引き払わはってからも、みなさんがうちとこにお越しにならはってのんびりと手足を伸ばさはりますのんは、いわばうちとこがお里のかわりをさしていただいているからや。それはそれでよろし。天下の休息所にさしていただくのやから、壬生住人士のおうちの誉れやとも思てます。せやけどな、七三さん。天下の志士かて人の子ォや。里帰りしたときぐらいは、侍も百姓もない人の子ォになって、せいだいのびのびしィはってもらいたい。侍でも百姓でもないうちとこの子ォにならはっていただきたいのんや。せやから、侍の魂たる刀はうちとこの玄関に置いて、座敷では侍たることも忘れはったらどうどすか。わしはな、七三さん。ほんまの侍がのうなったこないな世の中で、みなさんだけがほんまの侍や思てます。新選組は徳川の世を支える壬生の義士や。どうかそないな尊いお侍をお預かりするうちとこの覚悟も、わかっておくれやっしゃ。わしはみなさんひとりひとりのお心のうちを、誰よりもわかっておりますえ。わしは天下の壬生義士を、天下のみなしごにはしとうないのんや」

こうして今思い出しても、頭が下がりますなあ――。

あたしらはひとりひとりがみなしごみたいなもので、それが寄り集まった新選組も、やっぱり天下のみなしごだった。源之丞さんはあたしらの立場を、まるで親のように知り尽くしていたんですよ。

壬生住人士といわれたそのあたりの郷士がどのようなものだったかよくは知りませんけれど、主君を持たぬ侍であり、田畑を耕さぬ百姓だった源之丞さんは、たぶん新選組隊士のひとりひとりを、わが子のように思っていたんじゃあないでしょうか。

八木さんの屋敷の庭には、すっかり葉の落ちた柿の木があって、田圃のずっと先に、二条城の甍がつらなっておりましたっけ。

そうそう――板塀の向こうには、隣の両替屋のお蔵がありました。その家の奉公娘のことを話さにゃなりません。あたしがひとめ惚れしちまった、みよという可愛らしい娘のことです。

あたしが八木さんちに通いつめましたのはね、源之丞さんには申しわけないけれど、実のところは羽根を伸ばしたかったからじゃない。みよに会いたかったからなんです。

八木さんの屋敷と隣の両替屋とは、木戸一枚の庭つづきで、裏の縁側に座っていれば井戸端で働くみよと言葉をかわすことができた。うまくすると洗い張りの一日仕事でね、朝っぱらから夕方まで、裏庭で逢い引きみたいなものです。

そんなことが何度かあるうちに、こっちはひとめ惚れがすっかり本惚れになっちまった。だって、器量がいいばかりじゃあなくって、知れば知るほど心根のやさしい、気持ちのいい娘なんだもの。

あたしが御一新のあと五十年も、世話になった八木さんちを訪ねないわけはね、半分に欠けちまった顔をあの人たちに見せたくないからです。もしかしてみよが、あのあたりの家のどこかに縁づいていて、道でばったり行き逢いでもしたらあなた、それこそ顔向けができないってもんじゃあないですか。

いろんな話をしたものですよ。こっちは許婚のつもりでいるからね、不自由のない生家のこととか、おとっつぁんやおっかさんの話とか、気を引くような自慢話ばっかり。

呑気なもんだねえ、あたしも。二人の仲はいずれ源之丞さんと吉村先生が取り持ってくれて、夫婦になるもんだとすっかり決めつけてたんです。

ところが——それは大変な見当ちがいだった。聞いたら驚くよ、あなた。

ある日、あたしがいつものようにうきうきと壬生の八木さんちを訪ねたら、玄関に先客の履物が二足、置いてあった。一足は吉村先生の歯のちびた下駄。もう一足は白い鼻緒の、気障な草履です。ひょいと刀掛を見上げますとね、下に掛かった一口は柄巻を麻紐でぐるぐる巻きにした吉村先生の痩せ刀で、上段の一口はまちがいなく、赤い下げ緒の付いた和泉守兼定。どういう風の吹き回しか、土方歳三が吉村先生と一緒に上がりこんでいたってわけです。

鬼より怖い新選組副長が先客とあっちゃ、後から上がっていいもんかどうか、あたしはしばらく玄関の敷台に腰を下ろしてとまどっていた。

そのうちね、障子ごしに聞かでもがなの話し声が耳に入っちまったんです。

まず、甲高くって尻上がりの多摩弁。

「そりゃあ吉村君。国に残した妻子に操（みさお）を立てるって、君の心掛けはわからんわけじゃあねえけんど、男を見込まれての結構な縁談を袖にするってのも、どんなものかなあ」

あたしは一瞬、すっと血が下がりましたですよ。どういうわけかピンときたんです。

吉村先生は何やらもぞもぞと、しきりに抗（あらが）っていた。

「だからよォ、それはわかるって。したっけ、君にそのつもりはなくっても、さきさんが親御どのまで立てて、ぜひとも君を婿養子にとおっしゃってるんだぜ。惚れちまった娘の気持ちも少しは斟酌（しんしゃく）してやったって罰は当たるめえ」

またぼそぼそと、吉村先生の進退きわまった抗弁が聴こえ、それに畳みかけるような源之丞さんの声がしました。

「先方は吉村さんのご事情をすべて承知の上で、でけることは何でもする言うてはりますのんや。山科の郷士かて、うちとこなぞとは比べものにならへんほどの、たいそうなおうちでっせ。いわばあすこいらの代官様みたいなものやし。なあ吉村さん、あんたは後ろ楯さえあれば、千石取りの御旗本に出世したかてちいともふしぎやないほどのお侍や。あんたの立身出世こそが、ひいては国元の妻女の望むところでもありまっしゃろ」

「そうだそうだ。よおく考えてもみろ、吉村君。不都合は何もねえんだ。どだい給金を丸ごと国に送って、出稼ぎみたいな真似をしている父親のほうがよっぽど不都合ってもんだぜ。君は妻女を離縁して入婿になる。で、倅が吉村の家を継いでだな、仕官の口は俺が何とでもするさ。君が自慢するほどの倅ならば、江戸の御旗本の誰に預けたってまちがいはあるめえ。脱藩者の汚名を着て、いつまでも国元で肩身の狭い思いをさせてるよりは、そのほうがずっといいに決まってるだろうが。な、悪いことは言わねえ。そうしろ、吉村君」

やりとりはずいぶん長いこと続いたように思います。

あたしには、話がみんな見えちまった。つまり、みよは吉村先生に惚れてたんです。むろん吉村先生のほうは、これっぽっちもそんな気はない。たぶん実の娘のようなつもりで、話し相手になったり、読み書きを教えたりしていただけなんでしょう。

ところが、先方は親御さんまで出てきて、ぜひとも吉村先生を娘の婿にと言ってきた。やかましい法律のなかったそのころでは、さほど無体な話じゃあなかったと思います。源之丞さんも土方さんも、吉村先生の人柄と苦労とを知ったればこそ、よかれと考えたのでしょう。

土方さんの言う通り、不都合は何もないんです。何年も妻子の顔さえ見ずに、金ばかりを送り続けることのほうがよっぽど道理に適わない。この際すっきりとした形にするべきだと、土方さんは根気よく説得していました。

とうとう、こうまで言った。

「なあ、吉村君。ここだけの話だがよ、僕ァ、君がもったいなくって仕様がねえんだ。ほかの脱藩浪人とは、そもそも物がちがうだろ。いったんは国を捨てたのに、いつまでもずるずるとその国とやらを引きずっているのは、よかねえよ。君がその気になれば、これをしおに新選組を脱けたってかまわねえ」

その一言で、座がしんと静まった感じがしました。土方さんは一人の人間として、いやたぶん吉村先生の親友としての立場で、心からそう言っていたのだと思います。

自分や近藤勇はもはや退くことはできない。だがほかの部下たちはともかく、この男だけは道連れにしてはならないと、土方歳三は考えたのではないでしょうか。その思いはおそらく、源之丞さんも同じだった。

長いやりとりの間に、あたしには三人の切ない胸のうちがすっかり見えちまったんですよ。むろん、みよに対する想いなんて、どこかに吹っ飛んじまった。

妙なもんですねえ。次の瞬間、あたしが何をしたと思いますか。

ふいにね、まったく見ず知らずの、吉村先生の倅になっちまったんです。耳にタコができるほど聞かされている、名は何と言いましたっけ——そう、その嘉一郎さんがね、千里の山河を越えてふいに、あたしの中に入っちまったんですよ。

あたしは敷台の上に立ち上がると、上がりかまちの衝立を押し倒し、障子をばあんと開けていた。

「だめだ、だめだ。そんなのだめだ！　そんな無茶な話があるもんか。だったら何で吉村先生は、五年も六年も苦労をしてきたの。大の男が、二本差しの侍が、どんな思いで妻子を養ってきたか、あんたらわかってるのか。今さらぜんぶ捨てちまえなんて、いくら何でもひどすぎるじゃねえか！」

　あたしは土方さんと源之丞さんを指さしながら、大声でそう叫んでいたんです。

「わかってるよ。少なくともおまえなぞよりは、ずっとわかっている」

と、土方歳三は腕組みをしたまま、吐き棄てるように言った。

「わかってるもんか。あんたらみんな、ひでえ了簡ちがいをしてる。女房や子供を命がけで養うのは、男の務めじゃねえのか。この世で一番、当たり前のことじゃねえのかよ。それをたったひとりだけ、真正直にやってる人に、よくもそんなことが言えたもんだ！」

あたしゃね、家を出てからこのかたずっと、親心が懐かしくてならなかったんです。とんでもない親不孝者だってことはわかってました。それをわからせてくれたのは、ほかでもない吉村先生だった。

あたしのおとっつぁんも、どこで何をしているかわからぬ倅の身の上を案じて嘆いているのかと思うとね、毎晩床につく前には必ず東のほうに向いて、手を合わせたもんです。

土方さんも源之丞さんも、あたしの言わんとすることは承知の上だったろうけど、あたしは子供の気持ちになって、心底そう思った。

吉村先生は立ち上がって、あたしの頰を平手で張りました。後にも先にも、殴られたのはその一度きりです。そして裸足のままあたしを屋敷から引きずり出しましてね、古い長屋門の外までぐんぐん引っぱって行って、がっしりと抱きしめてくれたんです。

「ありがとう」と一声言ったなり、吉村先生はちっちゃいあたしのうなじに、ぽたぽたと涙をこぼしましたっけ。

あたしはあの人の瘦せた肩に顎をのっけて、晴れ上がった冬空をぼんやりと見つめていました。

実のところ、あたしは吉村先生の身の上というのは、ほとんど知らなかった。いや、まったくと言ってもいいぐらいのもんです。

べつに吉村先生に限ったことじゃないよ。屯所の中でたがいの身の上話をするってことが、そもそもなかったから。そいつは言いっこなし、聞きっこなしってやつです。

なぜかって、そりゃあわかるでしょう。そう言っちゃ何だけど、まともな身の上の侍が、何をすき好んで新選組なんぞに入るもんかね。

きちんとした戸籍なんてない時代の話だから、名前だって経歴だって、どう言おうが勝手だった。でも、へたに見栄を張って何々藩脱藩なんて言うと、先輩の中に本物がいたり、後から本当にその藩の脱藩者が入ってこないとも限らない。実際に、そんなつまらんことがきっかけになった揉めごとなんかもありました。

あたしははなっから「御府内浪人」で通した。嘘じゃないものね、それなら。

侍ってのは見栄で生きてるようなものです。武士は食わねど高楊枝、っていうぐらい。誰しも憂国の士を気取らなけりゃならなかったんです。

あたしにしたって、生家は総州東金の商人です、なんて口がさけたって言いやしません。町人の出だっていうだけで安く見られるからね。

江戸にいた時分には、出自を訊かれると「福島藩板倉内膳正家来」ということにしていたんです。これは半分は嘘で半分は本当。

せんにもお話しした通り、東金は板倉様の三千石の飛地です。苗字帯刀御免の株をお代官様から二十五両でおっつけられたあたしの家は、板倉様の御家来といやあそんなもんでしょう。だけど家来らしいことは何ひとつしちゃいないんだから、やっぱり半分は嘘。

でも、格好はいいやね。三河以来の御譜代大名の家来。しかも板倉様は三万石の小さな殿様で、本物の御家来衆になんぞまず会うこともないんです。

新選組でそう名乗らずに「御府内浪人」と言ったわけは、万が一、国のおとっつぁんや御代官様に迷惑がかかっちゃいけないって思ったからで、実はあたしもそれくらい、新選組を信じちゃいなかったんですね。このあたりも商人の気性なんでしょうか、いいかげんなようで、変に用心深い。

余談ですけれど、御一新の戦じゃ板倉様はたいそう気の毒な目に遭ったそうで。奥羽越列藩同盟に加わって、小藩ながら白河や二本松の戦ではずいぶんな働きをなさったそうですが、福島城に官軍が迫ったところで降伏。罰として減封のうえ藩主隠居、おまけにもうひとつの飛地だった三河の重原というところに国替えになった。

幸いなことに、東金の飛地のほうにはたいしたお咎めがなかったんです。むろん領地は召し上げられて、御家来衆は重原に移りましたけど、おとっつぁんは商人だからお咎めなし。便利なもんですねえ、金上げ侍ってのは。その後、板倉様は明治の華族令で子爵に列せられましてね。板倉家っていうのは四つもあったんだけど、みんな子爵になったもんで、うちの御殿様は福島の板倉子爵って言わなけりゃわからない。重原じゃなくって福島ってのがいいですねえ。

そういやぁ、吉村先生は南部藩のご出身だったとか。あすこなんかは奥州のどん詰まりで、最後まで戦をしたから、さぞかしご沙汰は大変なものだったでしょう。脱藩なんかしなくたって、どのみち先生はご苦労をなすったってことですか。何ともまあ、八方ふさがりの人生だねえ。

さて、京にいた時分のことを、もうちょいと思い出してみましょう。

猫。そう、吉村先生が壬生のみよから貰ってきた、猫のみよのことです。

先生は遊び事が嫌いで諍い事も嫌い。そのかわり、子供が好きで犬や猫が好き。それだけでもどういう人柄なのか、およその察しはつきますわね。というわけで、猫のみよはそれこそ目に入れても痛くないほど可愛がっていた。

掌にのるくらいの、ほんのちっちゃな仔猫なんですがね。これがまた雪みたいに真白で、器量もいいけど頭もいい。「みよ」って呼ぶと、必ずニャアと返事をするんです。

吉村先生にはとてもよくなついていた。寝るのも一緒、ちょいと出掛けるときも懐の中、厠にまでちょこちょこと付いて行きましてね、いちど糞壺に落ちて大騒ぎになったこともありました。

飯だって先生と一緒に食うんです。箱膳の脇にちょこんと座ってね、感心なことに他のお膳には見向きもしない。一箸ごとに先生が掌にのせて差し出す飯や魚を、うまそうに食って、またじっと座って待っている。

あの人、躾が上手だったんですかね。言われてみればあたしだって、吉村先生にうまく躾けられたようなもんですけど。

「みよ」という名前は、べつに悪気があって付けたわけじゃありません。ほんの思いつき。壬生から引き取って屯所に帰るみちみち、みよから貰ったんだからみよでよかろう、ってことになった。

ある日、吉村先生が屯所の縁先で「みよ、みよ」と名を呼びながら猫と遊んでいたら、ちょうど廊下を土方さんが通りすがったんです。

立ち止まって、いやァな顔をしましたですよ。だって、土方さんが熱心に勧めてくれたみよとの縁談を、吉村先生が断わったあとだったから。

「吉村君」

と、土方さんはあの冷たい感じのする甲高い声で呼んだ。あの人、あんがい喜怒哀楽が顔に出るたちなんですね。その点、近藤勇はいつもむっつりとして物に動じぬふうがあったけれど、土方さんは機嫌のよしあしがわかりやすかった。

そのときも、いやァな顔をしたんです。怒っているわけじゃないんだろうけど、ともかく、いやァな顔です。

座敷にはあたしのほかに、何人かの若い隊士がいた。みんな土方さんの顔色をひとめ見て、横を向いちまいました。とばっちりは御免だからね。

「は。なにか」

と、吉村先生はみよを懐に抱いたまま振り返ったんです。とたんに土方さんは、畳を軋(きし)ませて縁側に出た。

「は、じゃねえだろう。何だい、その猫の名前は。みよってのか」

怒ってるんじゃなくって、つまり怒る気にもなれん、ってところでしょうか。あたしにはね、どちらかというと土方さんの気持ちのほうがわかった。

「おい。人を虚仮(こけ)にするのもたいがいにしろよ」

「は……どういうことでしょうか」

「どうもこうもあるめえ。まったく、何を考えていやがるんだ」

「屯所で猫を飼うのは、まずいでしょうか。いずれ鼠を捕(と)るように躾けようと思いますが、何ぶんまだこの通りの仔猫ゆえ」

「ああ、ああ」

と、土方さんは総髪の鬢を抱えてしまった。しばらく子供みたいに蹲って、どう言えばいいのかと言葉を探しているふうでした。

「あのなあ、吉村。君が心掛けのよい、正直な人間だってことは、誰よりも僕がわかっている。わかっているからこそ僕は、よかれと思って——ああ、面倒くせえ。まったく何て面倒くせえ野郎だ。おい、池田。おめえから言って聞かせてやれ」

土方さんはいきなり話の先をあたしに振って、いらいらと出て行っちまったんです。

わかりますですよ、土方さんの気持ちは。どういうふうに言い聞かせようとしたのかもね。

剣術の腕前がたしかで、学問もたいそうあって、心掛けがよくって、真正直で。でも、あんまり心掛けがよすぎる。正直すぎる。

物事にはたいがいってことがありますでしょう。たいがいを越えればあなた、ただの非常識です。十八、九のあたしだって、そのたいがいの按配(あんばい)ってのは心得てました。

だからそのときもね、狐につままれたような顔をしている吉村先生に、あたしが言って聞かせたんです。かくかくしかじか、猫を「みよ、みよ」と呼ぶのは、縁談に心を摧いてくれた土方先生を虚仮にしているのと同じことだから、名前を変えましょう、って。

そしたら、吉村先生はとても困った顔をして、こう言ったんです。

「しかし池田君。この猫はみよという名をとうに覚えているんですよ。今さら人間の都合で名を変えるというのは、猫の身になってみればひどい話です。そうは思いませんか」

「わかります。おっしゃることは、よおくわかります。しかし先生、考えてもごらん下さい。僕はただいま池田七三郎と名乗っておりますが、親からいただいた実の名は稗田利八と申します」

「それがどうかしましたか。親からいただいた名を勝手に変えるというのは、あまりいいことだとは思えませんが」

「いえ、改名には理由があります。この乱世にあっては、尽忠報国の信念を貫かんとして賊名を蒙ることもままありましょう。そうしたとき、国元の親類縁者に累が及ばぬよう、やむなく変名を用いているのです」

「言わんとするところがよくわかりません。それが猫の名と、どう関わりがあるのですか」

「ですから――そういうご時世なのです。あらぬ誤解を避けるために、かつ人と人との和を貴ばんがために、名を変えるのはけだし肝要なことなのです。人が名を変えねばならぬ世の中で、猫の名を変えることにいかほどの不都合がありましょうや」

吉村先生は懐に抱いた猫をじっと見つめたまま、長いこと考えこんでいた。いったいに物事を熟考するたちの人ではありましたが、そのときの表情はことさら深慮を感じさせたものです。

「その件につきましては——」

と、先生はいかにも長考の末の決心という感じで言った。

「ただいまかえすがえす、おのおのの利得を考えましたが、いかに土方先生にご不興ありとはいえ、承服いたしかねます。ただし今後は、人前にて猫の名を呼ぶことは心して差し控えましょう」

心掛けがよく、真正直なうえにもうひとつ、吉村先生はたいそう剛直な人でした。いっけん柔和かつ温厚で、偉ぶったところはかけらもない。しかし、こうと決めたら頑として譲らぬ負けじ魂を持っていた。いわば鉄の芯金を真綿でくるんだような人でございましたねえ。

そういう吉村先生の性格を一等愛していたのは、土方さんですよ。だから世の中の先行きが怪しくなったあのころに、入婿の先をめっけてまで吉村先生を逃がそうとした。あたしにはどうしても、そんな気がしてならないんです。

　こいつだけは殺しちゃならねえって、土方歳三は考えていたんだと思います。吉村先生は侍に憧れていたあたしらみんなの、憧れそのものだったからね。長い武士の世の中が続くうちに、侍の体にべたべたとまとわりついてきた嘘や飾りを、きれいに取っ払っちまえば、侍はああいう姿になるんです。

　あたしはずっと後になってそう考えついたんだけれど、頭のいい土方さんはあのときとうに気付いていた。土方さんは、そんなあの人のことが大好きだったんです。

　新選組が醒ヶ井の屯所を出て、二条城に入ったのは師走もなかばのことでした。いよいよ王政復古の大号令が渙発されて、二条城にいた徳川将軍が大坂城に下ったのでね、あたしら新選組が御城のお留守番てわけです。

　あのころは日ましに旗色が悪くなって行くのが感じられました。大政奉還、王政復古、守護職や所司代の解任、将軍の退去。薩長の力がぐんぐん大きくなって、一歩ずつ追い詰められていくような気がしてました。

　屯所を出るとき、何となくもうここには戻れないだろうと思った。幕府の勢力が京から追い落とされれば、新選組が市中の警備をすることもなくなるわけですから。

　屯所の庭に真白な霜の降りた朝早く、あたしらは一番隊から順に隊伍を組んで二条城へ向かったんです。沖田総司は相変わらず寝たきりでしたから、一番隊は二番隊長の永倉新八が指揮をしていました。

隊士たちの間には、いろんな噂が飛びかっていた。二条城に立て籠って薩長と一戦まじえるんじゃないか、とか、将軍様が江戸に戻って軍勢を整えるまで、新選組が二条城に踏ん張って時を稼ぐんだ、とかね。

そんなこと、あたしらがあれこれ考えたって仕様がありませんやね。正直のところ、もうどうにでもなれってなもんです。

屯所は雨戸を閉てきって、外側から板を打ちつけました。そのことひとつにしたって、もうここに戻ることはないって言ってるようなもんです。

隊列が進み始めたとき、吉村先生の姿が見当たらなかった。あたしは気にかかって、門のあたりから槍を担いだまま駆け戻ったんです。

庭を抜けて裏の井戸端まで行くと、板を打ちつけて封印された勝手口の外にね、ぼんやりと蹲る吉村先生が見えたんです。

呼びかけようとした声が、白い息になっちまった。

あの人、膝を合わせて屈みこんだまま、仔猫を抱きしめていたんです。引戸の前にはてんこ盛りの飯が置いてあって、飯茶椀は吉村先生のものだった。

「なあ、みよ」

先生が力なく呼びかけると、猫のみよはニャアと答えました。

「わかってくれまいか。御城におまえを連れて行くわけにはいかないのだ。かといって、今さら壬生に返すわけにもいかぬ。なあ、みよ。わかってくれまいか」

あの人、泣いていたんです。嘘じゃないよ。浅葱色の隊服の肩をぶるぶる震わせてね、猫に頬ずりをしながら泣いていたんです。

「薩摩の侍はな、鉄砲も大砲も、たくさん持っているのだよ。もしかしたら大変な戦になるかもしれない。たとえみんなが笑って許しても、僕はおまえをそんなところに連れて行くわけにはいかない。わかってくれまいか」

あたしはそのとき、妙なことを考えたんです。

もしや先生は、あのみよという娘のことを好いていたんじゃあないかって。

考えすぎかもしれない。でもあたしには吉村先生の声が、そう言ってみよを諭しているように聞こえた。

「この朝飯が、僕のおまえにしてやれる最後のつとめだ。あとは、ひとりで生きて行け」

もっとも、そのときの先生の言葉は強い南部訛でしたから、それほどよく聞きとれはしなかった。でもおそらく、まちがいはない。心が伝わりましたから。

あたしはそろそろと庭まで後ずさって、見えぬ場所から先生の名を呼びました。

出発です、と叫んだ一言が、唇の裂けるほどつらかった。

勇んで入城した二条城に、あたしら新選組は二晩しかいられなかったんです。二条城といえば、京における幕府の根城ですよ。そこを守備するっていうのはそれこそ身の引き締まるようなお役目だった。ところが醒ヶ井の屯所から整斉たる隊伍を組み、戦ぞなえも物々しく入城したとたん、考えもしなかった揉めごとが起こったんです。

御城にはあたしらより先に水戸藩の連中が入っておりましてね。そりゃあ水戸藩といえば天下の御三家、三十五万石の大大名ですから何たって藩士たちは様子がいい。ひとりひとりの身なりから顔かたちから、居ずまいたたずまいまで、あたしらとはえらい違いですわ。

そいつらがね、勇躍馳せ参じたあたしらのことを、何となく白い目で睨むんです。貴公ら何をしにきた、ってなふうに。

あたしはそのとき、近藤局長付の近習を申しつかっていたんです。で、局長が水戸藩のお偉方に到着の挨拶に行くときもくっついていった。いやはや、すごい御殿でしたねえ。まるでてめえが、廊下をちょろちょろする鼠にでもなっちまった気分でした。

今でこそすっかり悪党の親玉にされちまっているけど、近藤勇って人はたいした人でしたよ。何がたいしたものかって、物に動じぬ胆力があった。

あのころはせいぜい、三十四か五でしょう。昔は年齢で人の値打ちを計るわけじゃなかったけれど、それにしたって一回りも上に見えるくらいの貫禄だった。生まれが多摩の百姓だなんて、とても信じられなかった。

二条城の大廊下を奥に向かって歩くときも、まず頭が動かない。腰がでんと据っていて、いかにも剣の達人という感じの、やや内股の擦り足で歩く。刺客が十人ぐらいいっぺんに躍りかかってきたって、バッタバッタと斬り倒しちまっただろうね。そのくらい隙のない人でしたよ。

がっしりと幅の広い、そのくせ少し撫で肩の背中を追って歩きながら、ああこの人はやっぱり沖田総司や永倉新八の先生なんだって、しみじみ思ったものです。

奥まった座敷に、水戸藩のそれはそれは偉そうなお侍が三人、火鉢を囲んでいた。みな近藤勇とは面識がないようでした。

座敷に入ると局長は、すっと三人の前に座った。相手はひとめ見て千石取りの高士だが、局長は偉いもんです。挨拶っていったって手もつかない、つむじも見せない。御三家が何だ、俺は幕臣だという気概が感じられました。

「それがしは新選組局長、近藤勇と申す者にござる。こたびは二条城御留守居役の大任、貴藩に命ぜられ、さだめし御本懐の至りにござりましょう。それがしも御守衛役を仰せ付けられし身なれば、爾後よろしく御同心くだされ」

水戸藩士たちはびっくりした様子で、返す挨拶もなかった。そりゃあそうでしょうよ、顔こそ合わせたことはないけれども、噂に高いあの近藤勇がふいにやってきたってんですから。

ちょっと待て、というふうに侍のひとりが手をかざして言った。

「二条城の留守は、それがしが大樹公よりじきじきに仰せ付けられたが、他に御守衛の人がおるとは聞いておらぬ。ご加勢ならば申し及ばず。ご遠慮下され」

控えの間で様子を窺いながら、ははあ何か行き違いがあったのだなとあたしは思いました。

なにせあの数日、京はごちゃごちゃだったんです。守護職の会津様と所司代の桑名様が突然解任されて、二条城にいた将軍様と一緒に大坂へと下っちまった。いや正しくは前将軍、ですか。もう大政は奉還しちまってるんだから。

王政復古の大号令が出たとたん、ともかくさっさと京を出なけりゃならないことになって、とりあえず二条城の留守は御実家である水戸藩に任せたってところでしょうか。

加勢に及ばずと言われて、局長はムッとしたみたいでした。そりゃあもう、廊下で聞いていたって思わず腰が浮いちまうような、おっかない大声でしたよ。

「これはしたり！　それがしは御老中の命により馳せ参じたのでござる。畏れながら大樹公と御老中との間に何がしかの行き違いがあったのでござろうが、それはともかく、言下にわれらが加勢を不要と仰せられるは、いかなるご所存か」

水戸のお偉方はすっかり気圧（けお）されて、黙っちまいましたよ。あたしとしては咽（のど）のつかえがおりたみたいで気持ちがよかったけれど、じきにまたいやな気分になった。笑いかけて笑いきれなかったんです。

何となく裏が読めたからね。水戸藩にしてみりゃ、新選組だけはまずかったんですよ。将軍様はごたごたしたくないから、薩長の恨みを買っている会津と桑名の殿様を連れて大坂に下った。で、一等あたりさわりのない、しかも自分の言うことを聞く水戸の藩兵を二条城に残したってわけ。ところがどうした行き違いか、御老中は新選組に二条城の守備を命令しちまった。

どうしてこんなことになったんだろうって、あたしはとっさに考えたんです。

答えはひとつ。幕府は新選組の処置に困っていた。新選組が薩長から買っている恨みは、会津や桑名の比じゃありません。志士たちを片ッ端から叩き斬った、最前線の斬り込み隊なんだから。

大政奉還をして、すっかり神妙になっちまってる慶喜公とは、まさか一緒にいさせるわけにはいかない。かといって、屯所にほっぽらかしておいたら、またぞろどんな騒ぎを起こさないとも限らない。なにせこの一月たらずの間に、油小路の騒動、天満屋の騒動、龍馬を斬ったのも新選組のしわざってことになってるんです。とりあえず二条城にでもとじこめておくほかはあるまい、と御老中は考えたにちがいない。

というわけで、前将軍じきじきの命令で水戸藩が守っていた二条城に、戦ぞなえも物々しい新選組が、御老中の命を受けてやってきちまったんです。

近藤局長はいよいよ語気を強めて、まるで水戸の重臣たちを叱りつけるように言った。

「そもそも二条城の御留守居役は、公辺の安危にかかわる重任ではござらぬのか。されば固きが上にも固く守るのが、当然の次第にござろう」

なるほど、と思いましたですよ。水戸の連中は、もう徳川の時代は終わっちまった気でいる。だけど局長はそうじゃなかった。「公辺の安危」というのはつまり、徳川幕府の安危のことです。京の根城たる二条城はどんなことがあっても守り抜かねばならない。ここを薩長に奪われるようなら、いずれ江戸城を明け渡すことにもなりかねぬ。御三家たる水戸が、そのくらいのこともわからぬのか、と近藤さんは叱咤したのです。

するると、重臣のひとりが肚を据えて言い返した。

「大樹公よりじきじきに城をお預かりいたしたからには、弊藩は弊藩だけの力を以て守備をいたす。なおかつ、思う仔細もござれば、そこもとらはすみやかにご出城されたい」

「思う仔細とは、何でござるか」

と、局長は怒りを押しとどめて訊ねました。

「言わずともわかるであろう。そこもとらがさる文久の年以来、京師にていたしたことを思い返してみるがよい」

局長の耐え難い怒りが、襖ごしに伝わってくるようでございましたよ。

見捨てられたのだと、局長は思ったにちがいありません。そしてたぶん、こうも思った。百姓だから見捨てられたのだ、と。いつだってそうだった。侍は自分が生き永らえるために、いつも百姓を殺してきたのだと。

睨み合ううちに、局長の不穏な息づかいが聴こえてきたんです。それは、言うに尽くせぬ百千の恨みを嚙みつぶした、荒々しい息だった。

（勝手なことばかり言いやがって。おめえらが徳川の世を守るために、いってえ何をしたってえんだ。俺は多摩の天領の生まれだから、徳川のために命を張った。だのにおめえらは何をした。水戸からやってきた腰抜けの将軍とおめえらとで、命惜

しさにとっとと手じまいか）

　きっとそんな言葉を嚙み殺していたにちがいない。

　何だか今にも局長が三人をぶった斬っちまいそうな気がいたしましてね、あたしは襖を開けて、「近藤先生」と呼んだ。

　いいえ、諫めようとしたわけじゃありません。あたしはそんなことのできる立場じゃないし、またそれだけの肚もない。襖を開けたときにはね、刀の鯉口を切ってたんです。もし局長が堪忍ならずに刀を抜いたなら、あたしだってやってやろうと思って。

　考えてみりゃ、それも悪かなかったね。水戸の重臣どもを叩っ斬って、新選組が二条城に立て籠るっての。徳川のためにじゃないよ。長いことしいたげられてきた百姓と町人と足軽侍が、手前勝手な天下を向こうに回して、ひと戦するんだ。

　もういっぺんやり直せるんなら、あたしはそれがいい。

　結局、近藤先生は席を蹴って座敷から出て行っちまいました。

　その日、もうひとつ妙な命令が届いたんです。新選組は新遊撃隊御雇とかいうのになれ、っての。

　ひどい話だねえ。悪名高き新選組の名も、今後は使っちゃならないってわけです。

できれば解散させたいってのが、御老中や御目付役の本音だったんじゃないでしょうか。

この件は局長みずから、断固として拒否しました。命令を拒むってのは大変なことですけど、このころになると上のほうも弱腰だし、逆に局長は開き直っていたんでしょう。

屯所を閉めて二条城に行け。行ったところが、すぐに出てけ。おまけに新選組という名は使うな。つまり十二月九日に王政復古の大号令が発せられてからというもの、旧幕府はすっかり浮き足立っちまって、言ってることもやってることも、もうめちゃくちゃなんです。

こうなるとあたしたちは、先行きどうなるものかわかったもんじゃない。

二条城の中で全員に思いもかけぬお手当が支給されたのも、たしかこの日のうちだったと思います。勘定方がどこから運んできたものか、木箱にぎっしりと詰まった二分金をいいかげんに箕（み）で計って、全員に分配したんです。おそらく蓄えてあった軍費を、もはやこれまでというぐらいのつもりで、みんなに分けちまったんでしょう。

あたしら若い者にとっちゃ、それまで手にしたこともない大金でした。まさかそんな金を懐に入れたまま戦争をするわけにもいきませんし、古い隊士の人たちはそれぞれ市中の知り合いに托したり、なじみの芸者やお女郎にこっそりくれてやったりしたようですけれど、あたしらはいったいどうしてよいものかもわからない。

そこで、何人かと連れだって堀川の定飛脚に駆けこみましてね、ともかく手紙も添えずに国へと送っちまった。長いこと行方知れずの倅が大金を送ってよこすなんて、受け取ったほうにしてみりゃよっぽど薄気味悪い話でしょうが、見ず知らずの人にくれてやるよりはましだろうと思いましたから。

のちになっておとっつぁんが言ってたんですがね、東金の家でその金を飛脚から受け取ったとき、ああこれは利八のお命代だと、はっきり悟ったんだそうです。大金には違いないけれど、裕福な商家だから、おとっつぁんにしてみればたかが知れたものだったでしょう。だが、おとっつぁんは油紙でくるんだ巾着を受け取ったとたん呆けちまった。家の者や番頭たちが宥めてもすかしても、日が昏れてあたりが真暗になるまで、お店の外にぼんやりとつっ立ってたそうです。で、ようやく晩になって家に入るなり、忘れていた古い掛取りがついたと、家の者には言ったんですって。

この話は、おとっつぁんが死んじまったあとで、妹から聞きました。

そう――このお手当の件についちゃあ、たいそう哀れな話をひとつ思い出しました。短気者で、二言目には「斬れ、斬れ」とわめきちらす、原田左之助のことですよ。

原田は西洋の彫像みたいな顔をした好い男でしたけれど、女遊びというもののできないたちで、本願寺筋にちゃんとした所帯を持っていたんです。奥方は仏光寺あたりの苗字帯刀を許された町人の娘で、あたしも何度か見かけたことがあるんですけれど、とても品のよい、美しい人でした。

お命代のお手当を渡された晩、原田はひどく憔悴して高下駄をがらがらと曳きながら城に戻ってきた。

仲のよかった永倉新八が心配して、どうしたんだと訊ねますと、原田はためらいがちにぼそりと言ったんです。

「もういつ生まれるかもわからないのだが――」

さすがの永倉も慰める言葉が見つからないというふうで、それきり二人して黙りこくったまま、じっと夜空を見上げておりましたっけ。

あたしらには知らされていなかったんですけど、翌る朝には京を出るってことが決まっていたんです。

原田にはすでに男の子が一人いて、二人目がじきに生まれるところだったんですね。柄に似合わぬ子煩悩で、よく屯所に子供を連れてきては、隊士たちに見せびらかしていたものでした。

その夜、お命代を持って家に戻った原田左之助が、いったい女房子供とどんな別れをしたのか――考えただけでも胸が詰まりますな。

さて、吉村先生はといいますと、その日は勘定方にまじって手当の分配に大忙しだった。何しろお金の扱いについては、土方歳三から一等信用されていたんです。あたしら若い隊士たちに、この金は必ず今日中に国へ送れと、堀川の飛脚屋を教えてくれたのも吉村先生でした。

そのほかにも行軍の仕度をしたり、炊き出しを賄方に頼みに行ったり、外出者の名簿を作ったりと、てんてこまいの忙しさだったと思います。何をやらせてもまちがいのない人だったから、自然と仕事が増えちまったんでしょう。

その晩、あたしたちは城内の広い座敷に掻巻をかぶって雑魚寝したんですけれど、吉村先生は夜の更けるまで付書院に行灯をともして、帳面をつけていました。

お金、ですか。

やはりそのことも、お話ししなけりゃなりますまいねえ。

正直のところ辛いんですよ。吉村先生がご自分のお手当をどうしたのかってこと。今さら思い出したくもないんですがね。

あの日、吉村先生は忙しくって、とても城の外に出ることなどできなかったんです。あたしだって気になってはいたんですけど、てめえのことで手一杯だったし。それにあの人、まちがったって他人にお金を預けたりはしません。大金ならばなおさらのことです。

でも、最後のお給金はちゃんと国元に送りましたですよ。辛い話だけど、せいぜい思い出してみましょうか。

翌る朝はあいにくの雨模様でした。

十二月の十四日、でしたでしょうか。今の暦に直せば正月七草のころに当たるんでしょうから、そりゃあ寒かった。いっそ雪に変わってくれたほうが始末がいいなんて、みんなで言い合ったもんです。

朝早く、まだ明けやらぬ時刻に戦ぞなえで二の丸御殿の前に整列しましてね。大粒の雨がざんざん降っているのに、笠や簑は誰もかぶっちゃいませんでした。こちとらもう城を出たとたんにひと戦するつもりだから、そんなものはいらないってわけです。

白羅紗の陣羽織を着た近藤局長が、これより大樹公と会津公のおわす大坂城に向かう、というような演説をしました。もちろんそんな命令はどこからもきちゃいなかったと思いますよ。でも、あたしらにはもう居場所がないんです。あっちへは行くな、こっちにも行くな、おまけにここに居ちゃいかんというわけで、ならばわれらは幕臣だし、長いこと守護職会津公の手下でもあったのだから、将軍と会津公のいる大坂城に向かうのが筋、ってことだったんでしょう。

いざ出発という段になって、今度は幕府のお偉方が何人か駆けつけてきた。大坂に行ってはならん、とりあえず伏見の奉行所に入れと言う。それはいったい誰の命令かと土方歳三が訊ねると、答えは曖昧なんです。

大坂城にいる会津の藩兵たちが、一方的な恭順を不満として騒ぎ始めているらしい。そんなところに新選組が行けば、火に油を注ぐようなものだから、ともかく伏見奉行所で足止めしておこうという魂胆らしいんです。

もう貴公らの命令には従わん、と土方歳三。そりゃそうです、二条城での水戸藩とのごたごたは、そもそも幕閣の命令がいいかげんだったからだ。

すると土方の剣幕に幕府の重臣たちはしどろもどろになりましてね、いやこれは命令ではない、いらぬ騒動を起こさぬためにもそうするのが最善の策であろう、と答えた。

土方さん、相当に怒ってましたよ。ばかやろうって、幕府の役人を頭ごなしに怒鳴りつけていました。このざまァ何だ、公儀の二条城をおめおめと明け渡すつもりか、おめえら何代も徳川の禄を食んできた旗本だろうが、ってね。

結局、大坂城に入らなければよかろうってことになって、あたしらは多少の縁があった大坂の天満天神に向けて出発したんです。

あたしら新選組も、大坂城で気勢を上げていた会津や桑名の藩兵たちも、べつに佐幕佐幕とわけのわからぬ駄々をこねていたわけじゃありません。大政奉還、王政復古、そこまではご時勢なんだから仕方がない。でも辞官納地ってのはいけませんや。

官位を辞し、領地を朝廷にお返ししろって簡単に言うけれど、家来たちはどうなるってんです。あたしら幕臣も、会津桑名の藩士もそのとたんにお払い箱ってわけでしょう。これはあなた、今でいやあさしずめ正当な労働争議ですよ。

武士の面目のためにひと戦なんて、実は誰も考えてはいなかったんじゃないでしょうか。きちんとした説明があれば、少なくとも鳥羽伏見の戦は避けられたと思います。いずれにせよひたすら畏れ入るばかりで、さしあたっての肝心な交渉事を何もできなかった最後の将軍は、あまり頭のいい人じゃあなかったね。

あたしァ商売人だから、そこんところははっきりと言えます。お店がにっちもさっちもいかなくなっていよいよつぶれちまうってとき、借金取りにぺこぺこ頭を下げるだけの店主なんて下の下だ。旦那と呼ばれた人間なら、何はさておき使用人たちの身が立つようにしなきゃ。それが手じまい店じまいってもんです。

さて、篠(しの)つく雨の中を東大手から堀川の通りに出ますと、向こっかしは越前松平様、酒井様、土井様という親藩譜代のお屋敷が軒を並べていて、戦ぞなえでぞろぞろ出て行くあたしらを、大勢の侍たちが見物している。幕府のお偉方が駆けつけてきたのも当たり前ですわ。

みんなのんびりと蛇の目なんかさしててね、あたしらのことを、何だこいつら、って顔で見てやがるんです。

何だこいつら、ってのはこっちのせりふです。親藩譜代の侍たちが、主家の危急をどうして他人事みたいに傍観していられるのかって、ふしぎでならなかった。侍なんて、いざとなりゃそんなものです。満足におまんまを食っているやつってのはね、てめえのことしか考えないんですよ。

その点あたしらは、食いつめた足軽と俄侍の寄り集まりだから、かえって自分たちのやらなきゃならないことを知っていた。

それに、てめえのことを考えようにも、御一新のどさくさで引っこみがつかなくなっていたんです。守護職の会津様。所司代の桑名様。見廻組。新選組。時代の矢面に立ったあたしらを残して、他の侍たちはみんな舞台を降りちまった。しまいには立役者の将軍様や幕閣まで、降りちまったんです。

おまえら、まだそんなことやってるのか。やめとけ、やめとけ。

堀川の向こうからあたしらを物珍しげに見る侍たちが、そう言っているように思えました。

悔しかったですよ、そりゃあ。だって新選組は文久の年から五年も頑張ってね、あたしなんかはみそっかすみたいなものだけど、先輩方の苦労はわかっていましたから。

会津も桑名も将軍様と一緒に大坂に落ちて、あとはあたしらさえいなくなれば厄介払いはおしまいってところでしょうか。

悔しくって情けなくって、泣きたい気分だった。子供のころからずっと二本差しの侍に憧れて、あげくの果てがこのざまです。思いはたぶん、みんな同じだったでしょう。

隊列のうしろから、原田左之助がずぶ濡れになって走ってきた。

「頭を上げろ！　槍を立てろ！　しっかり歩け！」

いい声でした。そうだ、俺たちだけが侍なんだって思ったもの。

とたんに、先頭を進んでいた隊旗がぐいっと上がってね、赤地に白で染め抜いた誠一字が、雨の中に高々と翻ったんです。あたしも思わず担いでいた槍を立てて、胸を張りました。

隊列が堀川の大通りを避けて右に曲がり、東町奉行所の手前から大宮通を下ったのは、京雀たちの見世物になりたくなかったからでしょう。大宮通は二条城から本圀寺、西本願寺の裏を抜けて東寺の先まで、ずっとお寺さんばかりだから人目につきにくいんです。

しばらく歩いて、四条通を過ぎ、綾小路大宮の辻にさしかかったころでした。壬生の人たちがあたしらを見送りに出ていてくれたんです。

そこはせんにもお話ししましたように、あたしらが非番の日に屯所から壬生に通った道筋でしたから、なじみが深かった。とっつきには北側に西方寺、南側に浄土院という小さなお寺さんがあって、その先は壬生村まで続く寺町です。

壬生住人士のお家の人たち、近所の商家の人々やお百姓、みんなして大雨の中を朝早くからやってきて、あたしらを待っていてくれたんです。隊列がさしかかると、見送りの人たちが四方から駆け集まってきましたから、たぶんあたしたちがやってきそうなあちこちの辻に、物見を立てていたのじゃないでしょうか。

八木源之丞さんが見当ちがいの堀川通のほうから走ってきたのは、ちょうど隊列のなかば、近藤局長の馬が辻にさしかかったころでした。

源之丞さんは息をあらげて駆けつけるなり、見送りの衆に向かって言った。

「天下の壮士のお通りや、壬生義士のご出陣やで。わしらも雨に濡れてお送りせな、申しわけないやろ」

源之丞さんが笠と簑とを引きちぎるように脱ぐと、沿道の人々もみな同じように笠を脱ぎ、蛇の目を畳んで雨に濡れ始めたんです。

「なにぶん急なご出立やさけ、炊き出しもようでけません。どなたさんも、せえだいお気張りやっしゃ」

近藤局長は馬上で頭を下げたなり、黙って通り過ぎてしまいました。

あれっ、と思いましたけど、のちのち考えてそのときの局長の気持ちがわかった。返す言葉が思いつかなかったんですよ。

ある日突然、屋敷を占領しちまって、酒も飯も徴発するわ、しまいには血の雨まで降らす乱暴狼藉。でも壬生の人たちはみな、あたしたちの親がわりになってくれたんです。

いずれ薩長の天下がきたら、この人たちはいったいどんな仕打ちを受けるんだろうと思いました。詮議されて、牢屋に放りこまれるかもしれない。源之丞さんなど、首を斬られて家を取り潰されたって文句を言えないほどの、新選組の後援者じゃないですか。

そんな人たちから心のこもった見送りを受けて、局長は穴があったら入りたいような気持ちだったと思います。

人々は見知った隊士を見つけては、励ましの声をかけてくれました。

「七三（しちざ）さん、気張っておくれやっしゃ」

八木さんちの小作のお百姓がね、水たまりの道を裸足で追いながら、大声でそう言ってくれるんです。その声であたしがどれほど奮い立ったかわかりますか。だって、あたしらはこの人たちのために戦うんだって思ったもの。侍っていうのは、女子供や貧しい人たちを守るために命を捨てるんだって、はっきり思ったからね。

壬生の子供らは、親たちが止めるのも聞かず吉村先生にまとわりつきました。先生は子供らが口々にもてはやす戦装束をまるで恥じ入るみたいに、背を丸めて歩きながらひとりひとりの頭を撫でていた。

学問をしろよと、そればかり言っていたような気がします。

辻を過ぎて、見送りの声もようやく遠ざかった寺の門前に、みよがいたんです。雨に濡れて、凍えた指先に息を吐きかけながら、隊列に目をこらしていた。

吉村先生の姿を認めたとたん、みよは怖いものでも見たみたいに、顔を両掌で被って蹲っちまった。

「先生、何とか言ってやって下さい」

と、あたしは黙って通り過ぎようとする吉村先生の袖を引いた。

「あんまり切ないじゃないですか。先生はどうか知らないけど、みよにとっちゃ後生が悪すぎます」

しばらく歩いてから、吉村先生は隊列を脱けて引き返しました。あたしも立ち止まって、二人のやりとりを遠目に見ていたんです。あの娘には、あたしもちょいと心残りがあったもんでね。きれいな横顔を瞼に灼きつけておこう、なんて。

破れ寺の門の庇から流れ落ちる雨が、蹲ったみよのうなじや肩を濡らしていました。そんなことだってお構いなしに、みよは子供みたいに両掌の甲を目に当てて、泣いてるんです。いえ、子供みたいにじゃなくって、まだ子供なんだなあとあたしは思った。かけがえのない大切なものが、どこか手の届かぬところへ行ってしまう。惚れたはれたとか、出会いとか別れとか、そういうこともよくわかっちゃいない。一生ともにいたいと思ったほど大好きな人が、どこかに消えてしまう。そういう悲しみ方だったような気がします。

吉村先生は切なさで顔も上げられぬみよと膝を合わせるようにして、何かを話しかけていた。みよはかぶりを振ったり、肯いたりしているだけでした。

そのうち、吉村先生が懐の中から、ずっしりと重そうな巾着を取り出して、みよの手に握らせたんです。

ああ先生は、お命代をみよにあげたんだな、と思った。

ところが、そうじゃなかった。

先生はみよの乱れた髪を撫でつけてやって、思い切ったように立ち上がると隊列に戻ってきた。

「よかった。屯所に残してきた猫のことが、どうとも気にかかって仕方なかったんです。みよが探して引き取ってくれる」

「ああそうですか。いや、そんなことはどうでもいい。先生はお金をみよに——」

「ええ。どうしたものかとずっと考えていたのですが、幸いみよに托することができました」

一瞬、ぎくりとしましたですよ。まさかと思ったから。

「……托した、とは」

「ですから、三条室町の鍵屋を知っているかと訊ねたら、知っているというのでね。あの娘は両替屋に奉公しているからお店はよく知っているのです。あの娘なら安心もできる」

ばか、とあたしは思わず言っちまいました。だって、ばかでしょうよ。ばか。世間知らず。破廉恥。出稼ぎ浪人。南部の田舎侍。まさかそこまでは言わないけど、胸の中じゃあの人がつねづね言われている蔭口を、片っ端から呟いてました。

「ばか、ですか……」

「切なすぎますよ、先生。素通りしたほうがまだましってもんです」

「妙案ではありませんか」

「何がァ」

と、あたしは歩きながら食ってかかった。惚れた女をないがしろにされたっていう憤りが、あたしにはあったんです。

まあまあ、と先生はあたしを宥めた。

「このままじゃ後生が悪いと君が言ってくれたので、思いついたのです。どう言い含めたところであの娘の慰めにはなりますまい。男にとって妻や子がどういうものなのか、きっとわかったと思います。一番後生がいいはずです。ちがいますか」

そうかもしれないね。妙案にはちがいありませんよ。でもあたしは、そのときのみよの気持ちを考えると、今でも切なくてならない。捨てられるばかりじゃなくって、惚れた男のお命代を国の女房殿に送るってもの。

またしばらく仏頂面で歩いてから、吉村先生はぽつりと言った。

「切ないのは、僕も同じですが……」

振り返ると、みよは雨の中に立って、じっと隊列を見送っていました。

あたしはね、とうとうみよに胸のうちを伝えずじまいだったけど、口に出さなかったぶんだけ勇気はいただきましたですよ。それからの戦場では、生き残っていつか迎えに行くんだと決めていましたから。

こんな顔になっちゃ、まさかその気もなくなりましたけど。

壬生の人たちの声は、雨の中で姿の見えなくなったずっと先まで、あたしらの耳に聴こえていました。まるで芝居の大向こうから降り落ちてくる、いさぎよい掛け声みたいに。

年かさの井上源三郎が歩きながら隊列の脇に出てやおら刀を抜き、「エイッ、エイッ、オウッ！」と勝鬨をあげました。みんな拳を振り上げ、槍を立てて声を揃えた。おとなしくってやさしい大先輩の源さんは、義士と呼ばれたことがよほど嬉しかったんだと思います。だから忠臣蔵の幕引きを気取って、勝鬨をあげた。舞台は雪晴れの朝じゃなかったけどね。

明日の自分、あさっての自分が何ひとつ考えられなかった。

こうしてあたしらは、天下のみなしごになりました。

――ああ、それにしてもお天道様ってのは、まったく有難いもんだ。

目をつむって、お顔を向けてごらんなさいまし。ほらね、こうすると瞼の裏が鴇色に明るんで、えぐり取られた片方の目の奥だって、あったかくなるんです。

省線で会社に通って、日がなコンクリのビルヂングの中でお仕事をなすっている今の若い人には、お天道様の有難味はわかりますまい。

　このごろになってようやく気付いたんですがね、人の世の幸不幸なんていうのは、みんなお天道様次第なんですよ。

お天道様が照って、たまにころあいのお湿りがあれば、お米（よね）はたんとできます。豊作ならば、たとえ四公六民の年貢が五公五民だって、お百姓はお米が食える。相場も下がって、あたしらも腹一杯のお米が食べられるってわけです。

だから、お天道様の機嫌のいい年は世の中も平穏無事。そうでないときはいろんな事件が起こったり、戦になったりします。

五十年前の悪い時代にはね、お天道様がずっとそっぽうを向いていたような気がする。毎年毎年へんてこな気候で、そのどん詰まりの御一新の冬なんかあなた、ろくすっぽ日なたぼっこもできない日が続いたんです。

あたしの話を思い返してみて下さいな。斎藤一が屯所の勝手口にひょっこり姿を現わした日も雪。油小路の騒動は、流れる血もたちまち凍っちまうぐらいの寒い晩だった。

　二条城を出て大坂に落ちた日は雨。天満天神にたどり着いた晩は季節はずれの雷が鳴った。伏見の奉行所まで引き返せと言われて、また雨の中を歩いた。京を出たのが十二月の十四日で、伏見奉行所に入ったのはその翌々日。ずうっと雨でした。鳥羽伏見の戦争が始まったのは正月の三日です。四日の朝は三間先も見えぬほどの霧で、それを吹き飛ばしたのは横なぐりの大風。たくさんの隊士が討死した淀千両松の戦は、雪嵐の中ですわ。さんざんに敗けて、てんでんばらばら大坂まで落ちた晩も、やっぱり小雪が舞っていた。

そんな具合に、あのころはずっとお天道様のご機嫌が悪かったんです。だから、鳥羽伏見から箱館まで一年半も、悪い戦が続いちまった。

話し合っておさまらぬことなんて、何もなかったと思いますがね。坂本龍馬の描いた絵図の通りにことを運べば、血の一滴も流さずにすんだんです。でもお天気が悪いと人の心も荒れちまうから、戦をしなけりゃ気がすまない。侍はいろいろと理屈をこねるけど、そんなものはみんなお題目みたいなもので、すべてはお天道様のいたずらです。

どうです。いかにも能天気なあたしらしいけど、あんがいいい考え方だと思いませんか。なんだってお天道様のせいにしちまえば、恨みつらみもなくなるし、悪い夢だって見なくなる。明日からの商売にも身が入るってもんです。

近藤局長が御陵衛士（ごりょうえじ）の残党に鉄砲で撃たれて大怪我をしたのは、新選組が伏見奉行所に入ってからじきのことでした。

　今の時刻でいう午後の三時か四時ごろでしたでしょうか、その日あたしは非番で、何をするでもなく奉行所の門の外に立っていたんです。おそらく久しぶりに雨が上がったので、ぼんやりと冬の弱日でも浴びていたんでしょう。伏見奉行所は町から緩い坂道を上がった、陽当たりのよい丘の上にありましたから。

　陽が傾いて肌寒くなってきたので、奉行所の中に入ろうとしたとき蹄の音がいたしましてね、土煙りをもうもうと蹴立てて白い馬が一頭、坂を駆け上がってくるのが見えた。

　はじめは空馬だと思ったんですけど、近付いてくるほどにそれが赤い飾りをつけた近藤局長の馬だとわかった。とっさに門番たちと一緒に手を拡げて馬を止めようとしたら、空馬だと思っていた鞍から近藤局長がむっくりと顔を上げたんです。

　そこは登り坂ですから、馬を走らせるときは鬣を摑むぐらいに前のめりに乗るのは当たり前です。それに、近藤局長の顔付きもふだんと変わったふうには見えなかったので、まさか大変なことが起こったなんて思わなかった。局長は元気がいいなあってなもんです。

　ところが、あたしの前を駆け抜けた後ろ姿を見てびっくりした。白羅紗の陣羽織の背中が、血で真赤に染まってるんです。すぐに後を追いかけて、玄関の敷台の前で手を貸そうとしますと、局長は不機嫌そうにあたしの腕を鞭で払いのけて馬から飛びおりた。あんまり威勢がいいものだから、袴まで濡れるほどの血も、てっきり返り血だとばかり思ったんです。人を斬ってきたんだろうって。

あたしの務めは局長付の近習ですから、手綱を門番に渡してつき従って行った。局長はいつに変わらぬ歩様で、ずんずん廊下を歩いて行く。そのうちやっと、局長が撃たれていることがわかったんです。だって歩くたんびに陣羽織の背中から、ずくずくと血が拡がるんだもの。足元はと見れば、畳廊下に血の足跡が残るじゃないですか。とたんにこっちが取り乱しちまいまして、大変だ大変だと大声で人を呼びました。

あの人の胆力というのは、ちょっとやそっとのものじゃない。なにせ奥の間に入ってからも、仁王立ちに立ったまま駆け付けてきた隊士たちに着物を脱がさせ、血止めの晒木綿（さらしもめん）を巻かせるんです。立往生ならぬ立養生（たちようじよう）ってやつですわ。あたしらが油紙を敷いた床を延べるまで、褌（ふんどし）一枚でつっ立ったまま座ろうともしなかった。

あたしなんか手当てをしながら、局長が撃たれたことよりも、顔色ひとつ変えずに平気のへいざでいる胆力にびっくりしちまったもの。もしかしたらこの人は我慢しているんじゃなくって、常人とはちがう鉄みたいな体をしてるんじゃないかと思った。

鉄砲傷は右の鎖骨の上から入って、背骨の横を貫通していたんですよ。急所ははずれていたにしろ、誰だって気を失うぐらいの深手です。

奉行所の中はたちまち上を下への大騒ぎになったんですけど、その中で本人だけが痛いでも痒いでもなく落ち着き払って、事件のいきさつを話し、後の指示をしていました。

まったくの不意討ちであったから護衛の者たちを責めてはならぬ、とくり返し言うのを聞いて、ああこの人は立派な大将だなあと、しみじみ思ったものです。

やがてその近習たちが息せききって奉行所に戻ってくるのと入れちがいに、永倉新八が一番隊と二番隊を引き連れて駆け出して行った。一番隊長の沖田総司は相変わらず寝たきりだったので、二番隊長の永倉が二つの組を指揮していたんです。永倉は夜も更けてから、いらいらと奉行所に戻ってきました。

痛いとか苦しいとかを口にしない病人てのは、まわりからすりゃかえってたちが悪い。それどころか局長は、大ごとになるから医者など呼ぶなと言う。よっぽど苦しいに決まってるんです。夜にはひどい熱も出て、痛い苦しいのかわりに、ううう、とうなされてるんですから、看病するあたしらも気が気じゃありませんや。

新選組の薬といったら、土方歳三の生家が作っている石田散薬。何でも土方さんは若い時分、一閑張のつづらに剣道の道具をくりつけて、石田散薬の行商に出ていたんだそうです。

熱燗で飲めば切傷や打身に効くという重宝な薬でして、これの世話にならない隊士はひとりもいなかった。

山崎蒸という古い隊士がつきっきりで、この石田散薬を局長に処方していました。山崎は吉村先生と同じ調役監察で、副長助勤もつとめた大幹部ですけれども、幕府御典医の松本良順から手ほどきを受けて、新選組の軍医みたいな仕事もしていたんです。その山崎が、

「先生はかすり傷だと笑っておられるが、あれがかすり傷なら戦で死ぬ人間なんかひとりもいやしない。やせ我慢もあそこまで行くと始末におえない」

というようなことを真顔で言っておりました。

枕元に座って、夜づめで看病をしておりましたときにね、そのやせ我慢のお顔を見ながらあたしは、胸がいっぱいになっちまったんです。

近藤先生は偉い人だけど、かわいそうだと思った。偉くってかわいそうな人なんて、どこにもいないじゃないですか。

実はあたし、泣き虫なんです。で、そのときも思わず涙がこぼれちまって、枕元でしくしく泣いていますとね、近藤局長が仰向いたまま目を開けた。

「どうした、池田」

どうもしやしません。あたしは男だからね、叱られたって殴られたって、死ぬと決まったって泣きやしませんよ。泣き虫ってのは、そういう意味じゃない。

「お願いです、先生。痛いとか苦しいとか、おっしゃって下さい」

「痛くないものを、痛いとは言えぬ」

「そんなはずはありません。鉄砲で撃たれて痛くも痒くもないなんて」

「ばかか、おまえは」

あたしの心が通じたんでしょうか、局長は叱ろうとして、にっこり笑い返してくれました。

「池田――」

「はい」

「おまえはなかなか見所のあるやつだな」

「は……」

「他人の痛みをわかろうとしている。それは武士として大切なことだ。そういう侍がいなくなったから、世の中はこんなことになった。おまえもきっと傷ついたときには、痛いとも苦しいとも言わぬだろうな」

近藤勇の武士道とはそういうものでした。理屈じゃなかった。他人の痛みはわかってやりながら、自分の痛みはけっして他人に悟らせようとしない。あの人は何の理屈もなく、そういう武士道を生きた人だったんです。生まれがお百姓だからこそ、かくあるべしと考えた武士道を貫くことができた。

「池田。おまえを男と見込んで、ひとつ話がある。耳を貸せ」

あたしは近藤局長のいかつい顔に屈みこんで、唇に耳を寄せました。

「他言は無用だぞ」

「はい、心得ました」

「実は、たいそう苦しい。山崎と相談して腕のよい医者を呼んでくれ。できうれば大坂まで下って、御典医に診てもらいたい」

しっかりとそれだけを言うと、局長はああっと小声を洩らして気絶しちまったんです。

あたしはすぐに山崎さんのところへ行って、局長はやはり我慢をなさっているようなので医者に診せようと、自分が考えたことのように言った。それから土方歳三を叩き起こして、局長を説得してくれるよう頼んだんです。

侍っていうのは、面倒くさい生き物ですねえ。何をするにしたって面目を保つだけの手順を踏まなきゃならないんです。

土方さんは寝床から起き出して火鉢の火を掻きながら、ふむふむとあたしの話を聞いた。みなまで言わぬうちにくすっと笑われて、いけねえばれちまったかと肝を冷やしたもんです。

「まったく、仕様のねえ人だよなあ。ああ、面倒くせえ」

なんて言いながら、土方はそれでもふさふさの髪を撫でつけ、きちんと羽織袴をつけて局長の寝間に向かった。

局長と土方は幼なじみみたいなものですから、馴れ合いの話になると思いましてね、あたしらは次の間に控えて遠慮してました。

「先生、実は総司の具合があまり良くないので、いったん大坂に下がらせようと思うのですが」

と、土方。おやおや何を言い出すのやらとあたしは耳をそばだてた。

「そこで、道中も物騒ですし、できればご一緒ねがえませんか。あとのことはお任せ下さい」

「そうはいくまい」と、局長は抗い、土方が説得する。むろん簡単に話はまとまりました。

土方歳三という人は、面倒くせえと言いながらも、何ひとつ面倒くさがらずに仕事を仕上げた。それもきちんと手順を踏んで、真向堂々と正しいことをする人でしたよ。世にいう策士ってのは中ってません。人より頭がいいだけです。

二人のやりとりを聞きながらね、あたしはひどく感心したものでした。ひとかどの人物というのは、親しい仲でもこんなふうにたがいの立場を斟酌するものなんだと思いましたし、また近藤土方という間柄がどういうものなのかもね、よおくわかったんです。

こうして、近藤局長と沖田総司は伏見奉行所を去りました。

二人のいたましい姿を他の隊士たちに見せまいとする土方さんの配慮でしょうか、駕籠を奉行所の中まで担ぎこんで、静かに出て行ったんです。

局長の偉さというのは、いなくなって初めてわかった。べつに土方歳三が頼りないわけじゃないんですけど、それでも駕籠が出てっちまったとたんに、何だかこう、ひどく物淋しい気持ちになりましてね。大将ってのはそういうものなんだと、しみじみ考えさせられたもんです。

戦争の火蓋が切って落とされたのは正月の三日ですが、実はあたしら新選組が伏見奉行所に入ったとたんから、あちこちで小競り合いみたいなものが起こっていました。

伏見は京と大坂の間にある要衝で、もともと藩邸がたくさんある。町もやっぱり碁盤の目でできていて、京をそのまんま縮めたようなものです。つまり町の体裁も中味も、そっくり京の縮図だったんですね。

伏見奉行所は宇治川を背にした高台で、その麓の寺町を挟んで向こう側に、藩邸が建てこんでいました。

あたしらには世の中がどうなっているのか、よくはわからない。でも、どの屋敷にも物々しい身なりの藩兵が大勢詰めていて、市中巡邏と称しては隊伍を組んで歩き回るのですから、揉めごとの起こらぬはずはないんです。まさに一触即発ってやつですね。ことに薩摩屋敷には黒ずくめの洋式軍服を着た兵隊が今にも仕掛けてきそうなほど大勢おりまして、こっちも何だかわけはわからんけれど、薩摩が当面の敵だってことは知ってましたから、冗談半分で鉄砲を撃ちかけたりしていたんです。

もっとも、大政奉還はなっちまってるんで、道理はあっちのほうにある。おまえらこんなところでまだ何をやってるんだ、早く江戸に帰れ、ってなもんです。

そうこうするうちに暮もおし詰まりますと、薩摩屋敷の対いにある尾張藩邸から奉行所に使いがきまして、新選組は伏見から出て行けと言われた。徳川御三家の水戸も尾張も中立なんですけど、少なくともこっちの味方じゃなかったことはたしかでした。

いかに尾張大納言の使いとはいえ、土方歳三がはいそうですかと引きさがるはずはないやね。大坂城では相変わらず会津桑名の藩兵が気勢を上げていたし、年を越えれば戦争だなと、肚をくくったものでした。

あたしらはそれこそ息を詰めて、餅も飾りもない御一新の年を越しました。


鳥羽伏見の戦のことは、なあんにも覚えちゃいません。いえ、話したくないからそんな言いわけをするわけじゃなくって、ほんとに思い出せないんです。鳥羽伏見ばかりじゃない。甲州勝沼の戦も、会津の戦もね。

考えてみりゃ、どれもさんざんの敗け戦ですわ。鳥羽伏見では脇腹に一発くらい、甲州ではこの通り顔の半分を持ってかれちまった。そんな怖ろしい戦場のありさまをいちいち覚えていたらあなた、そののちまともに生きていられるはずはありませんやね。

だから、このおつむが勝手に忘れちまった。てめえでてめえに魔法をかけて、悪い思い出はそっくり水子にしちまったってわけです。

なんまんだぶ。なんまんだぶ。

——そうさねえ。それでも妙なもんで、戦のときにはいつだって敗けるわけはないと思っていましたですよ。

旗本は八万騎。親藩譜代はみんな味方だ。いざ戦となりゃあ、薩摩長州なんてひとひねりさ。

ところが――当てがはずれた。いったいどんな根回しがあったのかは知らないけど、味方と頼んだ諸藩は次々と寝返っちまって、ちょうど関ヶ原の合戦の東と西が逆になったようなもんです。

伏見の奉行所は、ぐるりと石垣で囲った砦の格好をしておりましてね、あたしらは正月三日の晩まで、砲声を聞きながら酒盛りなんぞしてたんです。来るなら来いって。それくらい自信たっぷりだった。

暮六つ半ごろ、今の時計にすると晩の七時ごろでしたでしょうか、砲声がだんだん近付いてきて、奉行所の中にまで弾が飛んできたんです。

土方さんは篝の下で盃をあけながら、

「なんのなんの。流れ弾なぞ酒の肴にしてくれる」

なんて笑ってました。

そのうち笑い事じゃあなくなってきた。流れ弾にしちゃどうも数が多すぎるし、狙いも確かなんです。大砲の弾がどかんどかんと落ちてくるんだから。

幕府軍は薩長を蹴散らして京に向かっているのだとばかり思っていた。で、将軍様が大坂からやってきて、いったん伏見奉行所に入り、あたしらが護衛の大役を仰せつかって京に戻るんだ、とね。

戦の前ってのは、けっして悪いふうには考えないものなんですよ。こっちの都合のいいようにしか考えない。もっともそうでなくっちゃ、戦なんかおっかなくってできやしませんけど。

正直のところ、ぞっとしましたですよ。薩長が奉行所を狙い撃ってくるっての、考えてもいなかったからね。

そんなさなかでも、土方歳三は落ち着き払っていた。百戦錬磨の胆力っていうんでしょうか、だが近藤勇の胆力とはちょいとちがう。何だか子供が遊びを始めるときみたいに、うきうきしているんです。まるで多摩の川原の餓鬼大将のまんまですわ。

「まったく仕様がねえなあ。そんなら、行くか」

なんて言いながらぐいとあけた盃を肩ごしに放り投げて、悠然と袴の股立ち(ももだち)を取り、刀の下げ緒(さげお)をほどいて襷(たすき)にかけた。

近藤勇にはいつも命を盾にしているような重々しさがあったけれど、土方歳三は命が二つ三つもあるみたいに、飄々(ひょうひょう)としていましたっけ。

この正月三日の晩の戦は激しいものでした。

碁盤の目になっている町なかの民家はみな雨戸をかたく閉ざしているので、身を隠す場所がない。あたしらがわあっと押しこんで行くと、まっつぐの通りの先に薩摩の鉄砲隊が並んで、さんざんに撃ちかけてくるんですからたまったもんじゃありませんや。そうこうしているうちに味方はバタバタと斃れた。

新選組だって鉄砲も大砲も持っていたし、調練もしていたんですけど、実のところはそういうものの威力をあんまり信じちゃいなかった。あんなちっぽけな鉛の弾で、人間が死ぬとは思ってなかったんですね。当たったところでかすり傷だろうって。ちょいと考えてみたって、弾に当たるよりも刀や槍でぶすりとやられたほうが痛いに決まってるし、血もたくさん出るだろうしね。

みんなそんなふうに思ってるから、向こうが撃ちかけてきても、刀を振りかざしてやみくもに突進して行ったんです。

そう言やあ、先だっての戦争のときにね、乃木将軍が二百三高地で下手な戦をなすったでしょう。あたしはあのとき、乃木さんはいったい何を考えてるんだろうねえと思いましたですよ。だって、乃木さんは長州の出身で、年回りからしたって御一新の戦には出陣なすってるはずでしょうよ。あたしと同い齢の酉ですもの、もしかしたら鳥羽伏見のあのときにも、さんざ鉄砲を撃ちかけた向こう側にいらしたんじゃないですか。だったら歩兵が大砲や鉄砲に向かって行くってのがどんなに馬鹿げたことか、わかってるはずなんですがねえ。

そうそう、ちなみにあのとき伏見奉行所に向かって大砲を撃ちこんだ薩摩の砲兵隊の隊長は、大山元帥だったそうです。妙な自慢をするようだけど、あたしは大山元帥や山県元帥や乃木将軍を相手に回して戦をしたんです。孫にそう言ったら、げらげら笑われちまいましたけど。

翌る四日は、一日じゅう季節はずれの大風が吹き荒れました。おまけに霰まじりの雨が横なぐりに吹きつけるものですから、もう何がどうなっているのやらわからない。ただ腹がへって、眠たくって、寒くてたまらなかったことだけを覚えています。

ふしぎなもんで、怖いとは思わなかったね。これっぽっちも。戦場ってのはそういうものですよ。

淀千両松の激戦のことを、どうしても思い出さなきゃいけませんか。

気がすすまないんじゃないよ。おつむが勝手に忘れちまってるんです。御一新ののちを商人として生きていくにはね、そんなことを覚えていちゃいけなかった。いくら頼まれたら嫌とは言えない性分にしろ、よりにもよって何でそんなことを思い出さなきゃならないんだろう。

でも、吉村貫一郎先生のことをお話ししてるんだから、ここで口を噤んじまったら尻切れとんぼですね。はい、あたしが吉村先生と今生のお別れをいたしましたのは、その淀千両松の戦場でした。

つらいんです。あのときの光景がひょいと頭をかすめるたんびに、その場で死んじまいたくなるぐらいのもんです。

あとさきは何も覚えちゃいません。覚えているのは、吉村先生の声と姿だけです。その声と姿とが、あたしをきょうまで生かしてくれましたから。

肚をくくって、思い出さしていただきます。

雪が、降ってました。新選組と会津の藩兵は伏見から押しまくられて、もう戦には後がないってところでした。宇治川と桂川に挟まれたその堤を退がれば、雪崩を打って大坂まで落ちるほかはないって。

追撃してくる薩摩と長州の兵隊を、あたしらは堤の草むらに潜んで待伏せたんです。

脇腹に一発くらってましてね。たいそう痛かったけど、幸い急所をはずれて、血止めも効いていた。もうここで死のうと思った。何だかそのさき戦うのが億劫になっちまって、さっさと極楽に行きたいと思ってたんです。

ぼろぼろに刃の欠けた手槍を捨てましてね、血だらけの手拭で、右の掌を刀の柄に結びつけた。戦には手槍がいいんだけど、死ぬときは何人かぶった斬って、刀を握って死にたいと思ったから。

朝も早いというのに、大粒の牡丹雪は積もることなくあたしらの体を濡らしていました。あたりはひどいぬかるみだった。

草むらに寝転ばって、ぼんやりと雪に顔を晒していますと、吉村先生が声をかけてくれたんです。

「池田、傷はどうだ。歩けるか」

大丈夫ですと答えると、先生はあたしの体を抱き起こしながら言ってくれた。

「手負いでは役に立たん。先に大坂まで退がれ」

いやです、とあたしはきっぱり言った。どのみち死ぬんだから、もうここでいい、とね。

先生は叱らなかった。まるで教え子に訓すみたいに、ゆったりとした南部訛で言ってくれたんです。

「どのみち死ぬのは、誰しも同じだ。ここでよいと思ったら最後、人間は石に蹴つまずいても死ぬ。戦でなくとも、飢えて死んだり、病で死んだりするものだ。だが生きると決めれば、存外生き延びることができる」

このさき生きたところで何ができるのですかと、あたしは捨て鉢に訊ねました。すると先生は、真白な歯を見せてにっこりと笑い、あたしの頭を撫でてくれたんです。

「何ができると言うほど、おまえは何もしていないじゃないか。生まれてきたからには、何かしらなすべきことがあるはずだ。何もしていないおまえは、ここで死んではならない」

有難いお言葉でございますよ。目から鱗（うろこ）が落ちましたですよ。

考えてみりゃあ、あたしは自分が生まれて、この世に十九年間生きていたっていう証拠を何ひとつ残しちゃいない。それじゃあ、いてもいなくても同（おんな）じだってことになる。

「それともおまえは、犬畜生か」

いえ、人間です――そう答えたとたんに涙が出ました。

あたしは泣き虫で、女房にも倅たちにも孫たちにも、よく笑われます。

こんな顔のあたしに、初めて女房が抱かれてくれた晩にも、ずっと泣いてました。倅が生まれたときも、孫が生まれたときも、新しいお店（たな）を出したときも、市長さんから表彰されたときもね。

ことあるごとに、千両松の戦場で吉村先生の言って下すった言葉を思い出しちまうんです。

泣きながらいつも胸の中で呟きました。

先生。あたしはかかあを貰いました。ぶすだけれど、こんな顔のあたしに抱かれてくれるかかあです。

先生。倅が生まれました。孫が生まれました。新しいお店が出せました。

先生。銭を儲けて、しこたま税金を納めて、柄になく寄付なんぞもして、東京の市長さんから立派な感状をいただきました。

あたしは、人間です。

牡丹雪の緞帳の向こうから、黒ずくめの西洋軍服を着た薩長兵が押してきました。手に手に鉄砲を構えたひとかたまりは、まるで角のたくさん生えた見知らぬ獣みたいだった。

ふいに太鼓が鳴った。すると雪の中に、きらびやかな一旒の幟が立ち上がったんです。あたしはそのとき初めて、錦の御旗をこの目で見ました。

「錦旗に手向かうなァ」

獅子頭を冠った馬上の侍が叫んだ。その一言で、味方の怯むのがわかりました。錦の御旗を戴くということは、薩長は官軍なんです。だとするとそれに手向かうあたしらは、賊軍なんです。

胸の中に膨らんでいたものが、急に萎えしぼんでいくような気持ちになりました。あたしらには武士として死ぬことの大義がなくなっちまったんです。

「退くな！」

土方さんが叫んだ。

「一歩も退くな、退くものは斬る」

それでも味方は、雪空に翻る錦旗に押されるようにして、じりじりと退がり始めました。あたしも思わず、ぬかるみの中を後ずさっていた。

なぜだかはよくわからないけれど、菊の御紋章を輝かせてたなびく錦の御旗には、刃を向けることをためらわせるふしぎな力があったんです。そして、今ここで戦をすれば、国のおとっつぁんもおっかさんも、弟や妹たちもみな、殺されちまうんだろうと思った。

「錦旗に手向かうなァ。逆らうものはみな賊軍であァる」

馬上の侍は太鼓に合わせてゆっくりと進みながら、くり返し叫びました。

そのとき、あたしは見たんです。

後ずさる味方の中から押し出されるように、吉村先生がたったひとりで官軍に向き合っていた。

右手に刀を、左手に脇差を抜き放って、吉村先生は泥まみれの隊服をはためかせながら、雪の中で仁王立ちに立った。

南部訛の大音声が淀堤に響き渡りました。

「新選組隊士吉村貫一郎、徳川の殿軍ばお務め申っす。一天万乗の天皇様に弓引くつもりはござらねども、拙者は義のために戦ばせねばなり申さん。お相手いたす」

　みんなが見ていたはずです。そのときだけ風が已み、はっきりと声が聴こえたように思えるのは、気のせいでしょうか。

　人間じゃない何物かが、そこに立っていた。それは、侍という化物です。人間の皮をかぶった侍という化物が、押し寄せる新しい時代の前に立ち塞がったように、あたしには見えたんです。

　義のため、とあの人はたしかに言った。意味はよくわかりません。義とは、人として踏むべき正しい道のことです。だが、義のための戦という意味が、あたしにはよくわからなかった。

　人として踏むべき正しい道のために、あの人は戦をし、死んだということでしょうか。あの人がたったひとりで手向かった相手は、錦旗でも官軍でもなく、もっと大きな理不尽だったのでしょうか。

　徳川の殿を務めると、あの人はたしかに言った。その意味もよくわかりません。

　たったひとりで殿軍を務めるとは、いったいどういうことなのでしょう。

　ともかく、そのときあたしがこの目で見たものは、人間ではない何物かだった。

　やがて薩長兵は黒雲のように、吉村先生の体を呑みこんでしまいました。

――ああ、むりやりこんな話をさせるもんだから、お天道様が翳っちまったじゃありませんか。

あたしが吉村貫一郎さんについて知っていることといやァ、ま、こんなところです。

肩の力を脱いて、一服おつけなさいまし。

明治三年の春に、あたしはようやく罪を許されて放免となりました。おとっつぁんには今さら合わせる顔がなかった。顔の半分だって、本当になくなっちまったんですから。

さんざ行きつ戻りつ思案したあげく、日本橋材木町にあった出店を訪ねたんです。虫の知らせでしょうか、おとっつぁんは店の前でぼんやりつっ立ってた。

親不孝を詫びる言葉さえ思いつかぬあたしを抱きしめて、おとっつぁんはこう言ってくれたんです。「何も言うな。みんな忘れちまえ」って。

そのとたん、膝が摧けちまいました。

「何もなかったってことで、よかろう。なあ、利八」

おとっつぁんの腕の中で、池田七三郎は極楽に昇り、あたしはたちまちもとの稗田利八に戻ったんです。

何ともまあ、都合のいい話ではございますがねえ――。

なんもはァ……知らねうちに、またぐっすり眠らさったった。

ゆらりゆらりと舟こ漕いでいるうちに、すとんとあおのけに倒れて寝てしもうた。

はあ……それにしても、どなた様が蒲団など掛けて下さったのじゃろう。ごていねいに足元にゃ、火桶（ひおけ）までご用意してくれで。

うっちゃらかしておけばこのまま死ねたかも知れねのに、余計な親切なさるお方もいなさるもんじゃ。気持ちよく死んではならねのか。武士たるもの、何としてでも腹ば切って死なねばならねのすか。

じゃが――温（ぬぐ）くていい気持ちだね。傷の痛みもすっかり痺（しび）れてしもうたし、今少しこうして温まっているべか。

盛岡の夢を見たった。

上田組丁の足軽屋敷で藁蒲団にくるまり、母上にしっかと抱かれて寝ておる夢じゃった。

（貫一郎。お前さんにひとつだけ、訊いておかねばならねことがある。父が亡ぐなられたからには、お前さんが吉村の主ゆえ、このことだけはお前さんに決めてもらわねばならねのす。答えて下んせ）

――いんや。夢ではねぞ。父上が亡ぐなられて間もなくのこと、母上は温い蒲団の中でわしを抱きしめながら、たしかにそんたなことをおっしゃった。

（武士と百姓と、お前さんはどっつがいい）

幼心にも、母上は何とつまらぬことをお訊ねになるのだろうと思うた。

貫一郎は武士の子にござんす、とわしは答えた。すると母上は、まるでその答えが意に添わぬものであるかのように、太い息をついた。

粉雪がさらさらと、茅葺きの屋根に降り積もってたっけ。闇の中で母上は、天井板もないむき出しの茅を見上げながら、さらにおっしゃった。

（んだば貫一郎。八幡様に誓うて下んせ。さすればかかは組頭様に頭ば下げて、お前さんが元服なさるまで吉村の家名の残るよう、お頼み申すゆえ）

何と誓えばよいのかと、わしは母上に訊ねた。

（ひとつ。文武に精進して、身をば立て、子にひもじい思いはさせぬ、と）

わしは母上の言うた通りに声を上げ、八幡様に誓うた。

（もひとつ――）

言いかけて母上は、わしの頭を胸深くに抱きしめたった。

(たとい病であれ戦であれ、幼子ば残して死ぬるような無体はせぬ、と)

母上は声を殺して泣かれた。気丈な母がわしの前で泣いたのは、後にも先にもそのいちどきりじゃった。わしは愕(おどろ)きあわてて、懸命に誓いの文句をくり返した。母上の悲しみを慰むるすべは、そのほかにありはせんと思うた。

母上、貫一郎は文武に精進して身をば立て、わが子にひもじい思いはさせませぬ。たとい病であれ戦であれ、幼子ば残して死ぬるような無体は致しませぬ。んだから母上、泣かねで下んせ。貫一郎は母上の望む通りの、強(つ)え侍になりあんすゆえ。

――母上。わしは文武に精進しあんした。足らぬと言われれば返す言葉もねえが、省みておのれが精進に憾(うら)みはねがんす。したども、身は立ち申(も)さなんだ。二駄二人扶持の足軽の子は、どうあがいてもわが子にひもじい思いばさせねばならねがった。脱藩は罪にござんすが、母上と八幡様にたてた誓いをば果たせぬのは、さらなる罪にてござんす。そう思いつめて、わしは国ば捨て申した。

いんや、何よりもわしは、嘉一郎にわしと同じ思いをさせたくはねがった。母上はすでに亡ぐなられてご存じなかろうが、あれはまことよくできた倅にござんす。鳶(とんび)が鷹ば産み申した。

赤沢の先生は、嘉一郎は家さ帰ればもう一人の先生がおるので出来がよいと申されたが、そうではねのす。わしは夜を日に継いで手内職ばして、非番の折は朝早うから日の昏れるまで、山さ入って漆こ掻いていたった。格別わが子に教えだったことなど、何ひとつねのす。したども嘉一郎は、読み書きも剣術も、藩校に通う御高知のどなたにも負けはしねがった。

わしは、そんたな倅にわしと同じ苦労ばさせたくはねがった。生まれた家が家だれば、嘉一郎は南部一国を背負って立つ侍の器に違えねのす。いんや、親の贔屓目ではなぐ、藩校で多くの子弟を育てたわしの目から見ても、あれは十年に一人の才子でござんす。

されど惜しむらくは、二駄二人扶持の足軽の倅でありあんした。

――母上。今の今まで誰にも言わずにおった万斛の思い、聞いて下さるか。

三人目のおぼっこを腹に宿したとき、しづは上田の堤さ嵌まって死のうとしたのさ。

親子四人、食うや食わずの暮らしで、指折り算えれば秋の終えに生まれる冬子が育つはずはねえと、しづは思い悩んだのさ。んだばいっそのこと、腹の中の赤ン坊とともにあの世さ行けば、口べらしにもなるべと思うたのよ。

折しも、岩手山から冷てえ風が吹きおろし、初雪の降った晩じゃった。迫りくる冬が怖ろしぐなって、しづはふらりと家を出たった。

わしが手内職の南部紬を鍵屋に届けていくばくかの銭こばいただき、いそいそと帰ってみりゃ、嘉一郎が裸足で上田組丁の通りを走ってくるでねえか。

母上がふいに家を出たきり帰ってこねえ、探して呉ろと嘉一郎は真青な顔で言うた。子供心にも、何か不穏なものを感じておったのじゃろう。

ついてくるでねえぞ、お前はみっと家さおりもせと言い、わしはまっすぐ上田の枡形に向かって走ったのす。

枡形の番屋に人はおるにはおるが、田圃の畔をめぐれば容易に出入りのできる形ばかりの関所じゃ。その向こうは上田の堤で、わしはおぼっこのことで思い悩んだしづが、万一妙たな気分になったのなら、そこが危ねえと思った。

怒らねで下んせ、母上。けっしてしづが悪いのではねのす。すべてはわしが甲斐性なしじゃから、しづをそこまで追いこんでしもうた。

親子四人が雑炊ばすすってやっとこさ越す冬を、おぼっこが越せるはずはねえと、しづは思いつめたのじゃ。そうだれば不憫なおぼっこが腹の中さおるうちに、母もともに冥土に行くべかと思うたのに違えねのす。そんたなやさしい母心をば、斟酌してやれねがったわしは、甲斐性なしの上にも不甲斐のねえ亭主でありあんした。

すんでのところじゃった。葦の茂みばかき分けて、今しも沼の深みに歩みこまんとするしづを、わしは岸辺に引き戻した。

慰めの言葉も叱る声もなぐ、わしは真暗な雪闇の中で、しづを抱きしめたった。

「しづや。お前は武家の妻(め)ではねのか。百姓だれば、口べらしにおぼっこを捨てることもあるべが、武家の妻(かが)だれば武家の妻らしう、強(つ)えおなごでありもせ」

そんたなことを言うた。言いながら、唇が寒ぐなった。しづが狂うているのでもなぐ、自棄(やけ)になったわけでもねえことは、ほかでもねえ亭主のわしが、誰よりもよぐ知っておったから。

打ち続く飢饉の年では、足軽屋敷のわずかな畑も曠(あ)れる。山では木の実も草の根も取りつくされる。実りのよい年だれば雫石(しずくいし)の里から物の届くこともあるが、このところは里を飢えさせぬよう、三度の雑炊を二度にへらして、こちらが食い物を届ける始末じゃった。何とかして、この冬を食いしのがねばならねかった。

そのときしづは、泥まみれのわしの着物を掴みながら、こう言うたのす。

「この体をば、食ろうてくらんせ」、と。

戯(ざ)れ言(ごと)ではねがった。ひでえ飢饉の年には、百姓たちは共食いばして冬を越すのじゃと、耳にしたことがあった。

腹の中のおぼっこともどもしづを抱きしめるよりほかに、わしにはできることが何もねがった。叱ることも、慰めることも。

わしは二駄二人扶持の足軽じゃから。御役料もいただけぬまま先生と呼ばれ、肩肘張って生きねばならぬ不自由な侍じゃから。

父上、とふいに呼ばれて、わしは闇の中を振り向いた。

妹を背負うて、嘉一郎が裸足のまんま立ちすくんでおった。

「家さおりもせと言うたろうが」

とんでもねえところを、倅に見られてしもうた。賢い嘉一郎は貧乏の行きつく果ての有様を、しかと見たに違えね。

真青な顔で慄えながら、それでも嘉一郎は背に負った妹を揺すり上げて、きっぱりと言うた。

「父上、どうか母上を叱らねで下んせ。母上もおぼっこを産んで下んせ。わしは兄者ゆえ、腹などへりはせん。飯なぞ食わねでも良がんす」

嘉一郎は、わずかに算えの九つでござんした。

——母上。わしが脱藩の覚悟ばいたしたのは、そのときじゃった。母上と八幡様とに立てた誓いをば果たすために、残された道は最早、それしかねと思ったのす。

嘉一郎はけっして泣かねがった。上田の堤からの帰り途、わしはしづを背負い、嘉一郎は泣き寝入ったみつを背負って、まっすぐな上田組丁を歩いた。わしらは二人とも凍えた口を引き結んで、一言も口をきかねがった。

思えば、まこと鳶が鷹を産んだみてえな、わしには過ぎた倅でありあんす。も少し、ほんのも少し、温(ぬぐ)い蒲団の中にごまって、母上に抱かれていても良(え)がんべ。盛岡の夢ば見ておっても、良がんすべ。

早ぐ春が来ればよがんすなっす。東根山(あずまね)の雪が解ければ、御城下には真白な辛夷(こぶし)の花が咲ぐ。

春を先駆けて咲く辛夷の花が、わしは好きでがんす。あの花こは北風に向かって咲ぐ。ほかの花こはみな、陽気が温とうなってからお天道様に向かって咲くのに、真白な辛夷の花だけは雪この残る春のかかりに、北さ向いて咲ぐ。御城下はたちまち、えも言われぬ甘い香りでいっぱいになりあんす。百姓らはそれで春の訪(おとな)いを知り、畑仕事にかかるのす。

わしは毎年、その季節になれば東の岩山さ山見に登って、藩校の子らに教えた。

南部盛岡は江戸より百四十里、奥州街道の涯(はて)ゆえ、西国のごとき実りはあり申(も)さぬ。おぬしらが豊かな西国の子らに伍して身をば立て、国ば保つのは並大抵のことではねえぞ。盛岡の桜は石ば割って咲ぐ。盛岡の辛夷は、北さ向いても咲ぐのす。んだば、おぬしらもぬくぬくと春ば来るのを待つではねぞ。南部の武士ならば、みごと石ば割って咲げ。盛岡の子だれば、北さ向いて咲げ。春に先駆け、世にも人にも先駆けて、あっぱれな花こば咲かせてみろ。

――母上。わしは国元では、御役料もいただけぬ助教のはしっくれではござんしたが、子弟らには誠心、人たるものの道をば教えたつもりでござんす。四書五経をいかに学んでも、そんたなものは糞の役にも立ち申さぬ。何となれば、偉い先生はみなその教えを、忠の一字にすりかえて訓(さと)すゆえ。孔子様の教えはそんたなものではあり申さぬ。仁といい、義といい、礼智信といい、それらはすべてひとりひとりがあっぱれな花こば咲かせるための徳目ではござらぬか。

わしは赤沢の寺子屋に学び、推挙されて藩校の外廊下より、講義ば聴くことを許された。わしはいつも、教場に座(ねま)る御高知の子弟の背を見つつ学問ばした。わしの前には机もなぐ、教本すらねがった。

そんたなわしだればこそ、孔子様の教えの真髄をば知ることができたと思うのす。

願わくはわしの伝えた四書五経の真髄をば、教え子らがしかと心得、いつの日にか忠の一字にかわる誠一字の旗をば、青空高く翻してくれねがと思う。

新しき世をば作るものは、錦の御旗でも葵の御紋でもござらぬ。わしら草莽(そうもう)より出でたる者が、鳥羽伏見の雪空に立ち上げた、誠一字の旗ではござらぬか。

ひとりひとり、いかんともし難い時代の業(ごう)をば背負って、新選組の隊士たちはあの旗を立ち上げたのす。

わしにはよおくわかっており申した。みながみな、多かれ少なかれわしと似たりよったりの境遇でござんした。んだからわしは、千両松の決戦でみなが傷つき斃(たお)れ、新しい時代の波に押し潰されるがごとく敗れんとしたときも、退くことができねがった。

戦にて死するは本意ではねえが、退がろうとする足がまるで根の生えたように動かなかった。

わしは脱藩者にてござんす。生きんがために主家を捨て、妻子に背を向け、あげくには狼となり果てて錦旗にすら弓引く不埒者(ふらちもの)にござんす。したどもわしは、おのれの道が不実であるとは、どうしても思えねがった。不義であるとも、不倫であるとも思うことはできねがったのす。

わしが立ち向かったのは、人の踏むべき道を不実となす、大いなる不実に対してでござんした。

わしらを賊と決めたすべての方々に物申す。勤皇も佐幕も、士道も忠君も、そんたなつまらぬことはどうでもよい。

石をば割って咲かんとする花を、なにゆえ仇となさるるのか。北風に向かって咲かんとする花を、なにゆえ不実と申さるるのか。

それともおのれらは、貧と賤とを悪と呼ばわるか。富と貴とを、善なりと唱えなさるのか。
ならばわしは、矜り高き貧と賤とのために戦い申す。断じて、一歩も退き申さぬ。

それにしても母上、ひんでえ正月でござんすな。

世が世なれば正月七日のきょうは、御組頭の大野様から七草と鏡餅とが届けられ、囲炉裏ばたでのんびりと、舌鼓を打っておるはずじゃろう。それが今年は、七草の粥と祝い餅のかわりに大和守安定の大業物ば賜わって、腹ば切れ、と。

ああ――みつの童唄が聴がさる。めんこい声じゃ。

　正月や、門に門松、松かざり、手かけぼんには田づくりほんだわら
　三月や、おひなまつりにあさどきなぁます、内裏さぁまの取り合わせ

――母上。もう一働きして、三月の節句にはみつに雛飾りを買うてやろうと思うのじゃが、いかがなもんじゃろう。大野様のお屋敷にあるような、お内裏様とお雛様に、官女やお囃子やぼんぼりの付いた、立派な段飾りじゃ。

買うてやりてえなあ。幕府の船こさ乗って江戸に帰れたなら、浅草あたりのお店に行って買い申そ。

なんもはァ、腹ば切って果てては、それもできねか。

せめて京を発つときのお命代が、無事に盛岡さ届いたなら、本町あたりのお店で

買うてやって欲すいものじゃが。

みつ。お前(め)はきれいなおなごになってけろ。父(とど)の願いは、ただそれだけじゃ。

池田の小倅め。新聞記者ふぜいにあれこれと軽口を叩きおって。おのれの見聞を吹聴するのであればまだしも、勝手にわしの居場所を教え、あまつさえ紹介状まで托してよこすとは何事か。

もっとも、奴は若い頃から剽軽者で、侮られてはおっても憎まれぬ男じゃった。武芸もそこそこに使えたし、よく働いた。奴の愛嬌と冗談とで、ずいぶんと気持が救われたのも確かじゃ。

ふん。なになに——われら新選組の事蹟を後世に語り継ぐ有意の士なれば、宜しく御取計らいのほど御願い申し上げます、か。

そういう事情であれば、わしから語ることは何もない。何となれば、新選組の事蹟など後世に語り継いで欲しくはないからじゃ。

お引き取り願おう。

くどい。

貴公が誠実な人物であることはわからぬでもない。じゃがあいにく、わしはその誠実さというものの効能を信じてはおらぬのでな。そのようなもので世間を渡って行けるのであれば、わしの人生など何ひとつ苦労はなかった。

なに――吉村貫一郎について訊ねたい、と。

似てはおられぬようじゃが、縁故の方か。

はて、紹介状にそのようなことは書いてなかったな。さては池田の奴、吉村うんぬんと書けばわしがたちまち門前払いをくわすと思って、書かなんだか。

わしと吉村貫一郎とは犬猿の仲じゃった。向こうはどう思っていたかは知らぬよ。じゃがわしは、あの男が嫌いじゃった。むしずが走るほど嫌な奴よ。

なぜじゃ、どこがじゃと問われても困る。貴公の周囲にも、心底嫌な奴というのはおるじゃろう。何から何まで嫌な奴。そばに寄るだけでもムッとする奴。

むろん行いの正しい人間じゃったから、誰からも嫌われていたというわけではあるまい。じゃが、わしは嫌いじゃった。相性が悪いということであろう。

――そこまで言うのであれば、奴のことに限っては話してもよい。そのほかのことは、決して語らぬ。よいな。

上がれ。幸い家の者は誰もおらぬ。

茶飲み話も何だ、冷や酒でも酌むとするか。

若い時分からの深酒がたたって、腹に爛れができおってな。胃潰瘍とかいう病気だそうな。三貫目も痩せて、食い物を受け付けぬ。むろん酒は止められておるよ。飲めば夜中に血を吐く。

知れ切った往生もよかろう。わしは誰もが呆れるほどの幸運児で、知れ切った往生でも遂げなければ、いつまで生きるやらわからぬ。八十、九十まで生きて、あの爺いが新選組の生き残りだと後ろ指をさされるのではたまらぬ。そういう役回りはあの池田の小倅に任して、わしはとっとと地獄に堕ちるわ。

まあ、飲め。いい若い者が、七十二のわしより先に酔い潰れるではないぞ。酒は会津の大銘物じゃ。飲むほどに酔うほどに甘くなる。

そういえば、この正月に永倉が死んだそうじゃの。

奴からは話を聞かなんだか。それは残念なことをした。あれは池田のように軽口ではないが、頼まれれば嫌とは言えぬ性分じゃから、わしなどよりはよほど役に立ったろう。

ともあれ、壬生屯所以来の新選組隊士は、これでみな死におった。遠からずわしがくたばれば、すべては闇よ。

それでよい。忌わしいものはすべて無に帰せばよい。闇に閉ざされればよい。

新選組が実はどのような謀りごとによってでき上がったのか、近藤勇という傑物がその傑物ゆえに、いかにして時代に利用されたのか、土方歳三の才がその才ゆえに、どううまく酷使されたのか――すべてはわしが、地獄まで抱えて行く。

それは新選組の始末を知るわしの務めじゃからの。

わしの名は表札にある通り、藤田五郎。警視庁の非職警部じゃ。

もっとも、名はいくども変えた。山口二郎、もしくは斎藤一と言うたほうが、講談話に耳慣れた連中には通りがよかろう。

生まれは天保十五年の辰。正月元日の夜更けに産声を上げたので、一と名付けられた。

沖田総司より二つ下、油小路で斬死した藤堂平助と同い年じゃ。新選組の幹部の中では、この三人が抜けて若かった。文久三年に京へと上ったときには算えの二十歳。御一新の年にも二十五歳の若さじゃったよ。

ああ――わしは京において新選組に加盟したわけではない。文久三年の二月に、試衛館道場の面々とともに幕府の浪士隊に加入し、京に上った。京において加盟したかのように伝えられておるのは、油小路での騒動の折にひどく恨みを買ったので、名も斎藤一から山口二郎に変え、その経歴も別人のごとくに偽ったからじゃ。

生家は市谷甲良屋敷のそばにあった。父はもともと明石松平藩八万石の足軽であったが、江戸に上って御家人株を買い、市谷の屋敷に住もうていた。むろん、屋敷と呼ぶほどのものではないがの。

市谷甲良屋敷のそばといえば、試衛館道場とは目と鼻の先じゃよ。

父からは無外流の剣術と居合の手ほどきを受けていたが、わしにはどうともしっくり馴染まなんだ。理由はいくつかある。第一に延宝年間より続く古い流派で、いろいろとやかましい礼儀が多かった。わしは面倒なことが嫌いな性分であるうえ、生まれついてひどい左利きじゃったから、それには往生した。第二に、無外流は土佐藩の御家流として有名じゃった。わしは江戸前の見栄坊での、土佐の侍と同じ流儀を使うのが了簡できなかったというわけだ。その頃の江戸の流派といえば、鏡心明智流の士学館、神道無念流の練兵館、北辰一刀流の玄武館、心形刀流の伊庭道場。どうせ剣を学ぶなら、そういう垢抜けた流儀を身につけたいと思うておった。もうひとつ、わしは次男坊の冷飯食いじゃったから、何も苦労をしてまで父の流儀に順わんでもよかろうと考えておった。好きな流派をあちこちつまんでも、要は達者になればよかろう、とな。

じゃが、子供の時分から腕には自信があったよ。左利きの人間は手先が器用じゃし、体もこの通り立派なものじゃ。ことに無外流で身につけた居合術は、のちのち物を言った。

余計なことは訊くな。酒が入れば多少は口も軽くなるが、その手には乗らぬ。——坂本龍馬、じゃと。

龍馬も土佐の侍ならば、無外流の心得はあったじゃろう。向き合った相手が土佐人であったなら、奴も居合を警戒したじゃろうが、どっこい土佐の外にも無外流の居合はあったというわけよ。

おっと、余計なことは訊くなと言いながら、おのれがしゃべっておる。池田の小倅のことをとやかくは言えんな。

ともかくわしは、父の流儀である無外流には飽き足らず、あちこちの流派のつまみ食いをしておった。そのようなわけで、誰もわしの流儀が何であるかは知らぬ。当の本人も、何が何だかわからぬのじゃから仕方あるまい。ただし——重ねて自慢するわけではないが、腕には自信があった。

わしは型に嵌まったことは嫌いじゃ。剣術に礼儀など要らぬ。強ければそれで良い。礼儀などというものは、そのあたりから手とり足とり教えなければ役に立たん者のためにあるのじゃ。初めから力のある者は、礼儀など知る必要はない。

父から、試衛館には行くなと言われておった。おそらく父は、天然理心流などというものは多摩の出稽古で飯を食っている田舎剣法だと侮っていたのじゃろう。

それと——界隈では噂されていたことじゃが、試衛館の道場は若先生の代になってから不逞な輩の溜り場だとされていた。

若先生というのは他でもない、近藤勇のことじゃよ。

多摩の百姓の倅が大先生に見込まれて養子になった。近所は気位の高い御家人ばかりじゃから、誰が好きこのんで百姓に剣術を習いになど行くものか。

じゃが、わしは生まれついての臍曲がりで、行くなと言われれば行きたくなる。そこである日とうとう、近所の目を忍んでひょっこり試衛館を訪ねたのじゃ。

忘れもせんよ。そこは噂通りに、不逞な輩の溜り場じゃった。

誤解のないよう言うておくが、不逞な輩とは悪者のことではない。今でいう、不良少年どももとでもいおうか。礼儀などくそくらえの威勢のいい若者が、昼日なかから道場にごろごろしておった。

試衛館の玄関に立って「たのもう」と言いかけ、わしは声を呑みこんでしまった。

若先生は二十七、八で、身ぎれいにしてはいるがどこか垢抜けず、多摩の百姓家から養子に来たと言われれば、さもありなんという風采じゃ。

畏れ多くも大明神の掛軸の前で、駄洒落を言い合いながら将棋を指していた。その相手が土方歳三じゃった。

見物していたのは井上源三郎。これは二人より年かさじゃが、日に灼けた顔も控え目な物腰も、見るからに多摩の百姓そのものじゃ。

一手を指すごとに若先生が面白くもおかしくもない駄洒落を飛ばし、土方がそれに輪をかけた洒落で応酬し、誰も笑わぬのに井上だけが、げらげらと腹を抱えておった。

道場の真ん中に褌一枚の丸裸で永倉新八と原田左之助。いかにも暇で仕様がないというふうに、二人とも立派な裸を晒して寝そべっていた。

土方がちらりと二人を見て、「おうおう、そのなりだけはたいがいにしろ」と言う。永倉が答えるには、「陽気がいいので着物も稽古着も洗ってしまったから、乾くまでこうしているほかはない。見苦しいと思ったら若先生、替えの着物でも新調して下さいませんか」

近藤勇は、ふんと鼻で嗤って、「食わせるだけでかつかつだ、冗談はよせ」などと言っておった。

そのうち原田左之助が、年に似合わず出っ張った腹を叩いて、古傷の自慢話を始めた。切腹をしようとして刀を突き立てたのはいいが、止められて死に損なったとかいう、まことに信じられぬ話じゃった。

「左之助、おまえの死に損ねの話は十ぺんも聞いた。ほれ見ろ、もう誰も聞いちゃいない」

そう言って裸の二人に古着を投げたのは、山南(やまなみ)敬助じゃった。この男だけは少しまともな感じがしたので、わしはようやく開いた口を閉じて来意を告げた。

「ふうん。山口ってのは、もしや甲良屋敷の西ッ方の御家人様かね」

わしの本姓は山口と申す。山南敬助の物言いは、まるで弟子入りを珍しがるふうじゃった。どこの物好きじゃ、と。

玄関にぽつねんと佇(たたず)むわしに向けられたおのおのの視線も、みな同じじゃった。

「総司、相手をしてやれ」と、若先生は将棋盤から目も離さずに言うた。「ただし山口君、わが流儀には竹刀(しない)などという上品な物はないが、それでもいいか」

その一言がわしの気に障った。しかも玄関に立ってわしを見くだしたのは、同年配の二人の若僧じゃ。かたや色黒で丈の高い沖田総司。こなたに色白で小ぢんまりとした藤堂平助。どちらもひどく目付きの悪い、いかにも不逞の輩という顔をしておった。

もっとも、面構えの悪さならわしも負けはせん。むろん、行状もな。

夏の盛りじゃったと思う。玄関先に佇むわしの背をじりじりと陽が灼き、あたりには油蟬の声が喧(かまびす)しかった。わしは、衝立(ついたて)の左右に立ってわしを見おろす二人と、しばらく睨み合っておった。

若気の至りと申すか、わしはそのころいつも虫の居所が悪かった。物騒な話じゃが、わけもなく人を斬りたくて仕様がなかった。試衛館に入門し、ほどなくあのふしぎな経緯をたどって京に上らなければ、わしはおそらく辻斬りでもしでかしていただろう。

その日わしは、沖田と立ち合った。子供のころはべつとして、何の手加減もせずに本気で木刀を交えたのはあのときだけじゃ。むろん沖田も本気で、打ちこんでくるのを往なすうちに、組みついて殴り合う喧嘩になった。

しまいにはやめろと言われても聞かず、双方とも背中から羽交いじめにされて押し潰された。痛み分けじゃよ。

血だらけ瘤だらけで揉み合う二人を一門総出でようやく引き離し、床に組み伏せた。それでもたがいに侍にはあるまじき悪口雑言、いやはやまったく野良犬の喧嘩じゃった。

沖田と立ち合ったのはその一度きりよ。京に上ってからも、いつかは命のやりとりをすることもあろうと思ってはいたが、幸いその日はやってこなかった。

わしが試衛館の門人になったのは、天然理心流を修めたいと思ったからではなく、ましてや近藤勇に心服したわけではない。

居心地が良かったのじゃよ。わしらはみな、家に戻れば部屋住みの冷飯食い、外を歩けば不良の不逞のと後ろ指をさされる、似た者じゃったからな。

試衛館の一門が幕府の募った浪士隊に加盟し、京に上って会津公御預りとなった経緯（いきさつ）については語らぬ。語るわけには参らぬ。

さよう。どう考えても不自然なことばかりじゃろう。

近藤勇という男は、今にして思えばいじらしいほどに生真面目な侍じゃった。そしてその道場に集うわしらは、品性も行状も褒めたものではないが、いずれも一騎当千のつわものじゃった。剣の腕前だけで裁量するとなれば、ずば抜けた道場であったと言える。あちこちの道場を渡り歩いたわしが断言するのだから、それは確かなことじゃ。

近藤はその実力が天下に認められぬことが、歯痒（はがゆ）くてならなかったのだろう。四方八方に働きかけてようやく幕府講武所の教授方となることが内定したときのはしゃぎようといったら、まさに子供のようじゃった。そしてその内定が突然取り消されたときの消沈ぶりもな。

いや。それで江戸に嫌気がさしたわけではない。道場を畳み、浪士隊に加盟して京に上り、一旗揚げようなどと近藤が考えるものか。わしらとて、そのような突飛な話に乗るはずはなかろう。

近藤勇と試衛館とが、端（はな）から幕閣の掌（て）のうちにあったと言うたなら、貴公は信じるかね。

その先はやめておこう。わしは御家人の子であり、会津藩とも浅からぬ縁があり、そのうえ御一新ののちは、長らく警視庁に奉職した者じゃ。語るべきことと黙するべきことの分別はわきまえておる。

幕閣の描いた絵図の通りにことは運んだのよ。そして真実を知る試衛館の八人は、ひとりひとり死んでいった。

吉村貫一郎、か——。

他のことは一切語らぬと言うておきながら、妙なところから語り始めるわしを、貴公は訝しんでおるのであろう。

じゃが、話の手順としては正しい。新選組の正体を朧ろげにでも知っていなければ、吉村貫一郎のことは何ひとつわかりはせぬゆえ。

奴は、そんなわしらの前にふいに現れた。わしらはみな、あの男が眩くてならず、またその眩さゆえに、憎くてならなかった。

七十二の翁となった大正の今でも、わしはあの男が憎くてならぬ。憎うてならぬのじゃよ。

このところ、ぼんやりと物思いに耽ることが多くなっての。

寄る年波のせいじゃろう。若い時分から物など考える間に手が先に出る質(たち)じゃったが、それだけ体が鈍(なま)ってしまったということか。

先日もふと、おかしなことを考えた。

わしはおそらく、日本一の人殺しではなかろうか、とな。いや、日本一の剣客とは言わぬよ。人殺しじゃ。

宮本武蔵や荒木又右衛門が、生涯に何人斬ったか。戦国の歴戦の武者にしたところで、数など知れておろう。じゃが、わしが手にかけた命の数は、それこそ見当がつかぬ。

京におったころまでなら、沖田とわしは同じほどじゃったろう。永倉や原田よりはだいぶ多いと思う。わしにはそののち甲州や会津の戦があり、しかも御一新ののちには西郷征伐にも出征した。

五十か百か、いやもっとずっと多いかも知れぬ。因果応報などというものはありはせぬな。天罰が下るでもなく、仇(かたき)と狙われるでもなく、よもやこの齢まで子や孫たちに囲まれて、畳の上にて死ぬることになろうとは。

悔悟もない。呵責(かしゃく)もない。手にかけた者たちが、夢に現れるでもない。だとするとわしは、人の心など持たぬ鬼か。

おのれではよくわからぬのじゃが、わしは生来が冷酷非情なのじゃろう。人を斬るときに、そもそも躊いがなかった。気の毒だとも、かわいそうだとも思ったためしはなかった。そればかりではない。人を斬るにあたってはその相手が見知らぬ者であっても、なぜか憎しみを持つことができた。

人間というものが嫌いなのじゃな。万物の霊長などと嘯いて、面倒な礼儀や格式を勝手に作り上げ、上下貴賤を言い、善と悪とを決めて生きる人間という獣が、嫌で仕方がない。こんなもの、世の中からひとり残らず消え失せればよいとさえ思っておる。

この思いが、若い時分にはことにひどかった。すれ違う人間すら憎いと感じた。薄汚い糞袋じゃと思うた。人間と、人間の住まう世の中のことごとくを、殺しつくし、ぶちこわしてしまいたいと思うていた。

そんなわけじゃから、今も人付き合いは苦手じゃ。まさか子や孫を憎いとは思わぬが、つい相好を崩すおのれが嫌でたまらぬ。

近藤勇はことさらわしに目をかけてくれたが、この気性を俠気と誤解したのじゃろう。

めったに笑わぬのも、口をきかぬのも、武士のたしなみからではない。人間が嫌いじゃから、交わりたくなかった。いつも他人が感心するほど身ぎれいにしておったのは、糞袋たるおのれをせめて飾るためじゃった。

近藤はそういうわしを誤解して、寡黙な、折目正しい、しかも腕のたつ侍じゃと思うていたのだろう。

死ぬことを怖れはせぬよ。むしろ病魔がこの糞袋を蝕んで、痛み苦しみながら緩慢な死のやってくることを、わしは楽しみにしておる。

本音じゃよ、これは。

吉村貫一郎と初めて出会ったときのことはよく覚えている。

夏の初めの、雨降りの晩じゃった。新入りの隊士に顔合わせの馳走をするというので、古株のわしらは日が昏れると三々五々、島原に向かった。

今とちがってどこにも時計などというもののない時代じゃから、何時何分に宴を開くなどということはできぬ。今宵、と言われれば、日の昏れるのをしおに出掛けたものじゃった。乾杯などというのも西洋のならわしじゃな。茶屋に上がればまず駆けつけの一杯、そのうち人が集まって、座が賑わうというふうじゃった。

島原の角屋は建坪が五百坪もあるという総二階、京では随一の揚屋じゃ。在京の藩士たちが夜ともなればあちこちからくり出して、それはそれは賑々しいものじゃった。

玄関を上がると刀掛があり、そこに刀を置けば、店の者がまちがいのないように刀簞笥にしまって、帰るまで預かっていてくれた。油断のできぬ時代ではあったが、腰の物がなければ喧嘩にもならぬ。敵味方が襖一枚を隔てて飲んでいても、悶着が起きたためしはなかった。

わしは大勢の人を斬った分だけ恨みも買っていたから、いっときでも気の休まることがない。また、怪しい奴だと思えば、いついかなるときにも有無を言わさず斬り捨てる気概を持っておった。

そのようなわしにとって、騒動は起こらぬ起こさぬという不文律のある島原の街は、ただひとつの安息の場所じゃった。

大門をくぐると肩の力がふっと脱けるような気がし、角屋の玄関に入って刀掛に刀を置けば、体中の筋肉が緩んでその場にどっと頽れそうじゃった。

雨の中に窓まどの灯がまぼろしのように浮かぶ、暗鬱な晩であったと思う。昼間に何か嫌なことでもあったのか、それとも降りしきる雨のせいか、ともかくその夜、わしはいつにも増して塞いでいた。もっとも、そういう気分のときのわしは、はたからすれば気が塞いでいるというより、いらいらと虫の居所が悪そうに見えたろうがの。

角屋の大間口を上がって梯子段を昇ると、三つの座敷の襖をぶち抜いて、すでに大勢の隊士が酒を酌み交わしていた。

「斎藤先生、お着きです」

と案内の者が声をかけると、座は一瞬しんと静まって、隊士や妓たちはいっせいにわしのほうを振り返った。

手前は極彩色の襖に明るんだ十二畳。その奥が十畳間で、さらなる奥には扇の図柄を天井にちりばめた、二十畳の上はあろうかという大座敷があった。三つの座敷をぶち抜いて使えば、五十人は優に座れる長広間となる。

座敷を見渡して、わしはいっそう機嫌が悪くなった。席の順がまるで序列に頓着なく、いい加減じゃったからな。

隠し舞台を背にした上座には、近藤、土方、伊東という三人が座っていたが、他はてんでんばらばらで、いかにも到着の順に座についたというふうじゃった。

手前の座敷にはいくつか空席があり、「斎藤先生、まあ一杯」と誰かが盃を勧めた。わしはそれを無視して、長座敷をまっすぐ奥に向かって歩いた。

今にして思えば、新入隊士との懇親という意味あいから、わざとそのようにばらばらの座り方をしておったのかも知れぬ。じゃが、わしには気に障った。

扇の間の上座の袖には、沖田と永倉が並んでいた。序列でいうのなら、副長助勤三番隊長のわしは、永倉新八の次ということになる。

ところが、わしが本来座るべきその席には、いっけん豪傑と見える、髯を立てた新入りが座っていた。わしはその男の前に仁王立ちに立ち、物も言わずに顔を蹴りとばした。

男はもんどり打って転がり、すぐに「何をなされる」と叫んで身構えたが、わしが一言「斎藤だ」と言うと、尻尾を巻いて下の座敷に下がってしまった。

沖田も永倉も、近藤も土方も、わしの気性には慣れているから何も言わぬ。ただ、参謀の伊東甲子太郎は、一言二言たしなめたと思う。

そんな説教など腹も立ちはせぬわ。わしはあの白面の志士づらが大嫌いじゃった。北辰一刀流の道場主という話じゃったが、おそらく人を斬ったことなどあるまい。近藤か土方に始末をせいと言われたら、あんな者、わしはいつでもどこでも、初太刀で首を飛ばしてくれたわ。

沖田総司が座を和ませる冗談を言い、宴は何ごともなかったように始まった。

吉村貫一郎はそのとき、わしの左隣に座っておったのじゃよ。手酌で酒を飲み始めるとじきに、奴はひどい奥州なまりでわしに話しかけてきた。

「あの、斎藤先生。拙者は新参者でござんすが、お隣にいてもよろしいのでしょうか」

馬鹿なことを訊く奴だと思った。他の隊士も妓たちも、腫れ物には触るなとばかりに酌にも来ぬというのに。

答えずにいると、奴は困ったようにわしの横顔を窺い、躊いがちに銚子を差し向けた。

座の前に立てられたぼんぼりが、奴の姿を浅葱色の九条壁の上に際立たせた。

「ご高名はかねがね耳にいたしておりました。吉村貫一郎と申します。以後お見知りおきのほど」

嫌な奴だと思うたよ。どいつもこいつも気に入らぬ奴ばかりだが、吉村は初対面の一見からして、腹立たしいほど嫌な奴じゃった。わしが嫌じゃと思うものを、吉村はすべて身につけておったと言うてもよい。

まず、ひとめでそうとわかる田舎侍じゃ。わしは御家人の次男坊で、江戸前のたしなみはあったから、垢抜けぬ侍というものはそれだけで大嫌いじゃった。いくら身ぎれいにしておっても、粗末な身なりは嫌いじゃ。すり切れた羽織の襟が色のちがう糸でていねいにかがってあるのを見て、わしは反吐が出そうになった。

にたにたと笑っている。わしは意味もなく笑う男は嫌いじゃ。しかも奴の笑い方というのは、へつらっているわけでもなく、人を馬鹿にしているふうでもない。いかにも地顔、こやつは寝ている間でもにたにたしておるのではなかろうかと思えるほどの、天真爛漫な笑顔じゃった。

その身なりと笑顔と、ひょろりと痩せた体のせいで、奴はひどく貧相に見えた。

風采の上がらぬ侍は嫌いじゃ。

もうひとつ、奥州人は概してそうじゃが、奴は腰が低くて如才ないわりに、図々しい感じがした。

わしにはみなが一目置いている。いや怖れている。あたりの空気からも、それはわかったはずじゃ。誰ひとりとしてわしには挨拶にも来ようとはしない。だのに吉村だけは、委細かまわずに話しかけてくる。

その話というのがまた、ひどく手前勝手でつまらぬのじゃよ。

生まれ育った盛岡という町は、日本で一番美しいところだそうな。西に何とかいう山があり、東にどうたらいう峰があり、豊かな川が流れ、春には花が咲き乱れ――そのような話、誰が聞きたいものか。

お国自慢がようやく終わったと思うたら、次は女房自慢じゃ。拙者のかかあは南部小町で、言い寄る男どもを右に左にと袖にして拙者に嫁いだと――酒の肴にもならぬ話よ。

しまいにはとうとう、子供の自慢が始まった。惣領の男子は出来がよい。娘は母に似て別嬪（べっぴん）じゃ。国を出た後で生まれた子がおるのだが、見もせぬのに毎晩夢に現れる。それがまた何とも食べてしまいたいくらい可愛い赤児で――殺してやろう、とわしは思った。

腹が立ったというぐらいのものではない。酒を飲みながら酔うほどに、いくらでも聞いてやる、心ゆくまで話せとわしは思うた。

怒りをつのらせ、胸の中に積み重ねるというのは、嫌いではない。むしろ快感じゃ。

とっさの怒りにかられて斬るというのも、それはそれで悪くはないが、斬ると決めた相手にへりくだって、恨みを肥やしていくというのは人斬りの醍醐味じゃ。怒りも恨みも、陽に乾された綿のように膨らんで、今しも弾けんとする刹那に剣を抜く。斬るにしろ突くにしろ、糞袋から命が空気となって抜けるときの快さといったら、何物にもたとえがたい。恨み憎しみが大きければ大きいほど、心地よさもまたひとしおじゃ。

奴の話を、わしは心ゆくまで聞いた。妓どもの歌舞も隊士たちの喧嘩も、耳には入らなんだ。

扇の図柄がみっしりと描き散らされたふしぎな座敷で、わしと吉村だけがぽつんとぼんぼりに照らされているような気分じゃった。

他には誰もおらぬ。何も見えず、何も聴こえぬ。

もっと話せ。いくらでも聞いてやる。そしておまえは、もう屯所に戻る必要はない。

――わしはおそらく、長いこと人を斬っていなかったのじゃろう。長いことと言うても、せいぜい半月か一月の間だったのじゃろうが。

一刻も経たぬいまだ宴たけなわのころ、わしは吉村の耳元に囁いた。

「すっかり酔うてしもうた。すまぬが屯所まで送ってくれぬか。千鳥足の一人歩きは心許ないゆえ」

わしは酔えば気の荒くなる悪い酒じゃが、足元の乱れることはない。むろん剣先もな。

吉村に支えられながらふらりと立ち上がって暇乞いをすると、近藤勇は妙な顔をしておった。

「時節のせいでしょうか、ひどく酒が回りました。帰途はこれなる吉村貫一郎君に送っていただきますので、ご心配なく」

ご苦労、ゆっくり休めと近藤は言った。

梯子段を降り、刀簞笥の刀を受け取って外に出ると、雨脚はいっそう繁く、まさに篠突くほどの本降りになっておった。

吉村に傘をさしかけられ、体を支えられながら歩き出した。不都合は何もなかった。島原は京の西はずれ、大門を出れば人家もまばらな畑道じゃ。長州の刺客に狙われ、わしは何とか斬り抜けたが、吉村君はあえなく最期を遂げたと言えば、話に疑いようはあるまい。

わしの怒りは、今にも弾け飛ぶばかりに膨らんでおった。

田舎者は嫌いじゃ。身を捨てて脱藩し、国に残した妻子に仕送りをしようなどという心得ちがいの者は大嫌いじゃ。

わしは母を知らなかった。おなごに惚れたこともなかった。子供などは薄気味悪いだけじゃ。

父親は足軽から身を起こし、銭を蓄えて御家人株を買った吝嗇（りんしょく）このうえない男じゃった。兄も似た者じゃ。

そういう家に生まれ育ったわしは、世の中を眇（すがめ）に見ていたのかもしれぬ。じゃがそのころは、おのれの眇にも気付いてはおらなんだ。友と頼るのは剣だけじゃった。そしてその唯一無二の友は、しばしばわしを唆（そそのか）した。血を啜りたい。おぬしも人を斬りたかろう、とな。

長く暗い畑道を、吉村はわしに傘をさしかけ、おのれはずぶ濡れで歩いた。その心配りが、わしの憎しみをいっそう膨らませた。

西本願寺の塀が長く続く、濠ぞいのあたりまで来たころ、とうとうわしの怒りは弾けた。

「このあたりでよかろう」

わしはやおら立ち止まって言った。

「このあたり、とは――」

吉村がそう口にしたとたん、わしは傘の下から半歩の間合いをはずして、横薙ぎに斬りつけた。

奴の首は、にたにたと意味もなく笑ったまま胴から離れるはずじゃった。

ところが――闇に飛んだのは首ではなく、真っ二つに斬られた角屋の蛇の目じゃった。

わしはたちどころに二の太刀を真向から振るった。奴の胴は、肩口から袈裟がけに断ち割れ、濠にずり落ちるはずじゃった。

ところが、吉村はわしの二の太刀を抜きがけの刀で、がっしりと受け止めた。

「ご冗談もほどほどになされよ」

初めて笑顔を吹き消し、鍔を重ねた刃ごしに、吉村はわしを睨み据えながらそう言った。

正直のところ、わしはびっくりした。

手にかけた命の分だけ、肝は据わっておるよ。めったなことで愕きはせぬ。酒はすこぶる強いので、気が荒くはなっても手足が乱れたためしはなかった。しらふで人を斬ったことなどないと言うたほうがよかろう。むしろ酔うほどに剣は冴えた。奴はそのわしの剣先を二太刀まで躱し、あまつさえ切り返さずに受け身のまま、「ご冗談もほどほどになされよ」などと言うたのじゃ。刃を交えたまま口をきくというのは、よほど余裕がなければできる芸当ではない。

わしは居合が滅法に得意で、抜きがけの初太刀を仕損じたためしはまずなかった。よしんば躱されても、二の太刀では確実に倒した。いかに雨降りの闇夜とはいえ、同じ傘の下にいたのじゃから間合いを計り損ねたはずはない。しかも続く二の太刀を、吉村は刀で受けた。つまり奴は、居合の心得も相当にあったことになる。

わしらはしばらく、腰をぐいと落として鍔ぜりあいの力くらべをした。がっしりと鍔が合ってしまえば容易に間合いを切ることはできぬから、自然とそうした形になる。いわば柔術の寝技のようなもので、刃ごしに睨み合っての力くらべよ。

こうなると、先に力の尽きたほうが首を引き切られる。地面に両脚を踏ん張って、相手が伸びればこちらも伸びる。こちらが縮めば相手も縮む。力が互角であればむろん丈の高いほうが有利なのじゃが、二人はちょうど身丈が同じほどなのだから始末が悪い。

わしは、吉村が先刻までの如才ない田舎侍とは別人に思えてならなかった。

一見強そうに見えて、実は見かけ倒しの侍というのは珍しくない。しかし見るからに弱そうで実は強い侍というものはいない。奴はその例外じゃった。

鍔ぜりあいの最中に何かしら言い合ったな。

「わけをお聞かせ願いたい」

「わけなどない」

「ゆえなく人を斬るおつもりか」

「貴公が気に食わぬ」

「何とも乱暴な」

そのようなやりとりだったと思う。ただひとつ、はっきりと覚えている言葉がある。「くたばれ」とか「死ね」とかわしが言うたとき、奴は物凄い形相で言い返した。

「いんや。そうはいかね。死ぬわけにはいかねぞ」

そうこうするうちに、正面でせり合っていた力がひょいと横に抜けた。わしらは鍔を合わせたまま、見えぬ力に引きずられるようにして、雨の中を横走りに駆け出したのじゃ。

真剣で斬り結んだ者にしか、こういう話はわかりはすまい。

刀には二つの力が宿っておる。ひとつは殺してやるという気負いの力。もうひとつは殺されるという怖れじゃ。二つの力は常に精妙な釣り合いを保って、刀のうちに宿っておる。技量の拮抗した者どうしが剣を交えたとき、ともすると互いの保つ二つの力が、思いもかけぬ方向へと体を走らせることがある。さよう。まるで目に見えぬ何物かに引きずられるように。

降りしぶく雨の中を、わしらは西本願寺の北の辻まで走って、同時に間合いを切った。跳ねのいたのじゃよ。そこで初めて下駄を脱ぎ、正眼に構え直した。

隙のない、みごとな構えじゃった。踵はずっしりと地についていたし、切先は微動だにしなかった。あれは竹刀や面胴で覚えた剣術ではない。

そのときふと、思いもよらぬ仏心がわしの胸に湧いた。

この相手では勝負はわからぬ。仮に決着がついたにしろ、相討ちは免れまい。よしんばわしが死に、吉村が手負いで生き残ったとしたら、何と申し開きをするのだろうとわしは思った。

局中法度により、私闘は厳に禁ぜられている。ましてや堂々の果たし合いでわしを斬ったなどと、誰が信じよう。足元も覚束ぬほど酔うたわしに、やおら斬りかかったのだとしか思われまい。刺客が待ち伏せていたなどという気の利いた嘘など、考えもつかぬだろう。だとするとこやつは、断首か切腹じゃ。

わしを斬るほどの手練が、土方歳三の裁量ひとつで腹を切らされるのではたまらぬと、わしは思った。

おかしいか。少しもおかしくはあるまい。武士の命は剣でやりとりするもの、法によって裁かれるものではない。ましてやその法とは、侍に憧れた近藤と土方とが、勝手に定めた戒律ではないか。

吉村に腹を切らせるようなことをしてはならぬ、とわしは思ったのじゃよ。

おかしいか。少しもおかしくはあるまい。

そう思ったとたん気が緩んで、わしは剣をおろした。

「冗談だ。貴公の腕前を試したのよ」

吉村はわしが刀を鞘に収めるまで構えを解かなかった。それから二、三歩さがって、ようやく気を許したように腕をおろした。刀を収める所作も垢抜けていた。

笑顔を取り戻して、腕試しはこれきりにしてほしいというようなことを、奴は言った。

「死にたくない、か。あきれた侍だ」

「誰しも本心は同じでしょう。斎藤先生はちがうのですか」

「俺は死にたいね。いつ死んでもかまわぬ。斬ってくれる奴がいないから生きているんだ」

水溜りで下駄を拾いながら、吉村はふしぎそうにわしを見つめた。

「私はちがいます。死にたくないから、人を斬ります」

ひやりとしたな、奴がそれまで、どこで何をしていたのかは知らぬ。だが、何人もの人間を斬ってきたのは確かだった。死にたくないから斬るという人殺しの理由が、わしにはかえって怖ろしい気がしたのじゃよ。

吉村の理由は一見正当に思える。しかし考えても見よ、誰に対しても如才なく笑顔を向ける人間が、保身のために人を斬るのじゃ。ならば生きとし生ける人間すべてに憎しみを抱いて斬るわしの理屈のほうが、よほど正当ではないか。

怖ろしい奴じゃとわしは思うた。生来が鬼の心を持つ人間よりも、いざとなって心を鬼にできる人間のほうがよほど怖ろしい。

正体を知ったその晩から、わしは吉村貫一郎を蛇蝎(だかつ)のごとく忌み嫌うようになった。

そうじゃ——遁(のが)れるようにして屯所に戻り、刀の手入れをしながら、ふと妙なことに気付いた。

吉村との立ち合いを思い返してみたのよ。奴が稀に見る手練であることはわかる。じゃが、わしが抜き打ちの二太刀までも仕損じた相手はかつてなかったからな。

目釘を抜き、すっかり血腐れのした茎(なかご)を拭いながら考えた。

その晩、わしの差しておった刀は、二尺三寸一分の国重(くにしげ)じゃった。茎には天和二年九月の年記と、摂州住池田鬼神丸国重の銘のある、すこぶる切れ味のよい刀じゃ。国重は二代河内守国助の門人で、作刀は姿がよく、江戸物のような武骨さのない大坂新刀の名手じゃ。井上真改や津田助広は高価すぎて手が出ぬから、わしは国助一門の刀をよく使った。

その国重はとりわけ気に入っていた。幕末には、反りが浅く、丈も定寸より長い豪刀が持てはやされたが、わしは流行とはうらはらに、反りが強くて丈の短い刀を使った。出会いがしらの抜き打ちには、そのほうが使い勝手がよかったからな。わしはその鬼神丸国重で、抜きがけに吉村の首を飛ばすはずじゃった。しかし、国重は横薙ぎに空を切った。

返す上段から振りおろした二の太刀を、吉村は抜き合わせた刀でがっしりと受けた。

奴の刀は長かった。そののちも後生大事に持っていたからよく覚えているが、あれは二尺五寸――短く見ても四寸八分は優にあった。しかも、反りは浅い。

吉村はわしの必殺の初太刀を躱したのち間髪を入れずに、きわめて扱いづらい長刀を抜き合わせて、二の太刀を凌いだことになる。

そのことに気付いたとたん、肩から力が抜けてしもうた。負けたと思うたのじゃよ。

わしに限らず、新選組の隊士たちはみな、おのれの技量に応じた使い勝手のよい刀を持っていた。その正しい選定は実戦に際して物を言うた。

命のやりとりなのじゃから、弘法ほど筆を選ぶのは道理じゃろう。幹部らはみな、手に合った刀を幾口か所持し、万がいち刀が折れたときの役に立つよう、脇差は二尺に近い長物を差していた。

京におった三年の間、吉村は相当に人を斬ったと思う。打ち合えば刃は毀れる。研ぎに出せば刀身は痩せる。あるいは、骨を挽けば刀は往々にして鎺元から曲がる。これも直しに出せば区のあたりが緩み、折れる原因となる。じゃから、近藤、土方はともかくとして、働き手であるわしや沖田や永倉は、とっかえひっかえに刀を替えていなければ間に合わなかった。

吉村貫一郎は三年の間、ずっと同じ刀を持ち続けておったよ。吝嗇であったと言うてしまえばそれまでじゃが、少なくとも奴は、筆を選ばぬ弘法じゃった。

あの痩せ刀で、どうしてあれほどの働きができたのかは、まこと愕きに値するとわしは思う。とにもかくにも奴は、鳥羽伏見の戦に至る三年の京の巷で、おのれは斬られることなく多くの不逞浪士を斬った。

同じ斬るにしても、斬る按配ができたとしか思えぬのじゃよ。

按配とはたとえば——相手の刃を刃で受けずに鎬や棟で受けるとか、斬りこむときに物打(ものう)ちばかりを使わず、間合いを一瞬のうちに考えて、刃のさまざまな部位を使って斬るとか。あるいは、骨を挽かぬよう、なるべく頭や肩は狙わずに、首を払うか胴を抜くかすれば、たしかに刀は傷まぬ。

じゃが、果たして斬り合いの最中にそのようなことまで気が回るかというと、理屈ではわかってもわしには到底できぬ。

吉村の腕前は周知のことじゃったが、沖田や永倉はそこまで考えていただろうか。わしは気付いていた。わしらにとって所持する名刀は鬼に金棒というものではあったが、吉村はあの痩せ刀におのれの技量を合わせていた。

わかるか。奴は金棒を求めぬ鬼じゃった。痩せ刀を金棒と信じたか、痩せ刀もおのれの技量のうちと考えておったか、そのどちらかじゃ。

新選組は給金も褒美も大盤ぶるまいであったと言うて良い。吉村も求める気になれば、あの痩せ刀よりましなものはいつでも手に入れることはできた。じゃが、奴はそれをしなかった。

なぜじゃ。吝嗇というだけでは説明がつくまい。本当に奴が吝嗇であるのなら、よりいっそうの働きをするために、必要な備えはするはずじゃろう。

ひとつ思い当たったことがある。わしの父は類(たぐ)い稀なる吝嗇者で、爪に火をともすような暮らしの末に銭を貯めて、とうとう徳川の御家人株を買った。その父が、やはり終生関物の数打ち刀を差しておったのじゃ。身なりも粗末であったし、下駄なども歯のすりきれるまで履いた。

そのくせ父は、子供らの贅沢には金を惜しまなかった。小遣をせがんでも拒まれたためしがなく、華美な持物を咎められたこともなかった。

御家人となっても足軽根性が抜けぬのだろうと、わしはそんな父を侮っていた。じゃが、それはちがう。父はおそらく、おのれの代までは足軽、倅の代からは天下の御家人と決めていたのではあるまいか。血を金で購うことの非は承知の上で国を捨て、おのれを子孫の礎としたのではなかろうか。

わしが吉村を蛇蝎のごとく嫌うたわけは、奴のうちにわが父の姿を、うすうすと見出していたからかもしれぬ。

わしは奴を斬り損ねた雨の晩、初めて負けたと思うた。仮に技量が互角であったとしても、仕掛けたのはわしなのじゃから、あれほど鮮やかに躱されたのでは明らかにわしの負けじゃ。

新選組の隊士の中で、吉村と斬り合うたのはむろんわしだけじゃ。すなわち、吉村貫一郎の強さを知っているのはわしだけなのじゃよ。

沖田も永倉も、稽古で立ち合ったことはあろう。じゃが、いかに刃挽きをした刀を使う荒稽古とはいえ、命のやりとりではない。あの者らは、奴の本当の強さを知らぬ。

吉村の働きは何度もこの目で見た。奴の技は決して一様ではなく、何が得意というものでもない。北辰一刀流は俗に「技の千葉道場」と呼ばれる通り、さまざまの剣技を教えるが、大目録皆伝を修めたという吉村はその真髄を極めていたのじゃろう。どのような場合においても、どのような相手に対しても、奴は仕損じるということがなかった。

かなわぬと思ったとたんから、わしは奴をいっそう憎むようになった。いつか殺してやると思うた。

わからぬか。べつにわからずともよい。

わしはこの世に生きとし生くる者のすべてを憎んでいた。むろん、おのれ自身もじゃ。醜い人間など、ひとり残らず消えてなくなればよいと思うていた。

じゃが、何人何十人と叩っ斬っても、わしの渇きは満たされることがなかった。

あの雨の晩から、わしは生きる望みを持ったのじゃよ。さよう――わしには目的ができた。

いつか、吉村貫一郎を殺してやる。善なるものがいささかの矛盾も瑕瑾もなく、男として侍として父として完成しているあの男を殺せば、善なる世界の破滅に等しかろうとわしは思うた。

隊士たちはみな、奴の強さを畏れつつ、奴の品性の卑しさを侮っていた。じゃが、わしは奴を敬いもせず侮りもしなかった。ただ、憎かったのじゃ。

女房という他人のために、おのれのひり出した餓鬼どものために、なにゆえ安寧を捨てて人斬りとなるのか。命を的とした給金を、なにゆえ国に送り続けるのか。

その善なるもの、その正義たるもの、すなわち吉村貫一郎という存在のすべてが、わしには許し難かった。

あらゆる良識が覆り、時代と時代との深い断層になだれ落ちていくあの幕末のころ、奴は決していてはならぬ人間じゃった。

わしは悪魔ではないよ。たぶん最も素直な侍じゃったろう。

奴のことを畏れ、かつ侮っていた連中はみな、おのれの気持ちをごまかしていただけじゃ。畏れつつ侮るなどといういいかげんな話があるものか。人間ならば、愛するか憎むかのどちらかであろう。

あの夜からわしは、吉村を殺すことばかり考え始めたのじゃ。

どうした。

さきほどから人の手元ばかり見つめおって、左利きがそれほど珍しいか。

いかに左利きとはいえ、盃を左手に持って酌を受けるとは不調法も甚しいと、そう思うておるのじゃろう。

あいにくわしは、意味のない礼儀というものが嫌いでの。忌むべきは不調法よりも不都合のほうじゃ。ちがうか。

盃どころか、箸を持つのも左、筆を執るのも左、おなごに添寝するときも左側じゃよ。

剣か……むろん左じゃ。すべてが左利きのわしの、剣術ばかりが常人と同じであろうものか。

そこまで頑な左利きなど見たこともないであろう。わしも会うたことがない。何かと口やかましい武士の時代に、魂たる刀を右腰に差していた侍など、天下にわしひとりであろうよ。武士を称して「左差し」というたぐらいじゃからの。

幼いころには、むろんわしも口やかましく躾けられた。何かをするときに左手が先に出れば、ぴしゃりと叩かれたものよ。父親の厳しい躾が、かえってわしを頑なな左利きにさせたのかもしれぬ。友人たちからぎっちょと揶揄されるたびに、わしはそのぎっちょの左手で奴らを叩きのめした。

人から何かを言われて、行いを正すなどということは性に合わぬ。

おのれは人のためにあるのではないからの。おのれはおのれのためにかくあるのじゃから、おのれの都合で生きるべきであろうよ。

ひとりとして師と呼ぶべき人を持たず、江戸市中の道場をあちこち転々と渡り歩いたのも、そのせいじゃった。すなわちわしは、免許も目録も、切紙の一枚すらも持ってはおらぬ。

たとえば、ある道場に行き、手合わせを願ったとする。

いざ立ち合うとき、右手に竹刀や木刀を控え持っておれば、たいていの師範は

「不調法者ッ」と怒鳴る。

「ご無礼つかまつる。さりとて左構えは、拙者の流儀にござる」

「左構え、じゃと。そのような流儀は聞いたこともないわ。お引き取り願おう」

と、あらかたはこうなる。

ときにさほどやかましいことを言わぬ師範であったり、そうとは気付かずに見過ごして立ち合うと、後から言うのじゃよ。みな門弟が負けたことを、わしの技量とは言わず、不調法の礼儀知らずの、と罵る。わしは手合わせに負けたためしがなかったからの。

そのような道場はこちらから願い下げじゃ。さっさと身仕度を整えながら、わしはいつも捨てぜりふを吐いた。

「無礼の不調法のと言うておったら、命がいくつあっても足らぬわ。他人の命を奪わんとする剣の道は、そもそもが無礼不調法のきわみにござろうが」

理屈というものはな、勝てば正論、負くれば言いわけじゃよ。どのようなときでも。

じゃが——あまたの道場主の中で、近藤勇だけはちがった。わしが田舎剣法との悪名高きあの道場に腰を据え、あまつさえ京に上って苦楽を共にしたわけは、常に剣の真髄、士道の本領を見きわめんとするあの男の性格が気に入ったからじゃよ。師とは言わぬ。じゃが近藤勇は、わしがこの世で憎むことのなかった、ただひとりの男じゃった。

牛込の試衛館で沖田総司と立ち合い、引き分けたとき、近藤はわしにこのようなことを言うた。

「左構えとは考えたものだな。さすがの総司も勝手がちがって扱いかねたようだ」

おや、と思うたよ。この男は結果しか口にせぬ。ふしぎな奴じゃ、と。

「お言葉ですが先生。拙者は考えて左構えをとっているのではござらぬ。ぎっちょは生まれつきです」

すると近藤は、笑顔を吹き消してじっとわしを見つめた。

「なぜ直そうとせぬ」

「直す必要がないからです」

ほう、と近藤は感心したように呟いた。わしは近藤の心中を計りかねて、さらに言うた。

「先生は拙者の構えを、不調法とは思われぬのですか」

「思わぬよ。左構えが有利であることにちがいはあるまい」

と、近藤は答えた。居合わせた他の者たちの誰もが、わしの左構えに異を唱えなかったのは、師の思想が行き渡っていたからなのじゃろう。

どうしたことだとわしは思うた。この道場はいったい何だ、天然理心流とはいったい何ものじゃ、と。

沖田総司は気のいい奴じゃった。立ち合いが痛み分けに終わると、とたんにからりとして、おのれの打ち傷などお構いなしに、わしの体を水手拭で冷やしてくれた。

「こいつ、ぎっちょだとは思ったけれど、まさか左足で踏みこんでくるとは思いもよらなかったなあ。考えてみりゃ、ぜんぶ逆なんだから当たり前か。並んで歩くときは気を付けなくちゃ」

そう言うてハハッ、と沖田は高笑いをした。すこぶる腕がたつ奴だということは立ち合いでわかっていたが、冗談まじりの物言いにわしは愕いた。こやつは天才かもしれぬと思うたよ。

わからぬか。

左利きの剣術というものはこの世にない。ないはずのものがもしあったならば、最も気を付けるべきことは何か。それは、尋常の立ち合いではない。抜きがけの初太刀じゃよ。沖田はそのことを言うたのじゃ。

武士が肩を並べるとき、目上の者がおのずと左に立つ決めごとがあるのを知っておるか。それはの、左差しの刀を抜きがけに振ることができるからじゃ。よって目上は左に立ち、目下の者は二心なきことを示すために、右に立つ。

じゃが、もしこの世に左利き右差しという掟破りの侍がいたとしたら、右に立ったまま初太刀を浴びせることができる。

並んで歩くのは危ない、と沖田が言うたことは、まさに正鵠（せいこく）を射ていたのじゃよ。

事実、わしはその後京に上ってから、右隣を歩きながらの抜き打ちで何人も斬った。得意技と言うてもよい。

そして——沖田総司はそののちずっと、わしの左に立って歩くことがなかった。知らぬ者はそれを見て、沖田先生は斎藤先生にだけは一目置いているとか、斎藤も沖田の左に立つとは大したものだとか言うておったが、そうではない。沖田はそうして常に、わしの抜きがけの初太刀を封じておったのじゃよ。

思えば、あれはたとえ幕末が百年続いても決して斬られることのない剣客であったな。

近藤を師とは思わぬ。沖田はじめ試衛館の面々を、友だとは思わぬ。じゃが、わしの右差し左利きの剣法を、よしとして呑みこんだ天然理心流の他に、わしが身を寄せる場所はなかった。

男の値打ちとは強さじゃ。強さとは、殺される前に殺すことじゃ。

わしはそうした武士たるものの始源の精神を、何の虚飾もなく伝える天然理心流に帰依したと言うてよい。

近藤勇は不器用な男であったが、鍛え抜かれた剣そのもののような、理屈のない好漢であったよ。あれに較ぶれば天下の剣客を気取って幕府講武所の教授方に名を連ねていた輩など、千葉周作も桃井春蔵も男谷精一郎も斎藤弥九郎も、みな贋い物よ。

その証拠に、剣に生き義に死んだ者は近藤ひとりではないか。後世人はとやかく言うが、読んで字の如く、士道たるものの天然の理と心とを貫いた流儀は、他にただのひとつもなかったであろう。

それにしても——あの吉村貫一郎は近藤のことを、どのように思っていたのであろうな。

なにぶんいつもにたにたと笑っているばかりで、すこぶる口数の少なかった男ゆえ、考えていたことは何もわからぬ。

もっとも、あの時分の新選組は口が災いのもとになったから、無口は都合の良いことであったがの。つまらぬ軽口を叩いて詰腹を切らされるなど、茶飯事であった。

さきに近藤勇が剣そのもののような男であったと言うたが、そういうたいそうな思想というものは、すなわち茫洋としておる。土方歳三はその茫洋たるものを、かたちにせねば気の済まぬ男じゃった。結果は神経病の如き隊規となり、粛清となった。

土方には、敬愛する近藤の茫洋さを何とかかたちにしたいという強い意志があり、一方の近藤は土方の利発さを神の如くに尊敬しているふうがあった。世が世であれば、必ずや大事を成した配偶であったろう。

谷三十郎という隊士の名を知っておるか。

わしと同じ副長助勤であり、七番隊長を務めたつわものじゃ。

三十郎は備中松山藩の家来で、百二十石取りの御旗奉行を務めておったものが、どういういきさつかは知らぬが国を捨て、二人の弟とともに新選組に入った。当人は直心流の達者であり、次弟の万太郎という者は種田流の槍を使ったので、国を出てからしばらくの間は大坂で道場を営んでいたという話じゃった。

原田左之助が江戸に流れてくる前に、いっときこの谷道場で槍を学んでいたらしく、おそらくはそのつてで、入隊に応じたのであろう。

近藤勇には百姓あがりの劣等感のようなものがあっての、とかく氏素性のよい者を重用する癖があった。氏素性でいうなら、この谷三兄弟は極めつけじゃ。もとは百二十石取りの御旗奉行で、武芸の腕もたつ。旧主の備中松山藩といえば藩主は御老中の板倉伊賀守。この金看板を背負った兄弟を、近藤が粗略に扱うはずはなかった。で、長兄の三十郎は副長助勤、次弟の万太郎には大坂の分屯所を任せ、齢の離れた末弟の昌武はあろうことか養子に迎えて近藤周平と名乗らせた。周平というのは近藤の養父周斎の初名じゃよ。

わしらはこの格別の扱いが面白くなかった。ことに三十郎は、ともすると若いわしらを見くだすふうがあったし、入隊のわたりをつけた原田左之助に対してなど、昔通りの師匠気取りじゃった。

最も嫌な思いをしておったのは沖田総司よ。やつは助勤筆頭の一番隊長であると同時に、天然理心流の師範代じゃ。年回りから言うてもいずれは近藤の後継者であると自他ともに認めておったところが、近藤は勝手に谷の末弟を養子としてしまった。

その近藤周平はたしかに剣筋はよいが、むろん沖田とは較ぶるべくもない。養子というのはまさに寝耳に水であったな。

しばらくの間は誰もが沖田に気を遣って、腫れ物に触るがごとくであった。もっとも、ご当人の沖田はああいう性格じゃから、面と向かって不満を洩らすわけではない。ただ、稽古と称しては周平を、それこそ足腰の立たぬくらいに打ち据えておった。沖田が打てば他の者たちも打つ。いじめ抜かれた紅顔の美少年は、紅顔どころか紫色に膨れ上がった顔を、いつも屯所の井戸端で冷やしておったよ。

近藤の養子となった時分、周平は十六、七歳であったろうか。そこまでされても、生まれついての上士の子というのは立派なもので、兄にも養父の近藤にも、言いつけ口は叩かない。それをなおよいことにわしらは、痛めつけられた傷を冷やす井戸端で、頭から桶の水をぶっかけたりしたものじゃった。

いちど、こんなことがあった。

例によってわしらが井戸端で周平をからかっておると、ふいに吉村貫一郎が裏の勝手口から走り出て、叱るようにわしらを詰ったのじゃ。

「おのおのがた、弱い者いじめはたいがいになされよ。あまりに大人げない」

その場にいたのは、わしと沖田と、もうひとり三十郎の横暴にすっかり業を煮やしていた原田であったかと思う。吉村はわしらにつかつかと歩み寄ると、原田の手から水桶を奪い取った。

ひとりひとりの顔をきっかりと見据え、吉村は怒りすらこめて言うた。

「お気持ちはわからんでもござらぬ。しかし、ご不満があるのなら、近藤先生なり谷先生なりに談判なさるのが筋ではござらぬか。ましてや周平君は今の立場を、自ら願ったわけではありますまい。科(とが)なくて罪を受くるのは理不尽にござる。かような真似は、金輪際おやめなされよ」

常ならば、なにをっ、と言い返すところが、わしらはみな黙ってしもうた。びっくりしたのじゃよ。到底あの気弱で如才ない吉村の所行とは思えなかった。そのときの奴は、妙なほど老け(ふ)顔に見えた。その物言いは、寺子屋の先生の説教のようにも聴こえた。

「はいはい、御説ごもっとも。弱い者いじめは金輪際、やめにしておきましょう。つるかめ、つるかめ」

沖田がお道化(どけ)て答えた。むろん、お道化ながらもまなこは吊り上がっておったよ。

「出過ぎたことを致しました。どうかお気を悪くなさらず」

そう言うて、吉村は周平をかばいながら屯所に戻って行った。

「ねえ、一(はじめ)君――」

と、ややあって沖田は言うた。

「斬っちゃおうか」

原田は一瞬目を剝いてぎょっとしたが、わしは愕かなかった。ただ、いかな沖田とはいえ、はたして吉村貫一郎を斬ることができるだろうかと危ぶんだ。

「簡単に言うが、あれはなかなか手強いぞ」

わしが言うと、沖田はえっとふしぎそうな顔をした。

「いやいや、吉村君のことじゃない」

わしは少しほっとした。

「なんだ。周平か」

「ちがうよ。吉村君の言うことはしごくもっともだ。だとするとだね、談判というのもそれこそ大人げないから、いっそのこと三十郎のばかたれを斬っちゃえばいいんじゃない」

なるほど、と得心したな。人殺しを何とも思うておらぬのは、わしも沖田も同じじゃ。真に憎むべきは吉村でも周平でもなく、氏素性のよさを笠に着て近藤勇を籠絡する谷三十郎にちがいあるまい。

冗談ではなかったと思う。沖田が高笑いで言葉を濁したのは、原田左之助があまりに神妙な顔をしていたからじゃろう。

わしとて三十郎は憎うてならなかった。憎き吉村が周平をかばったことで、元凶たる三十郎がいよいよ憎うなった。

御老中を務める譜代の大名のもとで、百二十石の禄を食んできたそのふっくらとした貴公子面を、真向に断ち割りたいと思うた。

自室に戻ってからも、わしは魔にとり憑かれたように、谷三十郎を殺すことばかり考え続けた。

鬼神丸は血に飢えていた。ひとたび鞘を払えばその妖刀は、早う血をたもれとわしに囁きかけた。

じゃが、憎しと思えど三十郎は近藤勇のお気に入りじゃ。斬るとなればそれなりの理由は必要じゃろう。奴の命と引き替えにおのれが腹を切るわけにはいかぬ。

そして、まるでわしの願いが天に通じたかのごとく、機会は数日後にやってきた。


谷三十郎はすこぶる口が達者で、世渡りの術に長けた男じゃった。

とかく他人の言を鵜呑みにする近藤勇は、その手合いに弱い。三十郎にとっては最も御しやすい男であったろうな。

おのれを巧みに売り込みつつ、弟の万太郎は大坂に残したまま分屯所と称して、京の新選組とは交わらせなかった。一方では末弟の昌武を近藤の養子に入れた。つまり、世の中がどう転んでもいいように、布石を打っておったというわけじゃ。

剣術の腕前は怪しいものじゃったよ。色白で小肥り、いかにも御譜代大名の上士という趣きで、稽古のときなどはあまり剣を執らずに口稽古をつけておった。まあ、齢はわしらよりずっと上だし、押し出しも利くから、若い隊士などはわしや沖田などよりよほどの上手と思っていたのかもしれぬ。

池田屋騒動の折はその達者な口と要領のよさが物を言うた。あの騒動はどう考えても、あらかたは近藤と沖田の仕事じゃが、谷の三兄弟は互いの働きぶりを讃え合うて、大手柄にしてしもうた。

大坂のぜんざい屋に、三十郎と万太郎が門弟を引き連れて斬り込んだ一件も、奴が口八丁で話を大げさにしたふしがある。

いずれも手柄にはちがいないが、三十郎は仕事ぶりを喧伝して大手柄に変え、力量以上の人物におのれを見せた。しかも裏に回れば、「新選組の連中は口先ばかりで大したものではないから、いつも自分が先頭に立って斬り込まねばならぬ」というようなことを吹聴しておった。

嫌な奴じゃろう。いつの世にも、どこの職場にもおる、嫌な奴よ。

本当の働き手であるわしや沖田や永倉が、三十郎を憎むのは当たり前じゃ。しかしいかんせん、三十郎は近藤のお気に入りじゃった。

貴公も勤め先でそういう輩に悩まされておることじゃろう。じゃが、あわてるではないぞ。虚飾の行いで身を立てる者は、必ずどこかでぼろを出す。

三十郎のばかたれは、そのぼろの出しかたもまたお粗末なものじゃった。

まあ、飲め。かつては悪い酒癖を怖れられたわしも、このごろでは酔うほどに口が軽くなるばかりじゃ。貴公にとってはまさに思うつぼであろうがの。

谷三十郎が組長を務める七番隊に、小川信太郎という侍がいた。齢のころならわしと同じほど、二十一か二ぐらいであったろうか。たしか慶応元年の隊士募集の折に江戸からやってきたと思うから、つまり吉村貫一郎と同期じゃな。

新選組が得意絶頂の折から、そのときの入隊者は頭数が多く、いきおいいろいろな奴がおった。吉村のような腕達者がおるかと思えば、小川信太郎のような箸にも棒にもかからぬ臆病者もいた。

一番隊から十番隊までの各組は交替で市中巡察に出る。それぞれ組長の下に伍長が二名、伍長の下に平隊士が五名じゃから、つごう十三人が一組となっておった。浅葱色の揃いの羽織を着て袴の股立ちを取り、隊旗を押し立てて市中を整斉と練り歩いたものじゃったよ。

京都守護職会津肥後守様の配下じゃから、立派な警察じゃ。怪しい奴と見れば路上で尋問もする、お茶屋にも料理屋にもどんどん踏み込んで御用改めをする。当時の洛中は幕府の顚覆を計らんとする不逞浪士の巣窟で、日ごと夜ごとに血の雨が降ったものじゃった。

ことに、突然の御用改めは危険な仕事じゃった。「御用改めである」と呼ばわって真先に飛び込む御役目は「死番」と言い、場合によっては斬られ役となる。死番の次が二番、三番と、要するにこれは死ぬ順番じゃな。巡察のたびにこの順番は繰り上がった。

平隊士たちは、明日が死番だと思えば夜もろくろく眠れぬ。無事に終われば危険の少ない五番に回るのじゃから、ほっとした。

ある日、宵の口から真夜中までの夜回りの巡察で、小川信太郎に死番が回ってきた。巡察には昼回りと夜回りの二組があるが、夜回りの死番は最も危ない。不逞浪士どもがどこそこにおるらしいという噂に基づいて踏み込むのは、決まって夜回りじゃったからな。

わしの配下ではないから、詳しいいきさつは知らぬ。ともかく小川信太郎は、木屋町のお茶屋の戸口で、「ご、御用……」と言うたきり刀を抜いたまま立ちすくんでしもうたのじゃ。

案の定、茶屋の二階では不逞浪士どもが密議の真最中じゃった。障子ごしの灯りが吹き消されたと思うと人の立ち騒ぐ気配がした。すぐに二番役の隊士が小川を押しのけて躍り込んだ。三番、四番、五番——その間、小川信太郎は小便を洩らして佇んでいたというわけよ。

浪士たちの逃げ足は早く、みな裏窓から屋根づたいに高瀬川へと飛び降り、闇に紛れてしもうた。

さて、誰がどう言おうが、小川のこの所行は切腹じゃよ。組長の谷三十郎がしきりに小川の命乞いをしておったのは、そうとなれば立場上おのれが介錯役を務めねばならぬからじゃった。

命乞いをされた土方歳三も、内心は三十郎を快く思うてはいない。また、誰もがこの機会に、谷三十郎の日ごろ吹聴する腕前とやらを見届けてやろうと思うていた。

ばかな奴よ。明日の朝は切腹と決まった晩、当の小川信太郎は呆けたように念仏を唱え、神妙に般若心経を写したりしておるというのに、介錯を命ぜられた三十郎はすっかりうろたえておった。

厠で沖田と行き合うたとき、連れ小便をしながら奴はこんなことを言うた。

「一君。今しがた、三十郎のばかたれが僕のところへ来たよ。で、言うに事欠いて、介錯のコツを教えてくれ、だとさ。そりゃあ口に出して言えることじゃないよ、とはねのけたら、ならばこの質問はご内密に、だと。ご内密、ご内密——きっと一君のところへ行くよ。気が向いたら教えてやって」

他人の不幸を茶化す癖のある沖田は、まことに楽しそうじゃったな。

果たして、わしが厠から戻ると間もなく、足音を忍ばせて三十郎めがやってきた。白い顔が青黒く見えるほど、切羽詰まっておったな。

ひとめ見て、こやつは据え首を落としたことがないと思うたよ。

命のやりとりを知らぬ者は、斬り合いよりも介錯のほうがよほど簡単だと思うであろうが、実はそうではない。覚悟を決めた人間の首を落とすには、斬り合いとは別の胆力が要るものじゃ。ましてや同じ釜の飯を食うた仲間ともなれば、その命をおのれが奪う胆力たるやなまなかではない。

わしは折しも、愛刀鬼神丸の手入れをしておった。打粉を打ちながら、まこと情けない「内密の話」を聞くうち、ふと妙案を思いついた。で、こう教えてやったのじゃ。

「谷先生。据え首を落とすのには、刀を鎺元から長く挽いてはなりませんぞ。人の首は存外頑丈にできておりますれば、刀を鉈のごとく振るうて叩き落とすつもりでなければ、容易には落ちませぬ。こう、このあたりの物打ちでがつん、と」

言いながらわしが打粉を打つ布袋で物打ちのあたりを叩くと、三十郎はほう、と感心したふうをした。

行灯にぼんやりと照らし出されたあのときの三十郎の面は、今もありありと覚えておるよ。ほう、なるほど、そういうものか、と奴はしきりに肯いておった。

三十郎が自室に戻るのと入れちがいに、掌で笑いをこらえながら沖田がやってきた。

「やっぱり来やがった。で、一君、教えてやったのか」

「ああ。斬ってはならぬ、物打ちで叩き落とせと言うてやったわ」

沖田の笑いが止んだ。

「それじゃあ、小川の奴がかわいそうだ」

「どのみち死ぬ人間の何がかわいそうなものか」

「へたをすれば、三十郎のばかたれは小川の道連れだね」

「妙案だろう、総司君」

「まあ、そうにはちがいないが——君らしいな、いかにも」

沖田はわしの顔をじっと睨み、それから高笑いを残して去って行った。

わかるか。据え首を落とすには、骨の間に狙いを定めて、鎺元から切先まで十分に挽き切らねばならぬ。斬られる者があらかじめ髪を結い上げてうなじを露わにし、短刀を引き回しながらおのれの首をぐいとうなだれるのは、頸骨の間を介錯人に見せるためじゃ。

その首をめがけて、物打ちで鉈のごとく刀を振るえばどうなる。首は落ちずに骨が砕ける。むろん、介錯は失敗じゃ。

さて、その翌る朝のこと。

わしは介添役を買って出た。介錯人の後ろに刀を抜いて控え、万一のときに始末をつける役じゃな。新選組でのその役目は、だいたいわしか沖田か永倉と決まっていた。

三十郎の奴め、衆視の中では堂々としておったよ。いったん人前に出るとおのれの気持ちを偽ることができる、あれはひとつの才能じゃな。

痛い思いをする小川のほうは、まあ気の毒といえば気の毒じゃが、いずれにせよいっときのことじゃ。

三十郎はいかにも手馴れたそぶりで、向こう鉢巻に襷（たすき）がけ、刀に水を打って小川の後ろに立った。その立ち方でわしはわかったよ。これでは首は落ちぬ、とな。鎺元から切先までを十分に使って首を挽き切るには、間合いが近くなければならぬ。ほとんど左肩に添うて立つほどにな。しかし、物打ちで首を叩き落とすつもりの三十郎は、小川の背から一歩も離れて立っておった。

ばかたれ、とわしは胸の中で呟いたよ。

「しばらく」

と、土壇場（どたんば）の向こう岸から声がかかった。吉村貫一郎が片手を突き出して、三十郎を睨みつけておった。

「甚だ僭越（せんえつ）ながら、谷先生。今少し間合いをお詰めなされよ」

ぎょっとしたな。諸士調役兼監察方の吉村は、切腹の検分役でもあったから、口を出すことはべつだん僭越ではない。じゃが、その指摘はあまりに適切であった。

三十郎はちらりとわしを振り返った。わしは吉村に言うたよ。

「谷先生は直心流の達者でござる。助言はお控えなされよ」

間髪を入れず、よしっ、とわしは小川の背中に向かって声をかけた。

臆病者の小川にしては、あんがい立派なものじゃった。声もなく短刀を腹に突き立て、きりきりと引き回し、首を土壇場にさしのべて、「お願いいたします」と言うた。

そのとたんに、大上段から物打ちでがつん、じゃ。たまったものではないわい。首が落ちるどころか血も出なんだよ。気の毒な小川は素頓狂な悲鳴を上げて、ぶらぶらの首に引っぱられるように両手をついてしもうた。三十郎が二の太刀を振るうにも、骨の砕けた首は胸元まで伸びきってしもうて見えぬ。奴はすっかり取り乱して、苦しむ小川の背といわず腰といわず、無茶苦茶に斬りつけた。

わしの出番じゃな。

「どけっ」と、三十郎をつき飛ばして、わしは身悶えする小川の背中に突きを入れた。

さよう。左お突き、という技じゃ。左構えのわしは、刃を横に倒して肋骨の間から心臓を一突きする、左お突きが得意じゃった。